L'OMBRE DU GUÉPARD

L'OMBRE DU GUÉPARD

(Les Trois Âges – Volume 2)

J.P Taurel

ISBN : 978-2-37011-007-7
Editions Hélène Jacob – 13 Impasse Victor Gesta – 31200 Toulouse
Imprimé par Create Space – États-Unis
16,90 €
Dépôt Légal Septembre 2013

Photographie et design couverture : Jérémy Calli

Posé sur mon bureau, un jeune homme me sourit dans une photo d'un autre âge et son regard bienveillant, depuis toujours, guide ma vie...
À toi, si vite soustrait à mon affection par la folie des hommes, c'est à toi mon père que je dédie ce roman.

Chapitre 1 – *Mélancolie au musée*

Deux fois par semaine, elle se traînait sans conviction au musée où elle perdait une heure ou deux en s'attardant sur les toiles poussiéreuses de peintres du XVIIIe siècle. Cet après-midi, elle avait décidé de changer : ce serait toujours de la peinture, mais surtout pas dans ce Louvre compassé où l'individu se perdait au milieu des visiteurs. Elle avait décidé de se rapprocher de son temps. Un peu accablée par la chaleur de l'été indien, la jeune femme rêvait en ce début d'après-midi, assise sur une banquette du musée du Luxembourg.

Cette exposition, elle ne l'avait pas choisie par hasard ; elle était là pour Mary, pour Mary Cassatt, dont on célébrait enfin à Paris les œuvres impressionnistes. Elle aimait cette femme peintre mi-américaine, mi-française dont la sensibilité s'exprimait dans des teintes aux couleurs pastel et dans des regards un peu tristes.

Face à elle, curieusement, un tableau semblait l'interroger… elle la fixait. Elle, c'était une fillette de six ans qui emplissait l'essentiel d'un grand format.

L'observatrice voulait s'en éloigner mais la toile, comme un aimant, l'attirait à nouveau en la regardant tristement. Peut-être le modèle souffrait-il lui aussi de la chaleur de cet été interminable ?

Non c'était bien plus que ça. La fillette du tableau affichait un visage désabusé et une expression maussade qui ne convenaient pas à son âge.

Pourquoi tant de mélancolie sous ce grand chapeau de toile ? se demanda Anne-Marie. Quel jouet lui avait été refusé ? Ou plutôt une glace, oui c'était la glace fraise-chocolat tant convoitée, en passant devant le gros marchand italien sur la place.

Du fond du tableau, l'enfant lui répondit…

— Ma tristesse est bien plus profonde, ne le voyez-vous donc pas !

Elle aurait tant aimé avoir une sœur, l'enfant du tableau. Une grande sœur qui aurait su la comprendre. Toutes deux, elles auraient couru dans le parc deviné au fond du tableau. Eh bien non, jour après jour, elle était seule. Un père enfoui dans ses affaires et une mère toute à sa frivolité, elle n'était dans cette vie qu'un accessoire indispensable à une famille bourgeoise… en fait, elle n'existait pas !

Anne-Marie, les yeux rivés sur l'enfant, voulut lui donner vie en lui parlant comme elle l'eût fait avec une compagne. Elle ne fut donc pas étonnée lorsque la petite lui répondit, sans se départir de sa tristesse.

— Vous, les adultes, vous le savez bien… dans la vie, quoi qu'on en pense, on est toujours seuls. Et pour les enfants, c'est encore bien pire, eux, on ne les consulte jamais !

Mélancolique, Anne-Marie sortit mécaniquement du musée et longea la façade du sénat en fixant la pointe de ses chaussures. Loin de Nice et de la chaleur amicale du palais Leonardi, elle s'ennuyait. Elle se morfondait en voyant s'égrainer les jours et les semaines dans son bel appartement de Neuilly où elle était posée comme un meuble dans le salon doré. Sans amies et sans projet, ici elle se sentait transparente et elle évoluait mécaniquement dans la fourmilière humaine d'une ville qui l'ignorait et dont elle avait toujours un peu peur.

Anne-Marie et Giaco n'habitaient plus Nice depuis le projet de nationalisation des chemins de fer. Pour progresser dans son métier, Giacomo, ingénieur spécialisé dans les extensions ferroviaires, avait dû s'expatrier en région parisienne et il habitait Neuilly avec sa jeune femme, rue Casimir Pinel. Chaque matin, au volant de la voiture acquise après l'accident de son frère, il gagnait son bureau installé dans l'enceinte de la gare de Noisy et, invariablement le soir vers 19 heures, Anne-Marie entendait la clef tourner dans la serrure.

— Ce n'est pas possible ! Ainsi sera ma vie, cette routine sans reliefs, cette attente journalière pour voir entrer le soir un homme fatigué et grognon !

Jour après jour, elle était triste et morose, comme l'enfant de la toile de Mary Cassatt, qu'elle comprenait si bien maintenant.

Chaque soir pourtant, elle s'appliquait à cacher son désespoir et affichait pour son mari un visage souriant.

Et si son destin, c'était de suivre la voie tracée par sa mère ? Elle aussi avait été abandonnée par un compagnon accablé de travail. Florence avait alors succombé aux avances d'un jeune Italien et elle était morte de cette liaison.

Chapitre 2 – *La nouvelle Ligue lombarde*

Georgio et Giovanna, les beaux-parents d'Anne-Marie, n'avaient pas quitté Nice et leur vieux palais de la rue Sainte-Réparate. Ce soir, douillettement enfoncé dans les coussins de sa vénérable automobile, Georgio se rendait à une réunion importante à l'invitation de Francesco Cornaro.

Le comte régnait sur une villa cossue assise sur les hauts de la ville, sa propriété se cachant derrière une frondaison épaisse et colorée, comme si le propriétaire eut souhaité la cacher de ses contemporains.

Dans la voiture, il pensait à l'inéluctable marche du temps. Voilà deux ans déjà. C'était précisément le soir du mariage de Giacomo. Son fils Ettore, psychologiquement perturbé, s'était suicidé au volant de la voiture de son frère. Le soir du mariage de Giacomo ! La date choisie n'était évidemment pas sans signification !

La vieille Panhard, épuisée par la montée, dessina comme à regret un dernier virage et se trouva arrêtée par une lourde grille noire dont les deux battants défendaient l'entrée de la propriété devinée au fond de l'allée.

Alberto signala l'arrivée de son maître en actionnant la cloche et un valet ouvrit les vantaux du portail dans de sinistres grincements.

— Elle est protégée comme un fortin militaire, cette maison !

Le chauffeur, qui n'en pensait pas moins, ne fit pas grand commentaires.

— Certainement, Monsieur, certainement… nous arrivons.

Francesco Cornaro, suivi de son majordome, apparut sur le perron pour accueillir son hôte.

— Mon cher Georgio, quel plaisir de vous recevoir ! Mais vous êtes seul, pourquoi Madame ne vous accompagne-t-elle pas ?

— Pourrez-vous un jour lui pardonner, mon cher Francesco ? Ma femme, la malheureuse, garde la chambre depuis deux jours. Elle tousse à tout rompre et son docteur nous affirme qu'elle souffre d'une méchante bronchite.

En réalité, Giovanna ne prisait guère ces interminables réunions où les femmes étaient reléguées comme des êtres futiles dans un salon réservé aux travaux d'aiguille.

— Entrez, mon cher Georgio, ne nous éternisons pas dehors car les soirées sont fraîches. Les autres sont arrivés, avec vous nous serons au complet.

Georgio pénétra dans le vaste salon d'apparat et salua les dix personnes assises autour de la table. Il connaissait tout le monde, tous ces notables étaient Italiens – ou plutôt, précisaient-ils : « Nous sommes Italiens du Nord ».

On pouvait reconnaître deux industriels de Turin, des commerçants de Milan et de gros propriétaires terriens de la vallée du Pô.

— Je vous en prie, Georgio, prenez place. Nous allons commencer l'ordre du jour.

Depuis six mois, ces messieurs avaient constitué les statuts d'une société politique dont le but déclaré était de faire renaître la Ligue lombarde, si puissante dans la péninsule au Moyen Âge.

— Nos belles provinces, si fertiles et habitées de travailleurs courageux sont dépossédées de leurs richesses par cette Italie du Sud où les gens sont plus adeptes de longues siestes que du travail bien fait !

— Nous mourons sous le poids des charges que nous imposent ces territoires improductifs. Dans ces régions, on ne se précipite pas pour labourer les champs, les hommes sont essentiellement occupés à s'entre-tuer entre familles ennemies et personne ne travaille. Nous en attendant, nous payons !

Cornaro s'employa à refroidir l'ardeur des comploteurs en frappant trois fois la table de son marteau caoutchouté.

— Allons, Messieurs, je vous en prie, un peu d'ordre ou nous n'arriverons jamais à traiter tous les points de notre programme de ce soir. Georgio, vous êtes le secrétaire-trésorier de l'ordre de la nouvelle Ligue lombarde, où en sommes-nous des cotisations de notre association ?

— Elles sont à jour, Monsieur le Président, la dernière vient d'atterrir dans ma poche il n'y a pas plus de cinq minutes... les comptes sont clairs.

— Parfait, alors nous pouvons commencer. Dans un premier temps, si vous en êtes d'accord, nous allons consacrer quelques minutes à la situation politique en Europe. Vous connaissez l'appétit hégémonique du chancelier Hitler, vous savez comme moi sa volonté de fondre l'Allemagne et l'Autriche pour constituer un grand pays germanique, le trop fameux et inquiétant Anschluss !

Chacun se regarda en hochant du bonnet, l'appétit du chancelier récemment élu ne pouvant aucunement être ignoré. Cornaro reprit, l'air préoccupé :

— Je sais par un membre du cabinet en Italie que Mussolini est opposé à ce projet et Hitler en est furieux. Il a bien raison, le Führer, d'être en colère : cette prise de position du « Duce » en fait pour l'instant un allié de la France et de l'Angleterre. Espérons que notre ami Benito ne changera pas trop vite d'avis !

Un murmure secoua l'assistance ; on le sentait bien, Mussolini ne leur semblait pas très fiable.

— Premier point. Qui est pour l'annexion de l'Autriche afin de réaliser une grande Allemagne ? Passons au vote.

Soudain sérieux et muets, les hommes glissèrent leur bulletin dans une petite enveloppe et la déposèrent dans la fente de l'urne improvisée.

Le secrétaire de séance ouvrit la boîte de bois blanc.

— Le résultat est le suivant : unanimité contre.

Le président de séance se versa un verre d'eau et poursuivit, l'air gêné.

— Deuxième proposition inscrite à l'ordre du jour. Le chancelier Hitler s'apprête à proclamer une série de lois réduisant le droit de vote, le droit d'entreprendre et le droit d'apprendre aux Juifs, ainsi qu'à leurs enfants. Ces lois imposeront à ces populations l'obligation de se faire recenser dans les préfectures et de porter distinctement une étoile indiquant leur appartenance raciale.

On le sentait bien, beaucoup ignoraient ce projet et restaient incrédules. Un murmure emplit l'assistance.

— Silence, Messieurs, je vous en prie. Nous allons voter pour ce deuxième point. Votez oui ou non, toute annotation supplémentaire aura valeur de bulletin nul.

Le silence, interrompu par le froissement du papier, emplit à nouveau le grand salon.

— Le résultat est le suivant : onze votants contre. Un votant pour.

Tous se regardèrent à la dérobée à la recherche de celui qui avait donné son assentiment pour les lois antijuives. La voix du président se fit à nouveau entendre.

— Les lois antijuives projetées par le chancelier Hitler et son gouvernement ne sont pas approuvées par notre organisation. À l'unanimité moins une voix.

Les bavardages à voix basse autour de la table témoignaient de l'étau se resserrant autour de ces hommes de droite… ils n'étaient pas d'accord avec les nazis, mais craignaient encore plus le bolchevisme et sa révolution ouvrière. Cornaro fit à nouveau entendre son marteau.

— Troisième et dernière résolution. Hitler — et à ses côtés

beaucoup d'Allemands – rêve de conquérir la Pologne afin de réunir la Prusse orientale et l'Allemagne, êtes-vous favorables à ce projet ? Passons au vote. Du silence, Messieurs !

À nouveau on devint sérieux et chacun fit disparaître son enveloppe dans la petite urne de bois blanc.

— Douze votants contre : unanimité contre.

La réunion se termina sans relief particulier et, au moment de se séparer, Cornaro attira Georgio dans un petit salon après avoir salué ses amis.

— Mon cher Georgio, comme nous avons pu le constater ce soir, notre organisation politique est cohérente : nous soutenons la droite nationaliste allemande mais nous rejetons les visées hégémoniques de ce pays et de son chancelier. Nous sommes ainsi en accord avec Mussolini, l'actuel dirigeant de notre Italie.

Assis dans un fauteuil moelleux en face de son interlocuteur, Leonardi fit un mouvement oscillant de la main, puis il murmura :

— Oui, certes, nous sommes sur la même ligne que le « Duce », enfin, sa ligne actuelle. En espérant encore une fois qu'il n'en changera pas demain ou même ce soir !

— Votre fils habite maintenant la région parisienne et vous parlez tous les deux parfaitement la langue française !

— En effet, mon fils vit à Neuilly et travaille à la compagnie PLM qui sera bientôt, dit-on, la SNCF. Il est à la sous-direction des projets ferroviaires, mais que vient-il faire ici, Francesco ? Mon fils n'est pas avisé de mes activités politiques et ne souhaiterait certainement pas y participer.

— Vous connaissez Coty, le parfumeur ?

Tout en parlant, il se dirigeait vers une porte secrète cachée dans la paroi du mur et, grâce à une petite clef dorée, il en ouvrit la porte. L'intérieur contenait des dossiers de couleur. Cornaro en sortit un et ouvrit une liasse de pages noircies par l'encre d'une machine à écrire.

Georgio, après avoir réfléchi, répondit à son interlocuteur.

— Coty, me dites-vous ? Jamais vu, je ne connais pas cet homme, il habite Nice ?

Cornaro lui tendit une photographie de grand format reproduite dans un magazine féminin.

— Non, pas à Nice, il vit à l'hôtel Claridge à Paris six mois par ans et aussi dans son château de Montbazon près de Vendôme. Le voici photographié par *Le Figaro*, ainsi vous ne pourrez pas dire que vous ne l'avez jamais vu !

— Mais pourquoi diable me parlez-vous de ce bonhomme ?

— Ce bonhomme, dites-vous ! Et bien voyez-vous, ce Coty, ce n'est pas n'importe qui, il entretient des liens politiques très étroits avec la droite nationaliste en Italie. Si vous visitez votre fils à Paris, j'aimerais vous confier un pli à son intention. Vous verrez, vous serez très bien accueilli par cet homme de pouvoir avec lequel j'entretiens les meilleures relations. Je l'aurai d'ailleurs prévenu de votre passage par téléphone.

— Mais pourquoi ne pas lui envoyer tout simplement cette fameuse lettre par voie postale ? Je ne comprends pas bien la nécessité de ce rôle de porteur de missive ?

Cornaro ne fut en rien gêné par la remarque, il répliqua sèchement.

— Cette missive est ultrasecrète et il n'est pas question de la savoir traîner dans les bureaux de poste de France et de Navarre.

— Bien, c'est d'accord, mais à une condition toutefois. Je ne veux absolument pas que mon fils soit mêlé à tout cela, lui vous savez, la politique, ce n'est pas sa tasse de thé !

— C'est entendu, je vous laisse juge, bien que notre époque ne prête guère à la neutralité. Bonsoir, mon ami, rentrez bien.

Georgio regagna rapidement sa vieille Panhard et Levassor ; la pluie commençait à tomber et c'est avec les essuie-glace qu'Alberto le reconduisit à Nice.

Le long de la Promenade des Anglais, désertée à cette heure, il repensa à cette soirée de comploteurs dont il voyait mal l'intérêt. Certes, lui aussi était convaincu du caractère artificiel de cette Italie aux deux visages, le Nord industrieux et producteur de richesses et le Sud nonchalant et corrompu, qu'il était toujours nécessaire de soutenir pour éviter sa chute dans le gouffre de l'impécuniosité.

Fallait-il pour autant apporter son soutien au régime fasciste de Benito Mussolini ? Georgio n'aimait pas le personnage, il le considérait comme gonflé de suffisance et capable des pires revirements.

— Tout sauf les communistes ? s'entendit-il marmonner, alors que la voiture s'engageait délicatement sous une des arcades du marché Saleya.

Arrivé chez lui, il poussa la porte du salon et, à son grand étonnement, il découvrit Giovanna assoupie dans un fauteuil. Elle ne l'avait pas entendu entrer, aussi sursauta-t-elle lorsqu'il ouvrit la porte grinçante de la bibliothèque.

— Tu prends un whisky à cette heure ? Je t'ai entendu, tu ne penses pas qu'une tisane serait plus appropriée ?

Pris la main dans le sac, il bredouilla.

— Crevante, cette soirée a été crevante. Ils veulent que je rencontre François Coty, le parfumeur, tu le connais ?

— Si je le connais, bien évidemment je le connais ! Toutes les femmes de qualité connaissent François Coty, il me semble que si tu portais plus d'intérêt à la tienne, tu ferais l'effort de sentir sur sa peau « l'Ambre antique », le fameux parfum de chez Coty !

— Mais enfin ! Pour moi tu exhales des senteurs délicieuses, mais comment en connaître le parfumeur ?

— Eh bien, mon cher, maintenant tu le sauras.

Georgio se leva lourdement de son fauteuil et embrassa Giovanna.

— Nous parlerons de tout cela plus tard, comme toi je tombe de sommeil !

Elle le suivit dans l'escalier de marbre, les yeux dans le vague, et lui déclara :

— Nous devrions demain matin avoir une lettre d'Anne-Marie. Il me tarde de la savoir enceinte, un enfant à la maison, quel bonheur !

— Tu es toujours pressée. Peut-être à cette heure, l'affaire est-elle consommée, moi à leur âge…

— Ne dis pas de bêtises. Bonne nuit, mon chéri, j'étais inquiète de te savoir sur les routes avec ce mauvais temps.

Georgio pouffa.

— Tu parles, les hauts de Nice, même pas vingt kilomètres !

Ils se tournèrent et bientôt de petits ronflements s'échappèrent par la fenêtre entrouverte.

Chapitre 3 – *Le café des Merveilles*

C'était prévu de longue date, Georgio devait séjourner quelques jours à Tende pour régler des affaires de fermage. Voilà dix minutes que le train avait quitté la verrière de la gare de Nice et il grimpait, il grimpait et grimpait encore, collé à la paroi abrupte de la montagne. Enfin, entre deux nuages de fumée, on vit à deux cents mètres le quai de la gare de Breil. La locomotive, satisfaite de sa prouesse, serra les freins et lâcha un impressionnant panache de vapeur, comme un soupir de soulagement.

Cinq minutes plus tard, abreuvée et rassasiée de charbon, elle signifia qu'elle était prête. Trois coups de sifflet stridents auxquels répondit le roucoulis du chef de gare… le train s'ébranla, Georgio dormait.

Personne en gare de Tende, il était le seul voyageur. Nanti de sa serviette de cuir, il se dirigea vers son opulente demeure.

— Holà ! Cette maison est-elle donc vide ?

La porte de la cuisine claqua, laissant place à la cuisinière qui s'essuyait les mains avec un torchon.

— Monsieur est arrivé, venez l'accueillir, venez, vous autres !

Les deux bonnes, des filles du village, apparurent dans l'encadrement de la porte. Georgio salua et pensa.

— Il faut que j'en parle discrètement à la cuisinière, je crains que Gionna ne soit « grosse ».

Il déposa ses documents dans son bureau et attendit quelques minutes la venue de Tonio.

Ce jeune homme, il le connaissait de longue date. Il avait fréquenté l'école du village avec son fils Giaco, avant que celui-ci ne rejoigne son pensionnat de Turin. Aujourd'hui, il gérait deux des plus grosses fermes de la famille Leonardi et ses relations avec Georgio étaient excellentes. Excellentes, parce qu'il était un habile négociateur avec le personnel, et aussi parce que les deux hommes partageaient les mêmes idées politiques. Ils étaient inscrits à la même section du Parti national fasciste, le parti de Benito Mussolini.

Malgré cela, Georgio – on le répète – ne faisait guère confiance au « Duce » et à ses volte-face à cent quatre-vingts degrés, mais il lui accordait un crédit… Mussolini disait haïr Hitler, qu'il considérait comme un monstre sanguinaire et un perverti sexuel. Tonio, le régisseur de Tende, éprouvait la même rancœur contre « l'Autrichien », mais, comme son patron, il était encore plus violemment anticommuniste.

— Nous avons terminé notre tour d'horizon des problèmes posés par la ferme de Saint-Delmas. Seriez-vous d'avis, Maître Georgio, que nous terminions notre rencontre au « Café des Merveilles » sur la place de l'église ? On ne vous voit plus guère au village et ce serait une occasion unique de vous y montrer.

— Les gens se plaignent ?

— Pas ouvertement, mais il se dit que vous aimez plus la ville que nos belles montagnes et il se murmure aussi que vous préférez les chemises brodées aux pantalons de velours.

— Oui, je sais, je porte des chaussures vernies et ne supporte plus des sabots de bois. La vérité, Tonio, c'est que je vieillis, mais tu peux leur dire que je les aime tout autant.

Ils entraient maintenant dans le vieux bistrot du village. L'ouverture de la porte exhala un lourd nuage de fumée bleue et une chaleur moite aux odeurs de transpiration. Bien qu'il s'y rendît moins souvent, Georgio aimait cette atmosphère d'intimité villageoise. Il allait se diriger vers une table au fond de la salle, mais Tonio le conduisit discrètement au bar.

— Bonjour, les amis, j'ai grand plaisir à vous voir. Feliciano, une tournée pour tous ces gaillards et la même chose pour nous deux.

Pour un coup d'essai, c'était un coup de maître ; tout le petit peuple du bistrot se rapprocha du bar pour discuter et plaisanter avec lui.

Ils avaient depuis toujours des relations rugueuses, mais joviales, avec le « vieux ». Georgio était le plus gros employeur de la vallée et beaucoup dépendaient de lui. Ce qui était différent depuis quelques années, c'était qu'ils ne le voyaient pratiquement plus et que le nouveau Niçois n'était maintenant plus informé des petites et des grandes histoires du coin… lui ne le savait pas, mais il n'était plus des leurs.

Chapitre 4 – *Le directeur de l'Académie des beaux-arts*

Rue Casimir Pinel à Neuilly ce samedi matin, Giacomo, inquiet, était assis sur le lit de sa chambre face à Anne-Marie et la jeune femme pleurait.

— Ma chérie, mais que se passe-t-il, je ne te reconnais plus ? Pourquoi es-tu si triste ? Tu es malade ?

— Non pas du tout, je ne suis malade que de mélancolie. Tu pourrais comprendre, je ne connais personne ici et nous n'avons pas d'enfants, toi tu es absent toute la journée. Je m'ennuie, je m'ennuie à mourir dans cet écrin doré.

— Mais que puis-je faire pour t'aider ?

— Pour m'aider ? Pas grand-chose, peut-être ne pas te laisser submerger par ton travail et rentrer à la maison plus tôt le soir ?

— Je te promets d'essayer, mais je doute que ce soit suffisant. Le bébé, tu verras ça viendra, nous nous aimons trop pour ne pas voir arriver un jour le petit fruit de notre bonheur !

— Mon chéri, j'ai envie d'aller à Nice près de mon père et de tes parents. Ici, je n'ai rien à faire.

— C'est vrai que tu n'es pas suffisamment occupée, mon amour, j'ai honte. Tu es malheureuse depuis plusieurs semaines et je n'ai rien vu. Si tu le veux bien, nous partirons pour Nice dans dix jours. Comme tu le sais, j'ai des congés à prendre, ainsi verrons-nous la famille et puis nous parlerons de ce que nous pourrions faire pour améliorer ta situation. Pour ma part, j'ai une petite idée.

Elle grommela derrière son mouchoir.

— Ton idée, elle est peut-être très bien, mais ne compte pas que j'attende dix jours pour la connaître, ton idée !

— Non bien sûr, c'est idiot.

Il lui proposa de reprendre ses études d'art et de langues pour terminer le cycle sur lequel elle travaillait lorsqu'ils s'étaient connus. Ainsi pourrait-elle plus tard travailler dans une galerie de peinture, comme elle en avait manifesté le souhait, et peut-être même en posséder une à son nom.

— Qu'en penses-tu, ma chérie ?

Le visage d'Anne-Marie sembla s'éclairer. Il essuya les larmes de cette frimousse qu'il aimait tant et pensa en lui-même avoir visé juste. Il se dit que sa femme était décidément très secrète et qu'il devrait dorénavant être plus attentif à ses humeurs. Il se leva du lit et se dirigea vers la fenêtre.

— Il fait un beau soleil, ce matin ! Pourquoi ce bel astre ne serait-il pas aussi pour nous ? Serais-tu d'accord pour une petite marche dans le bois ?

Elle hocha affirmativement la tête, trop tard pour s'apercevoir que Giacomo s'était retourné brusquement et avait sauté sur le lit, armé d'un oreiller.

— Mais tu es fou, complètement fou. Attends, si nous sortons, je dois me préparer !

Il se cacha sous les draps au fond du lit et en remontant, entraîna la nuisette de sa femme, la jeune femme comprit alors que la marche à pied était différée.

Après une courte bataille d'oreiller, enfin il la maîtrisa et un long baiser ouvrit le délicieux combat dont ils sortirent pantelants.

/

Dans l'escalier de l'immeuble qu'ils descendaient main dans la main, ils reprirent la discussion un temps abandonnée.

— Tu me connais bien, beaucoup trop, parfois ! Il est des moments où je me pose la question de savoir s'il est utile pour moi d'avoir un cerveau… Tu sais à quel point je suis attachée aux peintres du début du siècle et plus particulièrement aux expressionnistes allemands. Personne ne les apprécie, mais les modes passées, tu verras, ils seront reconnus. Je pense à Kandinsky et à ses productions de la période du « Cavalier bleu ».

Giaco, au passage, caressa le chien de la gardienne. Le roquet était devenu son ami depuis qu'il lui avait fait don d'un relief de repas qu'il s'apprêtait à jeter à la poubelle.

— Kandinsky, je connais. Le Cavalier bleu, par contre, je ne sais pas qui est ce personnage. De qui s'agit-il ?

— Le Cavalier bleu, c'est un rassemblement d'artistes qui travaillaient séparément et se réunissaient une fois par semaine pour confronter leurs idées. Tous ces peintres, écrivains et architectes sont maintenant classés parmi les expressionnistes. Kandinsky est peut-être le plus célèbre d'entre eux, il est considéré comme l'initiateur de l'art abstrait par certains experts.

— Tu veux dire que ce serait lui qui aurait inventé l'art abstrait ?

— Oui, mon chéri, c'est bien ce que je veux dire. J'aime passionnément et je comprends la peinture qui a précédé l'avènement du nazisme en Allemagne et j'aimerais faire mon métier autour de la promotion et de la vente de ces toiles.

Ils sortirent dans la rue qui était déserte en ce samedi matin, malgré un soleil éclatant.

— Ma chérie, je t'écoute avec intérêt, mais comme tu l'as compris, je ne connais pas grand-chose à tout cela ! Toi par contre, je vois bien que ça te passionne, mon idée n'était donc pas si mauvaise.

Pour toute réponse, elle l'embrassa dans le cou.

/

À Nice, au palais de la rue Sainte-Réparate, Georgio décachetait comme tous les matins son courrier, assis à son bureau.

— Giovanna, nous avons une lettre des enfants, ils viennent nous visiter dans huit jours par le train, j'ai vraiment hâte de les revoir. S'ils pouvaient nous annoncer une bonne nouvelle, quelle joie ce serait pour nous quatre !

Elle entra dans la pièce, un peu irritée.

— Tu ne vas tout de même pas te concentrer en permanence sur cette grossesse attendue ! Un enfant, ça ne s'achète pas en magasin. Ce bébé, il viendra quand il viendra !

— Oui, peut-être, mais n'empêche, il me tarde et toi aussi.

— Tu vas finir par nous faire un jour une grossesse nerveuse ! Mon pauvre ami, tu m'agaces sérieusement.

Bien qu'il n'en dise mot, Georgio convint qu'il avait une fâcheuse tendance à radoter avec cette envie maladive de voir un enfant courir dans le parc de sa propriété. Il s'enferma dans la lecture de son journal et, vexé, ne répondit pas.

/

Le train, dans un grand panache de fumée blanche, était sorti de la gare de Marseille et semblait maintenant se promener paresseusement le long de la côte. Attachés à leurs corps-morts, de multiples petits bateaux colorés se balançaient mollement au rythme du clapot. Des villas audacieuses, perchées sur leur éperon rocheux, défiaient la mer aujourd'hui plate comme un lac.

Giacomo sortit de son gilet la montre à gousset offerte par sa femme lors de son dernier anniversaire.

Anne-Marie le regardait et regrettait quelque peu son achat.

— Es-tu satisfait de ton Oméga ? Ne crois-tu pas que ça fait un peu « vieux monsieur » ?

Il ne répondit pas. Il bâillait et ses yeux tournés vers le large scrutaient un cargo lourdement chargé. Il tourna alors la tête vers elle et revint soudain à la réalité.

— Encore quarante minutes et nous serons arrivés. Anne-Marie, où allons-nous loger, à Nice ? Il sera difficile de ne pas vexer ton père ou le mien, car tu le sais, l'un et l'autre sont jaloux comme des tigres du Bengale !

— J'en ai parlé avec Giovanna, Monsieur mon mari, tout est organisé. Au début, nous coucherons rue Sainte-Réparate et, à la fin du séjour, nous serons logés à la villa du quai des États-Unis. Il n'y avait pas d'autre choix, car mon père est actuellement à Bruxelles. Il rentre dans quatre à cinq jours.

— Tu serais d'accord pour que nous fassions un jour de beau temps une visite à Tende ? N'auras-tu pas peur de reprendre le train des Merveilles, ce train dans lequel nous avons échappé de justesse à la mort ?

— C'était un attentat, pas une défaillance du matériel, nous le savons trop bien toi et moi. Pour moi, ce sera train ou voiture, comme tu voudras.

Ils s'assoupirent quelques instants et furent réveillés par le son nasillard et incompréhensible du haut-parleur de la gare ; ils étaient arrivés. À peine le pied posé sur le quai, le visage souriant mais un peu grossi de Georgio leur apparut.

— Bonjour, les enfants, bienvenue au pays du soleil et de la bonne humeur, donnez-moi votre valise. Si vous n'êtes pas trop fatigués, on rentrera à pied à la maison.

— Ouf, si tu veux bien, père, nous prendrons une voiture, car le voyage a été long.

Cinq minutes plus tard, ils poussaient la lourde porte de chêne du palais Leonardi. Giovanna, escortée des deux bonnes et d'Augustine, les accueillit.

Derrière les vitres anciennes de la porte de séparation avec le parc,

Giaco entrevoyait le grand cèdre du Liban aux reflets bleutés de son adolescence.

— Pas désagréable de se retrouver à la maison, quel calme ici ! On oublie immédiatement les clameurs de la ville. Alberto, je n'ai pas vu Alberto, il n'est pas souffrant ?

— Non, il va bien, mais il est maintenant en retraite, il habite au coin de la rue Droite et de la place du Gesù, à deux pas d'ici. Il nous aide occasionnellement et figure-toi qu'il s'est mis en tête de faire un petit potager. Je lui prête un coin au fond du parc, le rentier y cultive ses légumes et en fournit à Augustine, ainsi avons-nous des produits frais.

— Lui et Augustine…

— Tu crois ? Je n'y avais jamais pensé, mais pourquoi pas ?

Le jeune couple installa ses bagages dans leur chambre attitrée et Giaco, peut-être émoustillé par ses souvenirs de jeunesse, proposa à Anne-Marie de s'allonger pour une petite sieste réparatrice.

À peine eut-elle retiré sa robe, que la jeune femme fut plaquée sur le lit par son mari qui l'embrassa furieusement avant de poursuivre avec rage son effeuillage.

— Mais, Giaco, tu es fou, on va nous entendre.

— Nous entendre, mais pas du tout, entendre quoi, mais à quoi penses-tu ?— Hypocrite, tu sais très bien de quoi je veux parler.

L'hypocrite s'appliquait maintenant à caresser la jeune femme, comme si la longue attente dans le train l'avait porté au supplice.

— Depuis Paris, ma chérie, depuis le départ du train je ne pense qu'à ça. Te prendre dans mes bras, respirer l'odeur de ton corps, te caresser et t'embrasser derrière les oreilles…

Anne-Marie elle-même arrivait au comble de l'exaltation et elle ne parlait plus de bruit ou de silence. Elle accueillit avec plaisir des caresses plus intimes puis sentit en elle ce rythme lent qu'elle aimait tant. Puis ce fut un arrêt et enfin la reprise tant espérée, et encore un nouvel arrêt suivi de caresses, et enfin un galop plus rapide émaillé de paroles rauques. Son mari la griffa, puis apparut… une fleur dont l'éclosion lui arracha un cri.

Ils s'endormirent dans les bras l'un de l'autre alors que montaient de la rue les criailleries des commerçants à la recherche du chaland.

— Vous êtes visibles ?

— Un instant, on faisait la sieste.

— Veuillez m'excuser, décidément je suis impardonnable, on se reverra plus tard, au salon.

Les deux amoureux, réfugiés sous l'ombre protectrice des draps de lit, gloussèrent comme des adolescents et s'embrassèrent à nouveau avant de repartir dans de nouveaux ébats.

Dix-huit heures sonnaient au clocher de la cathédrale quand ils sortirent de la chambre et s'engagèrent, heureux, dans le vaste escalier en direction du salon.

— On est un peu « culottés ». On passe tout l'après-midi sous les draps le jour de notre arrivée.

— Culottés, je ne sais pas ! Normal, la sieste, on était fatigués par le voyage. Maintenant vois-tu, ça va mieux, beaucoup mieux.

En bas, Giovanna, assise sur son fauteuil, était plongée dans son ouvrage. Elle sourit discrètement à leur arrivée.

— Vous voici bien remis ? Ce soir, nous ne serons pas seuls à dîner, nous avons invité Emmanuel. Tu te souviens d'Emmanuel ? Nous l'avons souvent vu à la maison, il est très agréable, souriant, intuitif et c'est maintenant une personnalité à Paris. Vous ne le connaissez pas, mais j'en suis convaincue, vous l'apprécierez, Anne-Marie.

— Très certainement, je vous remercie, Giovanna.

— Quelle manie de constamment me vouvoyer ! Suis-je si vieille à tes yeux que tu ne puisses faire autrement ?

La jeune femme rougit, mais ne répondit pas à sa belle-mère, dont elle appréciait la franchise. Ce vouvoiement lui avait échappé.

Le vent poussa le voilage de la porte-fenêtre du parc. Giaco croquait dans un abricot.

— Il s'agit bien d'Emmanuel, le peintre architecte originaire de Nice, c'est bien lui notre convive de ce soir ?

Giaco venait juste de rentrer du jardin, les deux mains chargées de fruits. Il cueillit la balle au bond et sortit sa femme d'une mauvaise passe.

— Oui, il passe quelques jours à Nice où il a conservé sa maison du quartier des Musiciens. Tu t'en souviens peut-être, nous y avons passé quelques soirées d'été dans le jardin, tu étais – il est vrai – bien jeune. Tu le sais peut-être, notre Emmanuel habite maintenant Paris, où il assume d'importantes responsabilités. Enfin, nous verrons tout cela ce soir.

Le jeune homme avait déjà tourné les talons et se préparait à sortir.

— Nous allons faire un petit tour à la villa du quai des États-Unis.

Le père d'Anne-Marie, en déplacement en Belgique, leur avait demandé d'y faire une visite d'inspection. Le nouveau propriétaire n'était jamais tranquille lorsqu'il s'absentait, considérant à chacun de ses déplacements qu'il trahissait sa maison et que celle-ci allait se venger en ouvrant grandes ses portes à tous les malfrats de la côte !

La bâtisse neuve, couverte de tuiles rosées, n'était pas située à plus de cinq cents mètres du Vieux-Nice. Au premier étage, la vue sur la baie y était somptueuse et Giaco, installé sur un fauteuil du salon, se crut obligé de taquiner sa femme.

— Me voici installé douillettement chez toi. C'est bien chez toi, car si je ne me trompe, ton père par donation t'a faite propriétaire de ce palais des mille et une nuits.

— Nu-propriétaire, ce qui n'est pas tout à fait la même chose, il en garde la jouissance sa vie durant. Une vie que je lui souhaite la plus longue possible.

Giaco baissa la tête puis, penaud, regarda sa femme.

— Évidemment, moi aussi je lui souhaite une très longue vie pleine de bonheurs ! Je ne sais pas pourquoi je te raconte toutes ces âneries, je suis stupide.

Il prit sa femme dans ses bras et l'embrassa sur le front ; il savait à quel point elle était attachée à son père et mesurait la peine qui serait la sienne si un jour elle apprenait sa disparition.

— À propos d'Emmanuel, l'autre, pas ton père… celui que nous allons rencontrer ce soir, tu verras il est très sympathique et remarquablement intelligent. Je ne sais pas de quelles responsabilités il a été chargé, enfin nous verrons bien.

Le couple sortit sur la jetée et se dirigea vers le casino sur pilotis bâti sur la mer. Anne-Marie souligna une évidence : à chacune de leurs promenades le long de la baie des Anges, ils se retrouvaient invariablement ici.

— Tu as remarqué, nous nous sentons obligés de revenir vers ce bout de plage où nous nous sommes rencontrés… mon chéri, comme le temps passe !

Giaco fut étonné de ce petit moment de nostalgie ne correspondant pas aux habitudes de sa femme. Pour faire diversion il répliqua joyeusement :

— La meilleure façon pour ralentir le cours de ce temps si cruel, c'est de profiter du moment présent et en particulier, d'embrasser discrètement sa femme dans le cou.

Il joignit le geste à la parole en semblant oublier la discrétion d'usage et s'amusa des passantes offusquées qui les croisaient en haussant le menton. Il pensa : « Mais elles sont jalouses ces tigresses ! »

Il en avait presque oublié Anne-Marie, dont la mine n'était pas à la plaisanterie.

— Tu as raison mon chéri, ta philosophie de vie est sûrement le meilleur traitement contre la dépression, mais je crains que cela ne suffise pas. Je suis inquiète, car je sens monter en Europe le bruit du canon.

— C'est vrai, la guerre semble inévitable.

Si Anne-Marie était si perturbée, c'était qu'elle écrivait régulièrement à Sophie, son amie de Munich. Les deux femmes s'entretenaient toujours dans leurs lettres de la situation sociale et politique des deux pays et les nouvelles n'étaient pas bonnes.

Elle scrutait maintenant derrière ses lunettes teintées la beauté du soleil couchant sur la mer et ce fut le regard un peu triste qu'elle reprit :

— L'Allemagne, galvanisée par un tribun redoutablement efficace, relance son économie en faisant tourner nuit et jour ses usines d'armement. Les populations suivent le chancelier avec d'autant plus d'empressement qu'il leur promet des jours glorieux, alors qu'ils n'ont connu que la misère.

Giaco n'était pas mécontent de cette discussion, bien que cela puisse paraître étonnant. S'il connaissait un défaut à sa femme, c'était bien son caractère secret, cette pudeur, cette manie de ne se livrer qu'au dernier moment. Pour une fois, elle parlait ouvertement de ce qui la tourmentait, peut-être parce que le sujet lui paraissait très grave.

— Dans ce pays humilié par la défaite de 1918, le traité imposé à l'Allemagne a contribué à affamer le peuple et tous ces pauvres gens ont suivi leur homme providentiel lorsqu'il est apparu.

Giaco réfléchissait, mais il avait la même analyse que sa femme. Le traité de Versailles, signé en grande pompe, contenait les graines fertiles du désir de revanche. Cette véritable catastrophe diplomatique, imposée par des hommes d'un autre siècle, semblait faite pour générer la guerre suivante. Les nations, au lieu de jouer la carte de l'apaisement, avaient tout fait pour obliger le pays de Goethe à baisser le col en oubliant que cette nation n'avait pas l'âme d'une servante.

Le jeune homme, le front plissé, avançait en regardant la pointe de ses pieds. Ému, il ne répondit pas, mais serra plus fort son Anne-Marie contre lui.

— Rentrons, mon amour, il est l'heure de rejoindre la maison. Nous avons passé l'après-midi dans notre chambre, il serait déplaisant maintenant que notre invité arrive avant nous.

/

Augustine, l'inoxydable cuisinière de la maison, inspectait la table du dîner dressée par ses collègues. Elle ne faisait aucune confiance aux deux bonnes engagées pour la seconder ; certes elle les jugeait compétentes pour mener la chasse au « coquin » et puis c'était tout… rien pour la tenue d'une maison et pas grand-chose pour lui « donner la main » au service.

— Bonsoir, Monsieur Giacomo, bonsoir, Madame Anne-Marie, vous n'êtes pas trop épuisés par la vie à Paris ? Moi il me semble que… oh non ! Je ne tiendrais pas une semaine, toutes ces autos et ces vélocipèdes, pour sûr c'est affreux.

— Augustine, je te l'ai dit cent fois, ne m'appelle pas « monsieur » et surtout, continue à me tutoyer comme autrefois.

— J'y arriverai point, Monsieur Giaco. Avant, c'était avant et puis on parlait tous italien dans cette maison. Aujourd'hui, vous voilà parti à la ville, vous portez le chapeau et la montre à gousset et en plus vous « causez » tout ce que vous avez à dire en français ! Vous êtes devenu un Monsieur, pour sûr.

Il lui répondit en piémontais, en la prenant dans ses bras.

— Augustine, ça suffit ! Hier et aujourd'hui, c'est pareil, tu le sais bien. Tu vas finir par fâcher Anne-Marie, elle va croire que tu nous prends pour des étrangers, on va tous te parler italien si tu préfères, mais toi, tu devras me tutoyer.

— L'étions pas possible, Monsieur, le père de Monsieur me l'a interdit, il dit que ça ne fait pas moderne et puis mademoiselle Anne-Marie n'y comprendrait rien !

Giaco embrassa Augustine sur le front et la libéra ; il sentait que poursuivre cette discussion ne mènerait à rien.

Le jeune couple rejoignit le salon où Georgio terminait la lecture de son journal. Il paraissait fort irrité et ils ne furent pas longs à comprendre son courroux.

— Vous avez lu ça, le parti allemand des Sudètes réclame l'annexion de son territoire au IIIe Reich… c'est le début du pangermanisme et vous le verrez, ça nous amènera la guerre !

— Nous le craignons comme toi, papa, tous ces politiques français et anglais se font mener par le bout du nez par Hitler.

Giovanna entra dans la pièce ; elle était ravissante et délicieusement parfumée.

— Comme tu es belle, ma femme, que portes-tu ? Non, pas la robe, le parfum ?

— Une nouveauté de chez Coty, « Chypre », tu aimes ?

— Beaucoup, j'aime et je t'aime. Ce parfum, tu l'as depuis longtemps ?

— Je l'ai pris ce matin sous les arcades de la place Masséna chez le nouveau parfumeur. Au fait, cet homme m'a appris une mauvaise nouvelle, il paraît que François Coty est mort.

— Mort, tu es sûre ? Il n'était pas très âgé, autour de soixante ans, peut-être ?

Georgio se tourna et murmura, dans un coin de la pièce.

— Trop tard ! La mission que m'avait confiée Cornaro est maintenant sans objet.

Il se promit de téléphoner le lendemain au président, son ami.

/

La sonnette hésitante du porche se fit entendre et Alberto, de service pour la soirée, fit entrer le visiteur. L'homme élégant et distingué connaissait bien les lieux. Il posa son pardessus sur un fauteuil de l'entrée et sourit à l'assemblée. Il semblait ravi de passer un moment avec ses racines niçoises. Georgio constata qu'il avait quelques cheveux blancs supplémentaires, mais n'en fit pas état.

— Mon cher Emmanuel, c'est toujours un plaisir de te voir. Tu te fais si rare à Nice maintenant que te voici parisien.

L'homme ne répondit pas, il semblait réfléchir en regardant la glace de l'entrée. En embrassant son hôte, il s'exclama :

— Qui pourrait penser en voyant ce soir nos têtes de notables que nous avons fréquenté la même école ? Elles sont bien loin, nos culottes courtes ! Pardon, Mesdames, je bavarde et je n'ai salué personne.

Il fit une pause devant le jeune couple et exulta, les bras largement ouverts.

— Giaco, toi tu es devenu un homme, tu as quel âge maintenant ? Tu peux me le dire, ce n'est pas encore compromettant !

— Oui, un homme en effet, mais je comprendrais plus votre étonnement si j'étais devenu une femme, laissez-moi vous embrasser, mon cher Emmanuel.

— Non ! Tout d'abord, Anne-Marie. Je me souviens de votre mariage, elle était splendide dans son élégante robe blanche, mais ce soir, cette situation de jeune femme gracieuse au printemps de sa vie lui va à ravir.

La glace était rompue et le champagne servi par le maître de maison libéra les dernières retenues. On en vint à rapporter en souriant les anecdotes croustillantes réservées au petit milieu bourgeois de Nice, puis l'invité évoqua ses nouvelles fonctions.

— On m'a confié la direction de l'École nationale des beaux-arts à Paris. J'étais professeur et chef de l'atelier d'architecture dans cette maison et me voici devenu le capitaine de cet énorme vaisseau. Vous, Anne-Marie, que faites-vous à Paris ?

Surprise par la question, elle sursauta, rosit une seconde et bredouilla.

— Nous ne sommes pas installés à Paris depuis très longtemps et pour l'instant, je n'ai que des projets.

— Des projets, c'est très bien, ne pas en avoir, voilà bien le pire !

— J'ai travaillé deux ans à l'Académie royale des beaux-arts de Bruxelles, avec Éliane de Meuse, l'épouse de Max Van Dyck, et je me suis intéressée plus particulièrement au travail des peintres expressionnistes allemands. Je souhaiterais poursuivre ce cycle d'études à Paris, mais pour ne rien vous cacher, je suis un peu perdue dans cette ville.

Emmanuel ouvrit des yeux ronds comme des billes et sourit.

— Chère Anne-Marie, je ne saurais trop vous conseiller de me contacter lorsque nous serons de retour, vous et moi, dans la capitale. Comme vous le savez peut-être, je suis architecte, mais je saurai vous guider au sein de notre école, dont je connais bien la section peinture. Vous-même, êtes-vous peintre ?

— Non, pas du tout, et je n'ai pas l'intention de le devenir. J'aime l'étude de la peinture et cela me suffit.

Georgio resservit le champagne.

— Emmanuel, ne va pas penser que ton invitation de ce soir…

— Je t'en prie, dispense-nous de tes bêtises, pense-les si tu veux, mais ne les dis pas ! Anne-Marie, vous avez un projet professionnel au décours de cette formation ?

— Oui, je souhaiterais d'abord travailler dans une galerie de peinture et peut-être un jour en diriger une.

— La famille dans tout ça, vous comptez avoir des enfants ?

— À de rares exceptions, toutes les femmes souhaitent avoir des enfants, en ce qui me concerne, pour l'instant ça reste seulement un souhait.

— Je vous prédis à tous les deux de beaux bébés joufflus et je vous le répète, prenez un rendez-vous auprès de ma secrétaire, je verrai si je peux vous arranger un entretien chez les peintres.

On s'installa dans la petite salle à manger ouverte sur le jardin. Dans cette pièce délicate où était dressée la table du dîner, on était dès l'entrée envoûté par un délicieux parfum de roses. La nuit étoilée pénétrait dans la maison, laissant apparaître entre les branches d'un figuier un croissant de lune posé sur une branche.

— Georgio, laisse-moi deviner, tu es donc resté fidèle à « Isaac Pereire » le rosier que nous sentions au-dessus des clôtures lorsque nous allions à l'école ?

— Oui, j'ai retrouvé cette fragrance de nos jeunes années chez un vieux pépiniériste à Biot et en ai planté un pied contre le mur du jardin. Le bonhomme m'avait pourtant mis en garde.

— Ici, vous êtes très proches de la mer et je crains que ce rosier ne le supporte pas.

— En fait, notre locataire végétal s'est rapidement infiltré sous la terrasse et cette situation souterraine et protégée du vent lui convient parfaitement.

Georgio ferma les yeux un instant en sirotant le champagne de sa coupe ; la présence de son vieil ami d'enfance le ravissait. Il était surtout impressionné devant ce personnage. Emmanuel, malgré ses nombreuses années de vie en Italie et maintenant son installation à Paris, conservait tout frais dans sa mémoire les petits faits de leur enfance niçoise, comme si c'étaient des pépites secrètes réservées aux seuls initiés.

— Toi aussi tu as gardé ce souvenir olfactif ? Quel plaisir de te voir ce soir, tu es toujours le même homme... bien que tu ne sois plus trop provençal, mais ça, nous ferons avec !

— Peux-tu me dire pourquoi un Provençal ne pourrait pas être un homme à responsabilités ? Il faudrait que toi et moi, nous soyons restés les ravis de la crèche ! Tu as gardé le souvenir de nos jeunes années, c'est bien, mais admets que nous avons irrémédiablement changé.

Giovanna plaça les convives. Elle souriait en entendant les deux patriarches, heureux de se rencontrer, mais prompts à se quereller. Elle prit des nouvelles de la famille de l'invité, en prenant place à table.

— Ils sont restés à Paris, car je ne suis ici que pour quelques jours. J'ai rendez-vous à Beaulieu-sur-Mer à la villa Kérylos, pour un problème d'infiltration d'eau au niveau du péristyle.

— Ce n'est tout de même pas toi qui répares la plomberie de cet édifice !

— Non, mais c'est moi qui l'ai conçu et je me sens un peu responsable de son devenir, surtout après la disparition du propriétaire, Théodore Reinach, avec lequel je m'étais si bien entendu lors de la construction de la villa.

Le dîner se déroula selon les codes de la bonne bourgeoisie. Le service était assuré par les deux bonnes et une Augustine royale dans sa robe noire et son petit tablier blanc orné de dentelle. Ce soir, on pouvait voir chez la virtuose de la cuisine piémontaise une inattendue et minuscule coiffe posée comme un far breton sur le haut de son crâne ; elle semblait très fière de cet édifice.

Giaco observait attentivement les évolutions de cette curieuse construction capillaire, car il en prévoyait la chute avant la fin du repas.

— J'adore dîner chez toi, Georgio, bien entendu pour avoir le plaisir de te voir ainsi que ta famille, mais aussi, je l'avoue, parce que je suis un incorrigible gourmand. Et vois-tu, la cuisine d'Augustine est un vrai délice. Ce soir, ses agnolottis maison étaient un véritable voyage au paradis des gastronomes.

— C'est vrai qu'Augustine…

— Tu as de la chance, mon garçon. À Paris, trouver une telle merveille, c'est mission impossible. Si tu étais un véritable ami, tu me permettrais d'enlever ta cuisinière !

— Assassin. Tu le sais bien, Paris la tuerait !

Chapitre 5 – *Zaganelli*

Une semaine s'était écoulée à Nice, une semaine où le jeune couple avait bénéficié d'un temps particulièrement serein, et c'était le teint hâlé et les traits reposés qu'ils avaient rejoint Paris par le rapide, la veille au matin.

Georgio, lui, n'avait pas bougé et, comme tous les matins, le bourgeois du Vieux-Nice lisait son journal. La sonnerie du téléphone le fit sursauter ; il s'empara de l'appareil et sourit. C'était Tonio, son régisseur et son ami de Tende. Soudain, son visage devint soucieux et il posa ses lunettes sur son bureau. Son régisseur, visiblement énervé, lui annonçait des événements qui ne prêtaient pas à sourire.

Un acte de malveillance avait eu lieu à la ferme de Saint-Delmas où la grange à foin avait été incendiée et où deux vaches avaient été retrouvées carbonisées dans les braises.

Au pré des « cailloutis », dans une métairie située à quelques kilomètres, quatre des plus belles bêtes avaient été abattues à même le champ et des quartiers de viande avaient été débités directement sur les cadavres ! De mémoire, les vieux du pays n'avaient jamais connu une scène aussi horrible, un véritable massacre !

Qui avait pu être assez lâche pour ne pas respecter les bêtes ? Dans toute la vallée de la Roya, on ne connaissait pas un sauvage capable de se livrer à un tel attentat. Les coupables n'étaient certainement pas des gens du pays.

Tonio, ivre de colère, hurlait dans le téléphone. Sur les bâtiments de la ferme, les salopards avaient appliqué partout à la peinture rouge la faucille et le marteau. C'était les communistes, ils avaient signé leur forfait, ces salauds avaient eu certainement connaissance du rapprochement de Tonio et de son patron avec le parti national fasciste !

Georgio essaya avec difficulté de calmer le brave homme. Tout son travail et son amour des bêtes étaient piétinés, depuis il écumait et ne quittait plus son fusil. Le vieux, la voix brisée par l'émotion, lui annonça :

— Surtout, ne touche à rien, pour ne pas rendre inutilisables les empreintes. Je viens avec le commissaire Zaganelli.

Oubliant l'arthrose de son genou, il descendit quatre à quatre les marches du grand escalier de marbre en criant à Giovanna qu'il se rendait au commissariat pour une affaire urgente. Il entendit la voix déjà lointaine de sa femme lui rappelant qu'il sortait sans sa veste et allait encore s'enrhumer... Georgio marchait maintenant à vive allure avec un objectif et un seul : coincer Zaganelli et le contraindre à venir constater les dégâts avec lui à Tende.

— Monsieur, s'il vous plaît, c'est pour quoi ?

Il ne répondit pas au planton qui somnolait dans sa guérite et, l'œil noir et sûr de lui, il se dirigea vers le bureau du commissaire dont il poussa la porte sans frapper. Zaganelli sursauta. Il était occupé à s'extraire méticuleusement une volumineuse « crotte de nez » et manifestement il ne s'attendait pas à être dérangé.

— Monsieur Leonardi ! Vous pourriez tout de même frapper ! Laissez, Victor, je connais monsieur.

Comme à regret, le planton referma la porte du bureau en maugréant sur la difficulté de son exercice.

Avant qu'il ne disparaisse, Georgio supposa plus qu'il n'entendit :

— De nos jours, les gens sont de plus en plus mal élevés.

Zaganelli se moucha pour clore ses préoccupations nasales et reprit le cigarillo posé dans le cendrier. Il regarda son interlocuteur et se dit que ce devait être grave, car l'homme écumait. Il lui fit signe de s'asseoir et lui proposa un cachou Lajaunie, en lui demandant la raison de cette irruption soudaine.

Georgio raconta l'appel téléphonique de son régisseur et s'enquit d'éventuels faits similaires dans la région.

— Non, pas à ma connaissance. Mais dites-moi, des gens vous en veulent, dans votre village de Tende ?

— Je ne crois pas, mais vous savez, c'est comme lorsqu'on est cocu, on n'est pas les premiers renseignés !

Zaganelli, la tête dans ses mains, réfléchissait. Cocu, il n'imaginait pas que ce fût possible en ce qui le concernait. Où trouver l'héroïque chevalier qui accepterait d'honorer l'ignoble tas qu'était devenue sa femme ? Il avait à l'instant devant les yeux l'image de sa Georgette devant la bassine de sa toilette et il fit une moue de dégoût. Enfin, c'est avec plaisir qu'il revint sur terre et put faire face à son interlocuteur.

— Simonot, c'est lui, j'en suis sûr ! Vous vous souvenez de l'enquête sur la « marque du Lynx » ?

Georgio sembla rassembler ses souvenirs.

— Mais si, Monsieur Leonardi, rappelez-vous ce que m'avait dit la PJ de Paris. Simonot, le fils de l'activiste d'extrême gauche qui avait été exécuté par la droite nationaliste. Ce Jacques Simonot est fiché comme activiste communiste et je sais qu'il a des attaches à Tende. Je crois même qu'il y possède une maison.

Georgio ne répondit pas. Il connaissait Jacques, mais n'imaginait pas qu'il puisse lui en vouloir au point de tuer ses bêtes, et puis il ne pensait pas une seconde qu'il soit assez stupide pour signer son forfait d'une faucille et d'un marteau alors qu'il était connu pour être un membre du PC.

Zaganelli s'était levé et fouillait dans le tiroir d'un classeur fermé à clef. Il marmonna dans sa barbe.

— Quel bordel là-dedans, merde, elle est déclassée.

Le commissaire sortit péniblement un tas de dossiers et soudain son visage s'éclaira.

— Ah, la voici ! Simonot Jacques. Travaille dans le cinéma, habite Nice au numéro 4 rue Neuve. Voyons les renseignements sur le bonhomme. Membre important du parti trotskiste français, homosexuel. Homosexuel ou curé, on s'en fout, que pensez-vous de cette fiche, Monsieur Leonardi ?

— Je pense que vous êtes un génie, Commissaire, quelle formidable mémoire ! Seriez-vous d'accord pour que nous allions ensemble à Tende constater les dégâts ?

Poser cette question à Zaganelli était parfaitement stupide. L'homme haïssait Simonot et nourrissait le rêve de le faire coffrer depuis si longtemps. Cette fois, il le sentait, c'était la bonne. Enfin, il allait pouvoir mettre ce petit merdeux au frais ! Il se leva, enfila son imperméable mastic et se retourna vers Georgio.

— Alors, on y va ? Nous n'avons pas de temps à perdre. Prenons votre voiture, elle est connue et se fondra mieux dans le paysage que celle de l'administration, surtout si c'est la police.

Le commissaire ouvrit une petite porte qui communiquait avec les bureaux de ses collaborateurs et fit entrer la personne chargée des empreintes digitales et des relevés de preuves.

— Roger, tu prends tout le matériel pour une enquête urgente sur le terrain, c'est à Tende, on en aura pour la journée.

Transformé en chef de guerre, Zaganelli avait rajeuni de vingt ans ; il s'activait, donnait des ordres et en oubliait d'allumer son cigarillo. Georgio avait regagné son domicile et fut vite de retour avec sa voiture. Il stationna la vieille Panhard devant le commissariat et, en claquant la portière, il pensa avec satisfaction que l'enquête ne traînerait pas. Dans le bureau de Zaganelli, il demanda au commissaire la permission de téléphoner au régisseur pour annoncer leur arrivée et lui demander de prévenir la cuisinière afin qu'elle prépare le repas de midi.

Sur place, les constatations corroboraient parfaitement les dires de Tonio. On retrouva de nombreuses empreintes sur les carcasses des bêtes et proches des graffiti de la ferme.

Zaganelli rayonnait, il était convaincu de tenir enfin celui qui le narguait depuis des années. L'après-midi fut consacré à des investigations de voisinage et, alors que le soir tombait, ils redescendirent en direction de Nice.

Georgio déposa les deux fonctionnaires devant le commissariat et, avant de les quitter, les remercia pour la qualité de leur intervention.

— Dix jours, il faut compter dix jours pour avoir le résultat de tous nos tests. Je vous passerai un coup de fil, le bonsoir, Monsieur Leonardi. On va le coincer ce petit pédé, moi je ne les aime pas du tout, ces trous du cul !

— Zaganelli, moi aussi j'étais comme vous et puis la vie m'a appris à les aimer. Vous ne vous souvenez pas de mon fils décédé, mon pauvre Ettore ? Il souffrait le martyre d'être homosexuel et de ne pas être à ce titre aimé et reconnu par la société, c'est pour cela qu'il s'est suicidé.

— Oh, pardon.

Chapitre 6 – *Le projet de Sergueï*

À Bruxelles, à la brasserie du « Bock », Jacques Simonot était attablé comme à son habitude en terrasse. Il attendait Sergueï avec lequel il comptait avoir une explication. L'homme couchait depuis huit jours chez sa sœur Emma et, méthodiquement, chaque matin il prenait un café et un croissant en terrasse en discutant avec le serveur afin d'être reconnu et identifié. Il sourit en trempant les lèvres dans son café.

— En béton, l'alibi, en béton je vous dis !

Il entrevit Sergueï à son arrivée, alors que le Russe poussait de l'épaule la porte du bistrot. Il lui fit signe de s'asseoir à sa table, d'un geste avec son journal.

— Alors camarade, on me dit que tu as des projets, tu veux – m'a-t-on dit – tuer Hitler toi-même, avec tes petites mains ?

Sergueï se releva, il était pâle et les lèvres pincées.

— D'abord, une chose, je ne suis pas ton camarade, je ne suis pas et ne serai jamais communiste, et puis une deuxième, avant que je foute le camp… Simonot, on ne me parle pas comme ça. On écoute ou on n'écoute pas Sergueï, mais on ne lui parle pas comme ça.

Le trotskiste regarda mieux son interlocuteur ; manifestement, il était impressionné. Il pensa sans le dire que ce Russe n'était pas un type ordinaire… un héros ? Finalement pourquoi pas ? Un héros, un vrai, il n'en avait jamais vu.

Soukoff avait confié à l'organisation BK 14 l'entretien qu'il avait eu avec Sergueï dans le sous-sol de sa boulangerie. Non pas qu'il ait voulu nuire à son ami en déflorant son projet, il avait tout simplement souhaité leur faire connaître le courage du personnage et sa volonté de détruire celui qu'il appelait le « Guépard ». Cette bête immonde, selon Sergueï, n'en était qu'au début de ses forfaits.

— Je n'ai pas voulu t'humilier, Sergueï, j'ai seulement pensé te prévenir, car tu ne t'en rends peut-être pas compte, mais ce régime est très renseigné et sans pitié.

— Sans blague ! Tu m'as convoqué pour me dire ça ?

Simonot se ravisa. S'il attaquait Sergueï de face, il n'en tirerait rien, il fallait être patient. Le Russe avait demandé à Soukoff si l'organisation pourrait l'aider dans son projet d'assassinat d'Hitler et ce dernier lui avait fait connaître Simonot. Avant de répondre positivement, le communiste aurait souhaité en savoir un peu plus.

— Oui, on pourra certainement t'aider, mais tu comprendras que nous ne nous engagerons pas sans avoir plus de détails sur le dossier.

— Ne rêve pas, je ne vais pas te raconter aujourd'hui ce que je veux faire, tu as déjà pu voir ce que ça donne quand je suis bavard. J'en ai dit deux mots à Soukoff et aujourd'hui la moitié de votre organisation est au courant ! Tu ne voudrais pas aussi que j'envoie aux nazis la corde pour me pendre, avec mon adresse ! Vous m'aiderez ou pas ? Oui ou non, ce n'est pas bien compliqué ce que je te demande !

— On t'aidera. C'est pour quand ?

— Je t'ai dit que vous ne sauriez rien avant. Je m'expose déjà beaucoup trop en te parlant. Salut, Simonot.

Sergueï se leva et disparut du bistrot. Le soir tombait et il se fondit avec volupté dans la foule. L'anonymat c'était son domaine, le pays où il se sentait invincible.

Chapitre 7 – *L'Académie des beaux-arts*

Un mois plus tard, quai Malaquais, Anne-Marie recherchait l'entrée de l'Académie des beaux-arts. Elle sentit nettement souffler sur elle l'esprit du lieu en passant près de la coupole de l'Académie française, bien que la place en soit déserte à cette heure matinale. Pour la toute première fois, elle eut la sensation d'être une privilégiée ; lorsqu'elle ouvrait les yeux, elle se rendait compte qu'elle n'habitait pas une ville, mais plutôt un immense monument où l'histoire chatouillait en permanence les pupilles du promeneur.

À droite, la coupole de la bibliothèque Mazarine et à gauche, au bout de la passerelle des Arts, la longue perspective du Louvre ouvrant son arche monumentale sur la cour carrée et, face à elle, la Seine. Le fleuve, ce matin, était couvert d'une fine brume rendant irréelle la longue succession des ponts.

Elle fit quelques pas sur le quai et s'annonça à la conciergerie des beaux-arts. Un petit bonhomme au visage cireux et à la présentation compassée entrouvrit une minuscule imposte et lui demanda l'objet de sa visite.

— Bonjour, Monsieur, j'ai rendez-vous avec monsieur le directeur ce matin à neuf heures.

— Monsieur le directeur ? Entrez, Madame, je vous en prie prenez un siège, qui dois-je annoncer ?

— Anne-Marie Leonardi, il m'attend.

Quelques instants plus tard, Emmanuel apparut dans l'encadrement d'une lourde porte cirée. Ce qui frappa tout d'abord la jeune femme était criant de vérité : ici, ils n'étaient plus à Nice, ici, c'était le royaume de « Monsieur le directeur ». Plus d'Emmanuel, plus de rosier odorant dans le jardin. Ils étaient à Paris, à l'Académie des beaux-arts…

— Madame Leonardi, c'est un plaisir de vous voir à Paris ! Entrez, je vous prie, et installez-vous, asseyez-vous donc ici. Une seconde s'il vous plaît, je passe un dernier coup de téléphone à un collaborateur et je suis tout à notre affaire.

La jeune femme eut alors le temps de détailler le bureau du maître des lieux… ses dimensions étaient exceptionnelles. Derrière le fauteuil Louis XVI qui lui faisait face, une vaste tapisserie des Gobelins recouvrait le mur et, de part et d'autre, deux sculptures à la mode hellénique donnaient au lieu une indiscutable caution de bon goût.

— Pardonnez-moi cette attente, je décroche le téléphone afin que nous soyons tranquilles.

Il appela son secrétaire afin que l'on apporte une boisson fraîche dans le bureau et demanda qu'on ne le dérange pas. La jeune femme rafraîchit alors la mémoire du directeur-architecte, en insistant sur ses goûts picturaux et sur sa volonté de devenir une spécialiste de l'expressionnisme allemand.

— J'ai parlé de vous à mon collègue chargé du département peinture, il est intéressé par votre démarche, d'autant plus d'ailleurs que les étudiants ne se pressent pas actuellement pour étudier les arts germaniques.

Elle sourit en prenant un mouchoir dans sa poche.

— Je comprends cela, la sensibilité artistique du IIIe Reich n'inspire pas les intellectuels, que ce soit en France ou ailleurs. Malheureusement, en Allemagne, la situation est totalement différente ; les nazis attirent des millions de sympathisants autour des œuvres qu'ils ont choisies pour représenter la gloire et la supériorité des Aryens.

— Anne-Marie, je ne suis ni un spécialiste de l'expressionnisme allemand ni de la peinture du début du siècle, mais je crois savoir que le chancelier Hitler et ses sbires ne les portent pas vraiment dans leur cœur, vos amis.

Elle sourit à nouveau à son interlocuteur et lui expliqua que les artistes qu'elle soutenait étaient considérés comme les tenants d'une dégénérescence honteuse de la sculpture et de la peinture par le régime d'Hitler.

Il parut soudain préoccupé, se leva en posant un doigt sur sa bouche et ouvrit la porte du bureau pour s'assurer que personne n'écoutait leur conversation.

Rassuré, il revint s'asseoir après avoir soigneusement refermé la porte et lui confia à voix basse que les ministères en France regorgeaient de sympathisants du régime national-socialiste allemand. Ces gens-là commençaient à faire pression sur les autorités afin que soient retirées de l'enseignement les œuvres considérées comme une injure au peuple aryen.

Plus gravement, le ministère de l'Éducation nationale préparerait, lui avait-on dit, une liste plus convenable de peintres à étudier susceptible de recueillir l'agrément des nazis. Emmanuel la rassura ; jamais il n'accepterait de se soumettre à ce type de diktat.

Il appela son collègue du département peinture, puis se leva et tendit la main à la belle fille de son ami.

— Il peut vous recevoir dans l'instant, je vais demander à ce qu'on vous conduise à lui. Mes amitiés à toute votre famille.

Trois, ils ne seraient que trois à suivre les cours de la nouvelle session, deux jeunes garçons d'origine autrichienne et Anne-Marie. Le responsable de l'enseignement lui expliqua qu'il restait encore quatre mois pour recueillir des candidatures, qu'elle ne se prive pas pour battre le rappel. Deux étudiants supplémentaires seraient les bienvenus !

Elle se retrouva vite sur le quai. La brume s'était épaissie et sa tête elle-même n'était pas très claire. Ce fut le cerveau bouillonnant de projets qu'elle traversa sans regarder, au risque de se faire renverser par une automobile. Le conducteur, pâle et chevrotant, stoppa son véhicule. Il s'approcha de la jeune femme afin de s'excuser, car le pauvre homme avait eu très peur.

Elle le rassura en s'excusant elle-même et traversa la Seine par la passerelle des Arts, afin de gagner la rive droite et la station de métro « Rue de Rivoli ». Ainsi pourrait-elle rejoindre son appartement à Neuilly.

« Fermé ». Une petite affiche de papier froissé résumait les explications dues aux voyageurs. Un quidam à casquette et à mégot jaunâtre appartenant à la compagnie écarta la grille de fer qui obstruait l'entrée du métro.

— Fermé, c'est fermé, ma petite dame ! Vous ne voyez pas l'affiche ? On est en grève pour les conditions de travail.

Elle se dirigea alors à pied vers la place de la Concorde où régnait une agitation inhabituelle. Ici sévissait une manifestation organisée par le parti communiste et des groupuscules anarchistes. Ces derniers arrachaient les poteaux indicateurs et se servaient de ces barres de fer pour menacer les automobiles immobilisées par l'embouteillage.

Anne-Marie ne s'attarda pas dans ce capharnaüm et se faufila au plus vite vers les Champs-Élysées, bien décidée à rejoindre son domicile à pied.

Chapitre 8 – *Olga, Sophie, Vassily et les autres*

Depuis un an déjà, Anne-Marie noircissait des piles de cahiers et se nourrissait des cours lumineux de l'Académie des beaux-arts. Parallèlement, elle avait décidé de reprendre l'enseignement de l'allemand pour mieux s'approcher des peintres du Bauhaus.

Elle écrivait souvent à Sophie Scholl, une jeune fille de Munich qui partageait avec elle un goût prononcé pour la peinture moderne et une grande inquiétude dans le devenir de l'Allemagne. Elle avait connu la jeune fille à Munich lors d'une exposition en galerie des toiles du groupe du « Cavalier bleu ». Toutes les deux avaient été invitées à ce vernissage par le peintre Kandinsky, à qui Anne-Marie avait écrit son admiration.

Les lettres à Sophie étaient écrites dans la langue de Goethe, ce qui obligeait la jeune franco-belge à de gros efforts de traduction. Souvent, dans ses missives, Sophie s'inquiétait de la vie des gens en France et Anne-Marie en réponse lui expliquait combien la situation à Paris n'était pas florissante. Le travail se faisait rare et les grèves succédaient aux grèves… surtout, on était convaincu d'être la future proie du chancelier Hitler. Il suffirait que le chancelier le décide et son peuple rangé au cordeau serait massé à nos frontières.

Un dimanche matin, Giaco et sa jeune femme prenaient comme d'habitude un bain ensemble dans leur grande baignoire. Ils étaient heureux de cette intimité de couple et bavardaient en riant. Ils se préparaient à sortir déjeuner à Paris. Giaco avait réservé la veille au « Buffet de la gare de Lyon ». Ce restaurant, construit à l'occasion de l'Exposition universelle de 1900, avec ses larges fenêtres dominant les voies, leur évoquait les jours heureux des départs en vacances. Et puis il y avait ces peintures datant de l'origine du lieu et commandées par la société PLM. Ces huiles peintes au mur donnaient aux convives un avant-goût de leurs futures vacances.

Anne-Marie, habillée, parfumée et maquillée, fixait avec peine sa deuxième boucle d'oreille devant la glace. Elle dit à Giaco sans se retourner :

— Sais-tu que Vassily Kandinsky, le peintre russe dont je t'ai souvent parlé, habite maintenant la France ?

Son mari se tortillait, il haïssait cette chemise.

— Ces boutons de manchette, un vrai supplice ! Tu disais, Kandinsky ? Il est russe, je crois ? Russe, allemand, français… il descend jour après jour vers le sud. Il a des rhumatismes ?

— Tu es bête ! S'il s'est exilé, c'est pour des raisons très graves. Il a été jugé indésirable en Allemagne par le régime nazi et a eu juste le temps de déguerpir. Il est à Neuilly et tu t'en doutes, j'y suis un peu pour quelque chose… c'est moi qui lui ai déniché cette location ! Notre nouveau voisin occupe un appartement à quelques rues de chez nous, au numéro 6 de la rue du général Cordonnier.

— Elle débouche sur l'avenue du Roule ?

— Exactement. Il est content d'être ici, mais est un peu perdu dans notre pays, bien qu'il s'exprime très correctement en français. Serais-tu d'accord pour que je le convie un soir à dîner ?

Il cherchait maintenant désespérément une paire de chaussures noires et se disait que contrairement à ce qu'elle prétendait, il serait capable de les dénicher lui-même. Vaincu, il apparut dans l'encadrement de la porte, et jugea moins humiliant de ne pas parler en premier des chaussures.

— Kandinsky, bien entendu, mais ne l'invite pas seul, car je ne saurais trop quoi lui dire. Moi tu sais, la peinture… Au fait, tu ne saurais pas où sont mes chaussures ?

— Tes chaussures, je les ai cirées hier soir, elles sont sur la table de la cuisine. Je pensais l'associer dans cette soirée à une jeune fille allemande qui s'appelle Olga. C'est une amie de Sophie Scholl dont elle m'a parlé dans une de ses lettres, cette fille séjourne quelques jours à Paris avec son père.

Giaco écoutait distraitement sa femme, il était préoccupé par le choix qu'il allait faire au menu. Se ressaisissant au dernier moment, il sourit et s'intéressa à Olga.

— Olga, me dis-tu ? Nous la recevrons sans problème.

Anne-Marie paraissait rêveuse, elle fit mine de ranger des vêtements dans une armoire. Sophie s'était confiée dans sa lettre et elle lui avait longuement décrit la situation dans son pays. La jeune fille était très inquiète. Les Allemands, hypnotisés par leur maître, semblaient tous entraînés dans un torrent nationaliste autoritaire et ce torrent canalisé par des gardes-chiourmes inflexibles ne souffrait aucune critique. Pour les comprendre, elle expliquait que la population avait tellement souffert de la crise de 1929 ! Aujourd'hui, l'humiliation était terminée, au pays il y avait du travail pour tout le monde et on mangeait à sa faim. Enfin, être Allemand, c'était être respecté.

À mille lieues de toutes ces réflexions, il laçait ses chaussures en sifflotant et constatait qu'elles brillaient comme un miroir. Bêtement et pour faire enrager sa femme, il lui demanda si la jeune fille était jolie et s'il pourrait lui faire visiter Paris.

Elle lui répliqua avec un sourire malicieux qu'elle connaissait son nom, Olga Hünenberg, et que cette Olga était très amie avec Sophie Scholl. Était-elle jolie ? Elle n'était pas très qualifiée pour juger de la beauté des femmes, il verrait bien sur place. Elle ajouta :

— D'après une confidence de Sophie, cette jeune fille est très engagée politiquement, elle pense que le régime nazi sera rapidement renversé par les sociaux-démocrates, il suffirait de réveiller les Allemands et de leur ouvrir les yeux...

Giaco, dubitatif, hocha du bonnet et lui donna son point de vue.

— Je n'en suis pas si sûr, les nazis sont très puissants, ton amie Sophie en parle dans sa lettre. Ils ont un chef auquel ils obéissent les yeux fermés et ce personnage n'est certainement pas prêt à jouer dans la cour des démocrates ! Ce chancelier Hitler est un redoutable tacticien qui profite de la faiblesse des démocraties voisines pour avancer ses pions et continuer à aimanter les foules par ses harangues.

Elle lui parla alors d'Olga, de son enthousiasme et de son goût pour les solutions positives... bref, de sa jeunesse ! Parfois, la jeune fille l'effrayait, car dans ce pays cadenassé, elle n'avait pas la langue dans sa poche et clamait ouvertement son opposition au régime.

Ils sortaient maintenant du garage et dans la rampe, il releva rapidement la glace de sa portière, car la voiture sentait fortement les gaz d'échappement.

— Si tu penses pouvoir rassembler ces personnes à la maison, pourquoi pas. La soirée devrait être originale et intéressante !

Une semaine passa et un soir, Giaco, levant le nez dans la cour de son immeuble, s'aperçut que le salon et la salle à manger de son appartement étaient illuminés. Il pouvait distinctement apercevoir des silhouettes se déplacer derrière les voilages, il y avait du monde chez lui. Il réfléchit un instant et ne trouva pas ; mais que pouvait-il bien se passer ce soir ?

Sur l'escalier du perron, il comprit enfin... il avait totalement oublié l'invitation à dîner lancée par Anne-Marie. Il rentrait tard et allait assurément se faire sonner les cloches. Giaco discernait maintenant nettement sa femme, qui était sortie poser un vase sur le balcon. Elle était élégamment vêtue d'un tailleur aux formes fluides. Assurément, vue d'en bas, elle accordait une grande importance à cette réception.

Quelques instants plus tard, après qu'il eut sonné timidement à son étage, elle lui ouvrit la porte ; tout allait bien, elle souriait.

— Mes chers amis, je vous présente Giacomo, mon mari. Il a la lourde tâche de supporter mon caractère parfois versatile, mais, comme vous vous pouvez le constater ce soir, ce n'est pas son unique travail. Tu rentres tard, un problème au bureau ?

— Le problème, c'est moi ! J'ai misérablement oublié la venue de nos amis à la maison et j'ai terminé un rapport qui aurait très bien pu attendre demain. Je plaide coupable.

Elle se retourna et désigna de la main les occupants du salon.

— Giaco, je te présente Olga, l'amie de Sophie dont elle nous parlait dans sa dernière lettre. Je l'avais rencontrée à Munich, ainsi que le frère de Sophie, lors d'une exposition de peinture. Et voici Vassily Kandinsky, le peintre dont tu connais la réputation, il est depuis peu notre voisin.

Anne-Marie pouvait tant bien que mal tenir une conversation en allemand, ce fut fort utile ce soir-là. Ils apprirent la fermeture par les nazis du Bauhaus, le collectif où travaillait Vassily depuis de nombreuses années.

Kandinsky leur apprit que l'Allemagne ne voulait plus subventionner « d'art dégénéré » or les expressionnistes – selon le régime – n'étaient pas de véritables peintres, mais un ramassis d'émigrés alcooliques tous ennemis du Reich. Le seul conseil que l'on pourrait donner à ces barbouilleurs, disaient-ils, c'était d'obéir au plus vite à la maxime peinte par les SS sur les murs du Bauhaus : « Dehors tout le monde ! »

Kandinsky reprit, avec un fin sourire aux lèvres.

— On sentait une telle haine dans leurs yeux, quand ils nous ont chassés, qu'ils nous ont inconsciemment rendu service. Vous savez moi, je suis blasé, j'ai déjà fui la Russie au début de la révolution bolchevique en 1918, alors voyez-vous, j'ai maintenant une grande habitude !

Giaco lui demanda s'il escomptait se fixer en France ou retourner dans quelque temps en Allemagne. Il répondit en haussant le menton qu'il aimait beaucoup ce pays. Il le constatait chaque jour, les Français accueillent très bien les étrangers, mais si un jour ce n'était plus le cas et si on lui faisait savoir, sa valise serait prête et il irait voir ailleurs.

On servit à chacun une coupe de champagne et, après avoir trempé ses lèvres dans le breuvage blond et pétillant, Kandinsky, ravi, affirma qu'il ne pourrait décidément pas quitter un pays où le vin était aussi intelligent.

— Ce pays ne vous chassera pas, mon cher, car la France a beaucoup plus à gagner à vous avoir sur son sol qu'à vous savoir ailleurs. Bienvenue parmi nous !

Le champagne, les paroles de Giaco… Kandinsky était très ému. Il acheva cependant de raconter la journée de fermeture de son atelier du Bauhaus par les nazis. Le souvenir était pénible pour lui et il avait les larmes aux yeux, mais il sut se contenir. Tous les artistes avaient dû subir des comportements bestiaux ; on vociférait, on bousculait les meubles et on menaçait de tout brûler.

Lorsqu'il repensait calmement à cette funeste journée, Kandinsky se posait une question… tout cela n'était-il pas la manifestation d'une vaste mise en scène ?

Les tableaux prétendument sans valeur et destinés à la destruction avaient été soigneusement chargés dans des voitures avec des protections et ils avaient pu voir, cachés derrière les rideaux des fenêtres, les soldats rire entre eux comme s'ils venaient de leur jouer un bon tour… Ce qui est étonnant, ajouta-t-il, c'est que ni Munich, ni Berlin, ni la presse en général, personne n'en sut jamais rien !

Kandinsky était convaincu que les toiles avaient été tout simplement volées par les SS et qu'elles seraient retrouvées après la guerre, mais dans quel état !

— Mais vous Vassily, vous qui êtes russe, donc un émigré en Allemagne, n'avez-vous pas craint pour votre personne ?

— Si, bien entendu, et le risque était d'autant plus grand que Joseph Goebbels avait lui-même exigé mon exclusion de notre école. Pour lui, le Bauhaus était, je vous le rappelle, le symbole de l'art dégénéré allemand et j'en étais le porte-drapeau. Je devais partir au plus vite !

Olga essaya de prendre la parole, mais sa médiocre connaissance du français l'obligea à s'exprimer dans sa langue maternelle.

— Les Allemands sont fascinés par les défilés tirés au cordeau où les participants chantent la gloire éternelle du pays. Tout le monde est sensible à cela et on est convaincu dans les familles, en entendant ces chants martiaux, de l'invincibilité de notre nation.

Anne-Marie se demanda si elle avait bien compris. Étonnée, elle répondit à la jeune fille.

— Olga, vous n'allez tout de même pas tomber dans le piège tendu par Hitler !

— Ne craignez rien, Anne-Marie, je hais ce régime autant que vous et je ferai tout ce qui sera en mon pouvoir pour le combattre. Ce que j'essaie de vous faire comprendre, c'est la terrible attractivité de ces gens sur la population. Il ne faut pas oublier l'humiliation ressentie par les Allemands après la défaite de 1918 et le calamiteux traité de Versailles.

Anne-Marie, passionnée par l'histoire germanique, répondit à Olga.

— Oui, vous avez certainement raison, ce traité ne portait pas en lui les germes d'une réconciliation, c'était une bombe à retardement stupide et à courte vue.

— Les Allemands, mes parents et mes grands-parents, se sont sentis trompés et humiliés. L'énormité des indemnités réclamées par les vainqueurs et la crise économique ont fait le reste. Le reste, vous le connaissez, c'est l'apparition de cet opportuniste d'Autrichien qui a labouré la terre fertile du nationalisme !

Anne-Marie sourit à l'assistance, elle mit une mèche de sa coiffure en travers de sa lèvre supérieure et sortit une tirade destinée à réhabiliter Hitler.

— En 1934, l'Autrichien en question a interdit les pogroms alors que les bolcheviques les avaient encouragés en Russie. On ne peut pas lui retirer cela.

— C'est vrai, « Frau » Anne-Marie ! Mais croyez-moi, cette politique apparemment bienveillante ne va pas durer longtemps, car Hitler hait les Juifs.

Soudain, les yeux humides d'Olga les ramenèrent à la triste réalité du moment. Elle murmura.

— Pardonnez-moi cette faiblesse, je crains tellement pour mes parents ! Ce régime est autoritaire et cruel. On pille, on assassine et on détruit sous la bannière de la grande Allemagne, avec l'assentiment d'une large partie de la population !

La maîtresse de maison, touchée par le désarroi d'Olga, la serra affectueusement dans ses bras et l'embrassa sur le front. L'assemblée était troublée et Kandinsky voulut s'adresser à Giaco afin d'alléger l'ambiance.

— Monsieur Leonardi, ne croyez pas tout ce que l'on vous raconte. Pour ma part, si je me suis installé en France, c'est pour l'élégance de ses femmes et je dois dire que la vôtre est une des plus belles images qu'il m'ait été donné d'admirer. Je regrette ce soir de me commettre dans l'art abstrait ; si ce n'avait pas été le cas, j'en aurais volontiers brossé le portrait.

— Dois-je comprendre, cher Maître, que vous êtes amoureux de ma femme ?

— Sans aucun doute, Monsieur Leonardi ! Mais malheureusement… je suis vieux et cet âge me rend modeste. Avec les femmes, c'est un handicap insurmontable.

Flattée et émue par la délicate déclaration du grand maître, Anne-Marie se leva et lui administra un baiser sur la tempe. Il sourit et murmura.

— Ah, les petites Françaises, quel bonheur !

La jeune femme, un peu dépassée par son geste d'affection, se tourna vers la glace du salon et constata que son visage venait de virer au rouge pivoine. Elle se ravisa et fixa son interlocuteur.

— Bien qu'elle ne soit pas encore arrivée en France, je n'oublie pas Nina, votre épouse… on la dit particulièrement attentive à votre comportement souvent galant vis-à-vis des femmes.

— Vous avez mille fois raison, Nina me manque au plus haut point. Il me faut pourtant faire preuve d'un peu de patience, elle arrivera en France dans deux mois. Comment la connaissez-vous ?

— Je l'ai rencontrée à Munich à la galerie, lors du vernissage de vos œuvres. Votre épouse défend votre peinture avec un grand professionnalisme et j'ai hâte qu'elle nous rejoigne en France pour en faire une amie.

— Je vais lui écrire fidèlement vos paroles, elle sera ravie de ne pas se retrouver seule à Paris. Nina ne parle que l'allemand et vous en conviendrez, ce n'est pas une langue bien portée dans l'hexagone, surtout de nos jours.

La soirée se poursuivit dans le grand salon illuminé, mais on sentait bien en cette fin d'année qu'il était difficile de s'abstraire des lourds nuages qui recouvraient les consciences.

Olga, quant à elle, était allemande et ne se considérait pas autrement qu'allemande. Elle n'imaginait pas en particulier émigrer de son pays, même dans une période aussi troublée.

— Vassily Kandinsky est parti d'Allemagne parce qu'il ne pouvait pas faire autrement, mais moi comment m'éloigner de Munich et abandonner mes parents et mon frère ? J'ai bientôt dix-sept ans et je ne compte pas rester les bras croisés dans mon pays face à ce qui nous arrive. Je veux agir et j'agirai de l'intérieur !

Anne-Marie, le sourcil froncé, la mit en garde.

— Ce sera difficile et dangereux pour toi, sois prudente, car ils ont un très vaste réseau de renseignement et sont totalement impitoyables.

— Je vais entrer en fin d'année dans le corps des Jeunesses hitlériennes, de là je serai insoupçonnable aux yeux du pouvoir et merveilleusement bien placée pour les observer. J'en suis sûre, je trouverai petit à petit leurs points de fragilité.

La déclaration d'Olga laissa les convives de la rue Casimir Pinel dans une grande perplexité. Que penser de cette très jeune fille déterminée et, à certains égards, insaisissable ? Ange ou démon ?

Entrer dans le moule de la manipulation mentale d'une dictature avec le projet de le comprendre pour mieux le combattre semblait insensé et surtout terriblement dangereux. Personne ne commenta l'aveu de la jeune fille et Anne-Marie sentit un frisson lui parcourir l'échine.

Après un instant de flottement, dont profita Giaco pour mettre un disque de Benny Goodman, avec Lionel Hampton au vibraphone, la soirée se poursuivit sur un ton plus léger. Mais bientôt, Kandinsky manifesta le souhait de se retirer, car il devait ce soir préparer et emballer deux toiles demandées par une galerie.

— Ah, je ne vous le cache pas, si je pouvais vendre au moins une de ces huiles, ma trésorerie en serait soulagée.

Giaco, bien qu'il soit totalement inculte en la matière, commençait à éprouver de la curiosité pour la peinture moderne. Il demanda au peintre s'il serait possible de voir les œuvres qu'il avait apportées en France. Ils prirent rendez-vous et le maître se retira, après s'être assuré qu'Olga n'aurait pas de difficultés à retrouver son hôtel.

Ils s'installèrent à nouveau dans le salon et l'hôte des lieux, en servant un nouveau café, s'adressa à la jeune Allemande en lui tendant une tasse.

— On a dû vous le dire cent fois, mais ne craignez-vous pas de vous faire endoctriner par le système, si vous entrez dans les Jeunesses hitlériennes ?

La jeune fille le regarda en ouvrant des yeux ronds et interrogateurs. Elle éclata d'un rire cristallin… pour elle, l'incongruité de la question était énorme.

— Devenir une de leurs fanatiques ! Non, Monsieur Leonardi, aucun risque. J'entre dans cette organisation avec un projet bien précis, je veux les connaître afin de mieux les combattre et puis sachez-le, je n'ai pas le choix, tous les jeunes Allemands sont fortement invités à faire de même. Soyez rassuré, je ne deviendrai pas nazie, car toute ma famille est opposante et mon frère en particulier. S'il découvrait une telle horreur, il préférerait me supprimer que de supporter ce spectacle.

Cette réponse ne rassura pas le jeune homme. Il considérait son interlocutrice bien jeune et – quoi qu'elle en pense – encore très fragile.

— Quand pensez-vous rentrer à Munich ?

— Nous regagnons notre pays dans quinze jours, je vous reverrai avant mon départ, c'est promis ! Otto, mon père, aurait été ravi d'être parmi vous et vous remercie de votre invitation, mais il avait une obligation ce soir et ne pouvait pas s'y soustraire.

Elle salua, remercia et sortit en courant avec la légèreté de ses dix-sept ans.

Chapitre 9 – *Olga, Thomas et le tapis*

Giaco, après avoir refermé la porte derrière la jeune Olga, proposa à sa femme de l'aider à débarrasser les reliefs de la soirée. Tous deux gagnaient la cuisine, chargés d'assiettes et de plats vides, quand un bruit insolite les fit se retourner.

— Tu as entendu. De quoi s'agit-il ?

— Je ne sais pas, quelqu'un aura peut-être laissé échapper une valise ?

Dans l'escalier de l'immeuble, la minuterie s'était éteinte et le silence de la nuit enveloppait les tapis de l'escalier et les faux marbres des murs. Aucun bruit ou plutôt si, un murmure, une plainte douce et presque enfantine entre deux paliers…

Clac ! La minuterie se fit entendre et la lumière revint. Un pas de charge tonna dans la volée d'escaliers. Entre le deuxième et le troisième étage, le coureur s'arrêta net et interloqué, il s'agenouilla. Une fille gisait sur le sol, la jupe retroussée.

— Elle aura bu et aura glissé sur le tapis. Mais c'est qu'elle est méchamment tombée. Merde, elle est « dans les pommes » !

Le jeune homme s'accroupit, palpa le pouls et se releva, il parut alors un peu rassuré. Il regarda la jeune allongée et décida de lui administrer une paire de claques.

— Je ne pense pas que cela puisse lui être nuisible.

Paf, une à droite, et paf, une à gauche : la thérapeutique fut manifestement efficace, la blessée ouvrit faiblement les yeux et, de son regard pâle, sembla interroger l'intrus qu'elle découvrit face à elle.

— Que vous est-il arrivé, Mademoiselle, vous êtes blessée, vous avez mal quelque part ?

Du doigt, la fille montra son dos et fit une grimace avant de lui déclarer :

— Je suis tombée, j'ai glissé dans l'escalier à un endroit où le tapis était certainement décroché.

— Mademoiselle, répondez-moi, vous pensez que vous allez pouvoir vous relever ?

— Oui, ne parlez pas si fort, je vous entends, je crois que ça ira. Mais vous parlez allemand !

— Je parle allemand parce que vous m'avez vous-même parlé dans cette langue en vous réveillant.

— Mais nous sommes en France…

— Je confirme, nous sommes bel et bien en France. Je me présente, je suis Thomas Bourguer, fils de Josef Bourguer le pasteur de cette ville. Mes parents et moi-même habitons cet immeuble, et vous, Mademoiselle ?

— Je suis Olga, Olga Hünenberg, j'habite Munich et je suis en vacances quelques jours en France.

Des Allemands en France à Paris ? C'est plutôt rare, pensa-t-il. Il ne fit cependant aucun commentaire et l'aida à s'asseoir sur une marche. Elle était encore pâle, mais retrouvait rapidement de l'assurance. Il continua à lui parler en allemand.

— Mon père et moi voyageons souvent outre-Rhin et presque toujours à Munich. Même si cela doit vous déplaire, nous sommes des sympathisants du parti social-démocrate actuellement peu prisés de vos gouvernants. Encore une précision, nous avons appris, lui et moi, l'allemand en Suisse.

Elle le trouvait beau et craignait déjà de le perdre ; il allait assurément remonter son maudit escalier et ouvrir la porte de son appartement. Elle ne le reverrait plus… pourtant elle s'entendit lui dire une phrase qu'elle regrettait déjà.

— Je ne voudrais pas vous ennuyer plus longtemps, merci, je vais pouvoir marcher et rentrer seule.

Il la fixa fermement avec un œil de jeune mâle dominant.

— Il n'est pas question que vous rentriez chez vous dans cet état. Ma voiture est en bas, je vous conduis aux urgences de la clinique afin de passer une radio du dos et je vous raccompagnerai ensuite à votre hôtel.

— Merci, c'est très gentil à vous, mais pourquoi tout ce tracas ?

— Parce qu'une radio de la zone douloureuse me semble raisonnable. J'ai peut-être tort, nous verrons bien ce qu'en dira le médecin !

Il la soutint par la taille et l'installa dans sa voiture, qui était stationnée devant l'immeuble. En lisière du bois de Boulogne, il savait trouver une clinique assurant les gardes de nuit.

Une demi-heure plus tard, rassurés, ils se retrouvaient devant le service de radiologie. Un crachin breton tombait des réverbères, mais tous les deux souriaient, car elle ne souffrait plus. Ils venaient de découvrir qu'ils étaient contents d'être ensemble. Ils rejoignirent l'hôtel où elle logeait avec son père.

— Au revoir, Olga, je suis très attristé à l'idée de vous quitter, voici mon numéro de téléphone, j'aurais beaucoup de plaisir à vous revoir.

— Moi aussi, je sens que je ne pourrai désormais plus vivre en France sans mon sauveteur ! Thomas, encore une fois, merci. Je vous appellerai demain matin, je serai libre assez tôt, car mon père a le projet de faire des courses pour acheter des vêtements. Moi, j'ai beau être une fille, les habits cela ne m'intéresse guère.

— Vous ne souffrez pas trop, je peux vous laisser ?

— Je n'ai plus aucune douleur. Ne serait-ce pas vous qui souffrez à l'idée de ne plus me voir ?

— Oui certainement, c'est exactement ça ! Il faut dire que notre rencontre n'a pas été ordinaire, convenez-en.

Sa phrase à peine terminée, Thomas se permit un petit baiser sur le front d'Olga, qui rougit en souriant. Elle lui dit à regret.

— Je dois rentrer sans tarder, il va s'inquiéter. Mon père dort très mal et même pas du tout lorsque je suis dehors.

/

Le lendemain matin, en sortant de son appartement, Anne-Marie croisa Thomas dans le hall de l'immeuble. Elle connaissait bien sa famille, car le pasteur habitait l'étage au-dessus du sien.

— Bonjour, Thomas, vous n'avez pas entendu du bruit cette nuit dans les escaliers ?

— Non, rien, Madame. Moi, le bruit vous savez, je dors comme une bûche… une bombe dans mon lit ne me réveillerait pas ! Au revoir et bonne journée, Madame Leonardi.

Le jeune homme préféra garder secrète sa rencontre nocturne avec Olga… on était dans une période où moins on parlait et mieux on se portait.

Depuis dix minutes, il attendait la jeune Allemande au volant de sa voiture grise. Il réfléchissait et se disait qu'il ne connaissait rien d'elle, mais avait hâte de combler cette lacune. Quelques années plus jeune que lui, peut-être, mais Olga à ses yeux semblait déjà très femme. Et puis il y avait ce regard porté par des yeux étonnamment clairs, ce regard déterminé auquel il pensait depuis qu'il était éveillé.

Elle sortit de l'hôtel et jeta un regard circulaire dans la rue avant de reconnaître la voiture. Il ouvrit la glace et cria son nom en se couchant sur la banquette. En regardant vers le haut, il aperçut bientôt les cheveux blonds qui exploraient l'intérieur de la « Rosalie ». Elle était reposée ; hier soir elle était charmante, mais ce matin, il avait sous les yeux une fleur magnifique qui soudain le rendait humble.

— Mais Thomas, que faites-vous, s'il vous plaît, couché dans cette voiture ? J'ai dix-sept ans, mais vous Monsieur, vous en avez cinq de moins !

Il se releva et se sentit bête.

— Le dos, ce matin, pas trop mal ?

Elle venait de s'asseoir à ses côtés et exhalait un délicieux parfum inconnu de lui. Elle lui lâcha avec légèreté :

— Pas vraiment de douleurs, je suis un peu « moulue », comme si j'avais été battue la veille, mais rien de grave. Thomas, vous m'avez dit hier soir que vous alliez souvent à Munich et que vous aviez des amis au sein du parti social-démocrate… Vous le savez probablement, ces gens ne sont pas les amis du pouvoir. Hitler ne songe qu'à une chose, les éliminer.

— Hitler songe en effet à éliminer beaucoup de gens. Vous et les jeunes de votre entourage, vous sentez-vous proches du pouvoir actuel ?

— Vous plaisantez ! À notre âge, vous le savez bien, les jeunes pensent à autre chose qu'à des considérations ou des appréciations sur tel ou tel parti politique.

— Je vous crois bien volontiers. Vous et moi, ne soyons pas sérieux, je vous propose de nous distraire. Allons faire un tour au Quartier latin, avec un peu de chance nous dénicherons un film en version originale. Sinon, nous prendrons un pot sur le boulevard Saint-Michel.

— L'un n'empêche pas l'autre, mon cher Thomas ! Suis je une sympathisante du IIIᵉ Reich, m'avez-vous demandé ? Tout le monde ici me pose la même question. Vous me semblez bien indiscret, Monsieur ! Cherchons plutôt un cinéma.

— Je souhaitais aussi vous demander, avez-vous entendu parler de Dietrich Bonhoeffer en Allemagne ? C'est un célèbre pasteur honorablement connu en France. Peut-être votre père, lors de ses voyages…

— C'est fou, cette aptitude à faire parler les autres sans qu'ils ouvrent la bouche ! Oui, mon père connaît le pasteur Bonhoeffer, membre de l'Église confessante allemande. Oui, il est ami avec lui. Oui, nous sommes, mon père et moi, des opposants farouches à Hitler. Maintenant êtes-vous content ?

Malgré cette réponse, Thomas paraissait furieux. Il était écarlate et semblait craindre que son amie ne lui échappe, mais il le sentait, la confession qu'il avait sur le cœur était plus forte que toute retenue.

Il se tourna vers la jeune fille, le regard terriblement sérieux. Inquiète, elle lui demanda :

— Mais qu'y a-t-il Thomas, vous avez l'air bouleversé.

— Lors de notre dernier voyage à Munich, nous avons dû faire un déplacement en voiture à seulement vingt kilomètres hors de cette belle ville. Mon père avait rendez-vous avec le pasteur, qui est un de ses amis. Il s'agissait d'une paisible bourgade inconnue de moi, mais pas de mon père, qui s'y était rendu à trois reprises. Himmler avait inauguré le mois précédent, sans grande publicité, un camp de concentration en périphérie du bourg. Il s'agit de Dachau, vous connaissez la ville de Dachau ?

— Thomas, voyons, j'habite Munich et je connais évidemment Dachau. Je n'étais pas en Allemagne le mois dernier, mais j'ai entendu parler de la venue de Himmler. Nous connaissions tous l'existence d'un chantier important en périphérie de la ville et nous nous doutions qu'il s'agissait d'une prison !

— Une prison, tu parles !

— Pour les Allemands, il s'agit d'une prison ultramoderne susceptible de remplacer les vieux bâtiments du centre-ville.

— Une question Olga, une seule question… cette vieille prison du centre-ville a-t-elle été désaffectée depuis la mise en service du camp de Dachau ?

— Non, je ne crois pas, mais cessez cet interrogatoire, Thomas, j'ai la sensation d'être mise en accusation en permanence, avec vous.

Il baissa la tête, penaud comme un enfant. Ils étaient maintenant installés à la terrasse d'une brasserie située en face de l'entrée du jardin du Luxembourg. De jeunes couples amoureusement enlacés entraient et sortaient du parc. On oubliait déjà l'hiver, aujourd'hui. La douceur du soleil et le chant des oiseaux posés sur les grilles fraîchement repeintes semblaient s'accorder pour donner le sourire aux passants.

Elle fixa intensément Thomas et se rapprocha de son visage. Brusquement, elle l'embrassa avec la passion de son âge. Ses deux mains caressaient les cheveux du jeune homme et celui-ci, sous le petit guéridon, explora sans retenue les dessous de sa jupe.

— Viens, dit-elle, allons au cinéma. Peu importe le film !

Deux heures plus tard, les lèvres gonflées et les yeux embués de plaisir, ils retrouvaient la rue alors que la nuit était tombée. Dans la voiture, blottie dans les bras de Thomas, elle lui confia :

— Promets-moi de me laisser parler et de ne pas me juger avant que j'aie terminé ce que j'ai à te dire.

— Oh ! Voilà qui doit être important, je te le promets, je ne te couperai pas la parole… même si tu me dis que tu ne veux plus me voir. Non, je rectifie… sauf si tu me dis que tu ne veux plus jamais me voir.

— Thomas, je suis inscrite. Je vais entrer à l'automne dans les Jeunesses hitlériennes.

Le jeune homme devint pâle et serra les dents, mais, ne pouvant plus tenir sa promesse, murmura :

— Oui, je sais, tu me l'as dit au moins deux fois, tu tiens absolument à retourner la lame du couteau dans la plaie ? Car vois-tu, pour moi c'est une plaie.

Il baissa les yeux, manifestement il était très malheureux. Il poursuivit, les larmes aux yeux.

— Nous ne pourrons plus nous voir, Olga, car tu seras

embrigadée et très sérieusement surveillée. Impensable, s'ils apprennent notre relation… moi un Français, fils d'un pasteur membre de l'Église confessante. Tu sais comme moi que cette partie du protestantisme est opposée à Hitler. Tu seras vite condamnée pour intelligence avec une organisation ennemie de l'Allemagne !

Elle semblait elle-même souffrir beaucoup et pleurait dans son mouchoir.

— Bien entendu, j'ai pensé à cela. Tout d'abord, je ne crois pas rester dans leurs pattes plus d'un an et tu comprendras pourquoi plus tard. Ensuite, tu as raison, il ne faudra absolument pas que nous nous rencontrions pendant cette année, lors de tes voyages à Munich.

— Dis-moi, pour me rassurer, si nous ne pouvons pas nous rencontrer en Allemagne alors que tu y séjourneras, nous nous verrons où et quand ?

— Pour l'instant, je ne peux pas te le dire, mais tu dois me faire confiance.

— Bien sûr, j'ai confiance en toi, Olga, comment pourrait-il en être autrement, je suis amoureux !

— Évidemment, je comprendrais que tu doutes, mais réfléchis un peu. Crois-tu qu'une vraie militante nationaliste nazie aurait raconté à un petit Français qu'elle connaît depuis quelques jours son parcours politique avec autant de légèreté ?

Thomas, nullement ébranlé, lui répliqua.

— Ce petit Français, comme tu dis, est germanophile, il parle couramment la langue de Goethe et fait de fréquents voyages en Allemagne, tout cela peut libérer la parole… Tu trouveras peu de personnes ayant ce profil en France.

Elle tenta à nouveau de rassurer son compagnon.

— Mon passage chez ces fous, j'en suis convaincue, va m'apprendre beaucoup de choses pour les combattre. Je dois le faire et beaucoup d'autres Allemands devraient s'y plier. J'ai un frère un peu plus âgé que moi qui approuve ma démarche. S'il apprenait que je suis devenue national-socialiste, je te le dis à nouveau, il me tuerait avec l'approbation de mon père !

La voiture roulait vers l'ouest en direction du pont Alexandre III et ils traversèrent la Seine. Dans l'auto, personne ne disait mot. Soudain, Thomas stationna la vieille Rosalie le long d'un trottoir des Champs-Élysées. Il se tourna vers sa compagne et constata qu'elle pleurait doucement. Il posa alors sur elle un regard interrogateur et la prit doucement dans ses bras.

— Je vais très certainement être mobilisé dans quelques années pour combattre l'Allemagne nazie, car je sens s'approcher la guerre entre nos deux pays. Qu'allons-nous devenir, peux-tu me le dire ?

Elle était serrée contre lui comme un petit animal apeuré. Elle était effrayée, car elle n'avait pas envisagé qu'une histoire d'amour puisse s'immiscer dans ses projets, et soudain elle mesurait le caractère inextricable de leur liaison. Elle entendit Thomas lui dire d'une voix rauque :

— Toi tu as dix-sept ans et tu es seule, eux, ils sont très forts, bien plus forts que tu l'imagines.

Enfouie dans l'imperméable de Thomas, elle lui dit à mi-voix :

— Achille était fort et réputé invincible, sauf son talon… eux aussi sont forts, mais ils ont leurs failles, c'est à moi et à d'autres de trouver leur fragilité, leur talon. Savoir si je vais devenir une de leurs complices, je te le dis et je te le répète, c'est une question que ne se posent pas mes amis en Allemagne. Nous sommes tous des opposants convaincus prêts à nous sacrifier pour que notre pays recouvre son honneur.

Il embrassa longuement la jeune fille, les yeux fermés. Elle était belle et déterminée et, lui, son cœur battait la chamade… il se dit naïvement que ce devait être ça, l'amour.

La Rosalie se dirigeait maintenant vers le bois de Boulogne, les deux occupants se souriaient et se parlaient enfin sans retenue.

— Tu pars quand pour Munich ?

— Dans dix jours, nous pourrons nous revoir avant mon départ. Ce sera d'ailleurs plus facile la semaine prochaine, car mon père prend le train quelques jours avant moi. J'habiterai alors chez le peintre dont je t'ai parlé. Tu te souviens de ce Russe, Kandinsky ?

Thomas expliqua à la jeune fille qu'il se rendrait lui aussi en Allemagne dans un mois. Une réunion de pasteurs était prévue à Munich et son père devait y faire un exposé. Il se tourna vers Olga, qui s'apprêtait à sortir de la voiture.

— Inutile de te demander si je pourrai te voir lors de ce voyage ? Ce sera non, bien entendu.

— Pas du tout, je ne suis pas encore inscrite aux Jeunesses et je suis libre. Actuellement, je n'intéresse personne !

— Personne, je n'en suis pas sûr !

Il attira Olga sur les coussins de la Rosalie, l'embrassa avec fureur et profitant du lieu désert, commença à la dévêtir. Elle aurait souhaité se défendre, mais elle en était empêchée par les baisers enfiévrés du jeune homme. Elle se tortilla alors dans tous les sens, mais rien n'y faisait. Comme elle sentait que si elle attendait encore quelque peu elle ne pourrait plus résister, elle lui mordit l'oreille suffisamment fort pour qu'il lâche prise.

— Tu m'as fait mal, tu es folle !

Elle l'embrassa pour se faire pardonner et lui glissa à l'oreille, après y avoir déposé un baiser :

— Mon chéri, mon amour, tu le sais, je t'aime déjà très fort, mais je ne peux pas t'accorder maintenant ce que j'aimerais pourtant te donner. Nous nous connaissons si peu et je voudrais déjà que nous ne nous quittions plus. Je suis allemande et tu es français, je retourne dans quinze jours dans mon pays et je n'ai que dix-sept ans… pas maintenant Thomas, je t'en supplie, pas maintenant.

Le jeune homme s'était ressaisi ; il le savait bien, elle avait raison. Un dernier baiser suivi d'un autre, et elle s'enfuit en direction de son hôtel en lui brandissant le papier chiffonné sur lequel elle avait noté son numéro de téléphone.

— Je t'appellerai demain matin !

Son image disparut au coin d'une rue et Thomas, heureux et malheureux à la fois, tourna la clef de démarrage de sa voiture, et rentra chez lui, rue Casimir Pinel.

Arrivé à son immeuble, il décida de monter l'escalier à pied pour retrouver l'endroit où le tapis décloué avait eu la délicatesse de faire chuter Olga. Il salua le traître et murmura :

— Tu m'as donné le plaisir de la connaître, je te salue, magnifique tapis crétin !

Chapitre 10 – *Otto, le BK 14 et les pastilles Pulmoll*

Boulevard des Italiens, l'homme à l'allure distinguée marchait d'un pas assuré. Il se rendait à l'orgueilleuse boutique de vêtements à l'enseigne de « British Fashions », installée près de l'Opéra.

Ce matin-là, l'air était léger, peu de voitures dans la rue et seulement quelques passants pressés marchant rapidement vers on ne savait quel destin.

Otto était frappé par le nombre de miséreux tendant la main tous les cent mètres pour ne pas se faire concurrence. Des vieillards alcoolisés, des femmes enveloppant leur enfant dans une couverture déchirée ou des jeunes, le regard perdu dans un mauvais vin… Ce pays allait mal et semblait s'en accommoder.

Il poussa la porte du magasin, le regard soucieux, et se présenta au comptoir de bois blond. Face à lui, une jeune vendeuse lui sourit et lui demanda ce qu'elle pouvait faire pour lui.

— Beaucoup certainement, Mademoiselle, mais pour aujourd'hui, je vous saurais gré de bien vouloir appeler monsieur Oscar Wilson, votre directeur.

— Monsieur le directeur ! C'est à quel sujet ?

— Dites-lui que monsieur Otto souhaite le voir.

Quelques instants plus tard, Wilson lui faisait face. Ils ne se dirent d'emblée aucun mot, puis Wilson toussa violemment et Otto sembla compatir ; il lâcha à son vis-à-vis :

— Vous voici bien enrhumé, Monsieur Wilson, essayez donc ces merveilleuses pastilles, elles sont radicales contre la toux. Ce sont des Pulmoll, vous connaissez ?

Il sortit alors de sa poche intérieure une petite boîte verte qu'il ouvrit et présenta à son interlocuteur.

— Je vous en prie, servez-vous.

Wilson, d'un doigt écarta les pastilles de la boîte et découvrit une gélule blanche qu'il absorba avec le sourire.

— Merci, Monsieur, vous êtes trop bon avec moi, je suis certain d'être bientôt soulagé.

Otto ouvrit alors son élégante valise et proposa au directeur les pièces représentatives de sa nouvelle collection.

— Cette année, la teinte retenue est le marron foncé, ce ton est très tendance pour l'automne. Jugez vous-même l'allure de cet imperméable porté avec une cravate claire…

— Rassurez-moi, Monsieur Otto, ces imperméables ont bien été produits à Munich ? Ils ne viennent pas de la filiale française, la « Simex ».

— De Munich assurément, ces articles sont assemblés chez nous, je vous le certifie, comme les Pulmoll… excellente qualité, d'ailleurs vous semblez aller déjà mieux.

— Parfait ! Vous nous ferez livrer deux exemplaires de chaque taille, ces imperméables sont magnifiques. Les parapluies ?

— Les voici…

Otto Hünenberg sortit paisiblement de chez « British Fashions » et se dirigea vers la ligne 7 du métro. Il avait hâte de rentrer à son hôtel ; il avait retenu au « Soleil couchant » à Neuilly-sur-Seine.

— Papiers, s'il vous plaît !

Deux policiers en civil venaient de l'intercepter au guichet, alors qu'il réglait son transport.

— Vous êtes Allemand ?

— Je suis Allemand en visite à Paris une dizaine de jours pour mon travail.

— Vous parlez bien français. C'est quoi votre travail ?

— Je suis représentant en vêtements de pluie et je démarche mes clients français. Vous comprenez pourquoi je parle français, pour moi c'est indispensable.

Ils lui rendirent son passeport et sa carte d'identité et lui firent signe de circuler. Alors qu'il s'était retourné, il entendit les deux cerbères chuchoter.

— C'est con de ne pas pouvoir leur dire à ces « frigolins » qu'on est avec eux !

Une demi-heure plus tard, Otto retrouvait Olga, qui l'attendait assise dans un fauteuil dans le salon de l'hôtel. Du coin de l'œil, il observa sa fille, qui lui sembla radieuse. Il l'embrassa affectueusement sur le front en se disant qu'elle était sûrement amoureuse.

— Tu ne t'es pas trop ennuyée ? Je te propose que nous déjeunions à midi à la brasserie sur l'avenue de Paris, qu'en dis-tu ?

— D'accord, papa, mais vite… je meurs de faim !

— J'ai deux clients à visiter cet après-midi, je suppose que tu préfères être libre ?

— Tu es le meilleur de tous les papas, de tous les papas du monde et d'ailleurs !

— Voilà qui ne me rassure pas, que vas-tu faire ?

— J'ai l'intention d'aborder le premier jeune homme à ma convenance et de lui demander de louer une chambre d'hôtel !

— Tu es insupportable avec tes blagues idiotes, pourquoi toujours me faire souffrir ?

— C'est un peu idiot, j'en conviens. Je pense visiter le Quartier latin, que je ne connais pas.

Otto se retira dans sa chambre avec sa valise de représentant et il fit une toilette de chat avant de retrouver sa fille au rez-de-chaussée.

— On y va ?

Pendant qu'ils marchaient, Olga demanda à son père s'il était au courant de l'installation d'un camp de concentration à Dachau, à moins de vingt kilomètres au nord de Munich.

Oui, il savait. Comment ne pas savoir, alors qu'il était membre de l'organisation BK 14, un réseau d'échange de données avec l'Est ? Il se contenta de serrer sa fille contre lui et de continuer à marcher en fixant le sol devant lui.

Ils s'installèrent en terrasse et commandèrent une bière en attendant leur repas.

— Voilà au moins une chose que les Français ne savent pas faire ! La bière.

— Tu es d'une exigence, avec ça... moi elle me convient, j'ai une de ces soifs !

Le regard triste, l'un et l'autre convinrent que la France donnait à voir un spectacle beaucoup plus inquiétant que l'Allemagne. Il lui raconta sa marche du matin boulevard des Italiens, parmi les malheureux.

— Les passants m'ont paru tristes sur le trottoir et j'ai croisé tous les cent mètres des femmes accroupies à même le sol qui serraient dans de pauvres couvertures leurs enfants en bas âge.

— Oui, papa, j'ai remarqué la même chose.

Otto raconta à sa fille qu'il avait connu la même situation dans les rues de Munich en 1929.

— Tu étais très jeune et ne peux donc pas t'en souvenir, mais c'était peut-être pire. Dans les quartiers pauvres, les gens en haillons fouillaient les poubelles à la recherche d'un morceau de pain rassis. Les rats couraient dans les rues et on disait que, le soir venu, ils étaient cuisinés sur des braseros de fortune. Les chats eux-mêmes, si abondants en ville, se faisaient rares, car ils participaient à la confection du menu lorsqu'on avait la bonne fortune d'en attraper un.

Olga, étonnée, demanda à son père :

— Tu veux dire que la situation en 1936 en France ressemble à celle de 1929 en Allemagne ?

— Non, les Français n'en sont pas là, ils n'ont pas six millions de chômeurs. Leur maladie à eux c'est d'être résignés, ce qui n'était pas le cas des Allemands de 1929 !

— Bon appétit, papa, au fait as-tu bien placé tes imperméables munichois ce matin ?

— Très bien, merci ma chérie, et j'espère cet après-midi compléter mes commandes. Au fait, tu ne m'as pas parlé de ta soirée l'autre jour chez ces Français de Neuilly, c'était bien ?

Elle raconta alors brièvement son dîner chez les Leonardi avec le peintre Kandinsky, mais mentit un peu quand elle ajouta aux convives le fils d'un pasteur habitant dans l'immeuble.

— Alors, tu as fait la connaissance d'un petit Français et tu ne m'en as pas parlé ?

— Papa, je t'en prie, je n'ai pas rencontré le diable !

Il sourit, mais ne répondit pas. Sa fille avait quitté l'enfance avec une vitesse de météore. La profondeur de son regard clair, son rire cristallin et ses cheveux bouclés… elle était magnifique et il se sentait désarmé devant cette jeune femme qu'il n'avait pas vu venir. Tout d'un coup, il devint grave et fixa sa fille.

— Tout à l'heure, dans la rue, tu m'as parlé du camp de Dachau. Je suppose que tu as appris son existence au cours de cette fameuse soirée ?

Elle acquiesça d'un mouvement de tête. Il lui répondit.

— Je suis moi aussi informé de cette horreur à la porte de notre chère ville et je voudrais que tu saches sans que je puisse t'en dire plus… ma chérie, tu dois avoir confiance en ton père, ton papa avance dans la férocité de son temps la conscience en repos.

Il s'approcha d'elle en se penchant au-dessus de la petite table de leur repas et lui fit part de ce qu'il avait appris à Munich.

Il lui raconta en particulier comment Hitler, au printemps 1934, s'était débarrassé en deux mois d'une branche de son parti qui menaçait de s'opposer à lui.

— Au tout début, les soutiens du chancelier étaient en gros formés des SA, dirigés par Ernst Röhm, un ami d'Hitler, et des SS, sous la coupe du Führer. Rapidement, la direction populiste des SA s'est opposée au chancelier, qui n'a pu tolérer une opposition dans ses troupes. Avec l'aide de Himmler, Heydrich et Göring, il a inventé un coup d'État qui aurait été fomenté secrètement par Röhm. Le bon Führer a fait connaître au peuple allemand le subterfuge en le transformant en une trahison contre le Reich, ce qui a justifié les milliers d'assassinats et d'arrestation dans tout le pays. La population, qui haïssait les SA, a approuvé la purge et Hitler s'est trouvé seul à la tête du pays. Le parti, les armées, le gouvernement et même l'État, après la mort de Hindenburg. Pour lui, la voie était libre, il avait tout le pays à sa botte.

— C'est ce que l'on a appelé en Allemagne « La nuit des Longs Couteaux » ?

Il acquiesça de la tête.

— Je ne savais pas que tu étais au courant de cette terrible histoire, ma fille.

— Je ne peux pas, à mon âge, me promener le museau au vent et ne pas voir ce qui se passe chez nous, mais pourquoi m'as-tu fait ce cours d'histoire ?

— Pourquoi ? Parce que je vois que ces monstres commencent à s'entre-tuer et c'est peut-être la bonne nouvelle, la nouvelle que l'on n'attendait pas.

Chapitre 11 – *Rencontre au bois de Boulogne*

Quatre jours plus tard, Olga se préparait le matin afin d'accompagner son père à la gare. Otto la remercia en l'embrassant, mais déclina son offre. Il lui proposa de plutôt visiter Montmartre, qu'elle ne connaissait pas ; la jeune fille ne se le fit pas dire deux fois et se prépara à sortir.

Deux heures plus tard, il consultait sa montre. Depuis dix minutes, il se cachait derrière un journal allemand, calé dans le fauteuil confortable du Paris-Munich. Otto ne lisait pas, il faisait le point sur son voyage en France.

Le commercial en vêtements de pluie avait pu contacter trois points de distribution réputés à Paris et avait eu des commandes. Sur ce plan-là, tout allait bien.

Il avait aussi présenté et fait absorber deux gélules non digestibles à ses contacts ; ici aussi, son contrat était rempli. Les microfilms étaient probablement déjà entre les mains du parti communiste français, qui les ferait parvenir à Moscou au service du général Berzine, responsable du renseignement de l'Armée rouge.

Il souriait dans sa moustache qu'il caressait avec plaisir ; il était assez fier du stratagème enfantin qu'il avait inventé.

Qui pouvait deviner… Une gélule non digestible dissimulée au fond d'une boîte de pastilles Pulmoll, un mot de passe banal, le contact prend la gélule et l'absorbe… pour la récupérer le lendemain matin.

Il se rendrait en début de semaine prochaine à Berlin pour rendre compte de son séjour parisien à l'organisation BK 14. Pas d'écrits, pas de téléphone, un seul interlocuteur et pas de rendez-vous…

/

À Neuilly, Olga et Thomas se voyaient chaque jour. Ce matin, ils discutaient bras dessus bras dessous le long de l'avenue de Madrid, en chahutant. En croisant une passante, il heurta son panier de provisions rempli des légumes du marché et celui-ci se renversa sur le trottoir. Il se baissa pour essayer de réparer son impolitesse et entendit au-dessus de lui.

— Thomas ! Mais voyons, vous ne me reconnaissez pas ?

— Madame Leonardi, veuillez me pardonner, je suis terriblement désolé !

— Oui, c'est bien ça, vous ne m'avez pas reconnue et vous ne m'avez pas dit non plus que vous connaissiez Olga, elle a dîné il y a quelques jours à la maison, vous savez ! Enfin, en plus de tout cela, vous renversez mon panier de courses ! C'est moi qui ce matin ne reconnais plus le cher Thomas de la rue Casimir Pinel.

Il prit soudain conscience qu'il n'avait pas demandé à la jeune Allemande trouvée inanimée dans l'escalier pourquoi elle était dans cet immeuble ce soir-là.

— Mille fois pardon, Madame Leonardi, j'espère que vos fruits ne sont pas abîmés. Je connais en effet Olga, je l'ai rencontrée dans notre immeuble, elle était tombée sur le dos et je l'ai conduite à la clinique afin qu'elle y soit radiographiée.

— Ah ! Je comprends, c'est ça le bruit que nous avons entendu.

Elle se mit alors à parler allemand en s'adressant à Olga.

— Alors, Mademoiselle Hünenberg, vous avez l'air complètement étonnée, ce sont mes pommes qui sont tombées et pas vous, pour une fois !

Les fruits et les légumes à nouveau sagement rangés dans le panier, ils s'apprêtaient à se séparer quand Anne-Marie expliqua qu'elle ferait un voyage de deux semaines à Munich pour améliorer sa pratique de la langue germanique. Elle était invitée par la famille de Sophie Scholl, que connaissait Olga. La jeune fille, ravie de sa venue, lui avait proposé de la promener dans plusieurs lieux intéressants de la ville. Elle était curieuse de juger sur pièces de la culture et du mode de vie des Allemands sous le régime dictatorial.

Thomas s'exclama :

— La coïncidence est extraordinaire, car nous serons tous les trois à Munich dans quinze jours. Trois plus un, car il ne faudrait pas oublier le pasteur, mon père.

Chapitre 12 – *Paris-Munich et Neuilly-sur-Seine*

En rentrant du travail, ce soir-là, Giaco trouva Anne-Marie alitée. Il en fut d'autant plus inquiet qu'elle n'avait pas pour habitude de se mettre sous les draps au moindre malaise.

Elle était pâle, mais peu inquiète, et il l'interrogea.

— Que t'arrive-t-il ! Tu as pris froid ?

— Non, je saigne beaucoup et j'ai un retard de règles de trois semaines.

— Ce n'est pas normal, je vais t'aider à t'habiller et nous irons te faire examiner à la clinique.

Le médecin de garde ausculta la jeune femme, après lui avoir fait un prélèvement pour une numération et une analyse de son groupe sanguin.

Il sortit de la salle d'examen pour parler à Giaco, qui faisait anxieusement les cent pas dans le couloir.

— Elle va bien, on a débuté la transfusion, car elle a perdu beaucoup de sang, votre femme fait une fausse couche, vous étiez au courant de sa grossesse ?

— Non, mais j'en suis désolé, car nous souhaitons ardemment avoir un enfant.

— Évidemment, pour cette fois ce ne sera pas possible, mais, vous savez, beaucoup de jeunes femmes font des fausses couches spontanées et cela n'entrave pas leurs possibilités de grossesses ultérieures. Ces fausses couches sont souvent dues à une mauvaise implantation sur la muqueuse ou à un fœtus non viable.

— Combien de temps devra-t-elle rester dans vos murs ?

Il lui répondit qu'il était un peu tôt pour se prononcer, mais qu'elle pourrait vraisemblablement rentrer chez elle dans quarante-huit heures. Ensuite, une semaine de repos avec un traitement à base de fer et de vitamines, et il n'y paraîtrait plus.

— Ah, une dernière chose, Monsieur Leonardi. Pas de rapports sexuels avant dix jours, bonsoir Monsieur.

Giaco s'assit à nouveau dans la salle d'attente et patienta jusqu'à ce qu'on lui accorde la possibilité de voir sa femme. Il était rassuré, mais se culpabilisait… encore une fois, il n'avait pas compris qu'Anne-Marie était malade. Et ce projet de voyage en Allemagne dans quinze jours, à ses yeux ce n'était pas raisonnable… il en parlerait au chirurgien.

Une heure plus tard, il poussait doucement la porte de la chambre blanche et eut la surprise de constater l'excellent état de la malade. Elle était bien réveillée et son teint était coloré.

Elle lui annonça avec le sourire sa sortie prochaine de l'établissement et lui répéta les dires du médecin. Il lui avait affirmé que si cette fausse couche était un mal… c'était aussi une bonne chose, car cela signifiait qu'ils étaient susceptibles d'avoir des enfants.

Sur le chemin du retour, le long du bois de Boulogne, Giaco était rassuré. Il se surprit à courir sur le trottoir humide en sautillant comme un enfant. En cachette, il murmura.

— Un enfant, mon Dieu quel bonheur, elle et moi nous aimerions tant !

Dans la cour de son immeuble, rue Casimir Pinel, il eut la surprise de deviner la silhouette de Kandinsky, calée dans un recoin.

Interloqué, il lui dit son étonnement de le rencontrer ici à une heure pareille.

— J'ai perdu les clefs de mon appartement et je ne connais personne à Paris, sauf vous. J'ai sonné au troisième étage et, comme je n'ai pas eu de réponse, j'ai pensé que vous étiez sorti. Au cinéma peut-être ?

— Non Vassily, pas au cinéma, Anne-Marie est hospitalisée, mais rassurez-vous, elle va bien.

— Oh, moi et mes petites histoires de clefs ! Je suis stupide et vous prie de m'excuser.

— Les serrures, nous verrons demain, ce soir vous coucherez à la maison.

Deux jours plus tard, Anne-Marie en bonne forme avait regagné son logis. Avant de sortir, elle avait parlé au chirurgien de son projet de voyage en Allemagne quinze jours plus tard et celui-ci avait semblé surpris de sa demande.

— Vous pourrez vous déplacer où vous voudrez dans une semaine, médicalement, il n'y aura aucun problème.

Paradoxalement, cette fausse couche avait fait naître dans le couple un nouvel espoir, appuyé par les dires du chirurgien. Si elle avait fait l'expérience d'une grossesse avortée, c'était qu'elle pourrait tomber enceinte comme toutes les femmes.

/

Deux semaines s'étaient écoulées et ce matin, au petit jour, Olga et Anne-Marie attendaient le départ de leur Paris-Munich dans un compartiment encore glacial.

Un contrôleur passait dans le couloir. La jeune femme l'arrêta et lui demanda si tout le voyage allait se dérouler dans cette glacière.

Il lui sourit et lui expliqua que le train était en formation et que la locomotive n'était pas encore attelée ; c'était elle qui fournirait le chauffage aux wagons.

— Rassurez-vous, dans ces trains, il fait toujours trop chaud.

Elles étaient parties, le grincement des roues d'aiguillage en aiguillage s'associant au tortillement du train qui cherchait sa route au milieu des locomotives stationnées sur des voies de garage. Bien vite, le train accéléra et le paysage mélancolique de l'est de la France les berça ; elles finirent par s'assoupir et enfin par dormir sans retenue.

— Billets, s'il vous plaît. Vous n'avez pas froid, Mesdames ?

— Non merci, il fait bien chaud, ce qui n'est pas désagréable avec la neige qui commence à tomber dans la campagne.

Olga semblait triste, sa compagne de voyage étonnée s'en préoccupa. Anne-Marie aurait pensé que le fait de retrouver Munich et les lieux familiers de sa vie lui serait agréable. Manifestement, il n'en était rien, elle semblait bouder !

— Olga, peux-tu m'expliquer s'il te plaît ce qui te rend morose ?

— Thomas me manque déjà. Je sais que je vais le revoir dans quelques jours à Munich, mais aujourd'hui il n'est pas là et pour moi c'est aujourd'hui qui compte.

— Oh, mais dis-moi, c'est du sérieux ! Si quarante-huit heures de séparation te mettent dans cet état, c'est vraiment du sérieux !

Elle prit l'adolescente dans ses bras et fit tout ce qui était en son pouvoir pour la réconforter : la lecture, les bavardages et un repas au wagon-restaurant. Il était vingt heures quand la locomotive s'engouffra sous la verrière de la gare de Munich.

— München, München, terminus. Tout le monde descend !

Olga s'étira et bâilla. Sa morosité avait disparu.

— Ouf, ça fait du bien de rentrer chez soi et d'entendre parler allemand.

— Je te fais remarquer que nous parlons allemand depuis notre départ de Paris…

— Certes, Anne-Marie, mais ce n'est pas pareil.

— Oui en effet, ce n'est pas pareil. Je compte sur toi pour m'accompagner chez les Scholl, moi seule je n'y arriverai pas, je suis sûre de me perdre dans cette ville.

Sur le quai, une famille joviale s'anima lorsque ses membres aperçurent Olga à la fenêtre du compartiment.

— Ils sont là qui nous attendent. Il y a Robert, Hans et voilà Sophie qui arrive en courant, elle est en retard comme à son habitude !

Sur le quai, ils firent connaissance avec d'autant plus de facilité que toute l'assistance parlait allemand.

Pour sortir de la gare, on les fit passer dans une file étroite guidée par deux barrières métalliques.

— Les SS ! Restez souriantes et détendues, vous avez des passeports valides ?

— Oui bien sûr, passeport et carte d'identité.

Ils passèrent le contrôle sans difficulté. Les soldats, occupés à autre chose, ricanaient en montrant du doigt une vieille femme écrasée par le poids de sa valise.

— Alte Jüdin.

Anne-Marie, offusquée, fit mine d'aider la grand-mère juive. Robert, le regard sévère, d'un revers de la main l'en dissuada.

— Surtout pas, Madame ! Vous risquez un interrogatoire de plusieurs heures mené par des crétins pervers. Vous ne le savez peut-être pas, mais les prisons ont été vidées des « droit commun » pour faire de la place aux opposants politiques. Une grande partie de ces miliciens sont des voyous récupérés par le pouvoir.

Ils marchaient en bavardant sur les pavés de la place de la gare. Ici, il faisait froid, mais contrairement à Paris, on ne rencontrait pas de mendiants à tous les coins de rue.

— Notre habitation se trouve à l'est de Munich, nous en avons pour un quart d'heure de marche, en aurez-vous la force ?

— Un quart d'heure, pour des Parisiennes, c'est très peu en vérité, surtout si nous pouvons voir des boutiques !

Anne-Marie était frappée par la propreté de la ville ; pas de poubelles qui traînaient, pas de graffiti et des piétons respectueux de la circulation. Ils longeaient maintenant une rue commerçante et elle put constater que les étals regorgeaient de nourriture. Contrairement à 1929, les Allemands ne semblaient pas souffrir. La dictature prenait soin des estomacs.

La jeune Française semblait ravie de découvrir Munich.

— Moi, je vous l'avoue, très égoïstement je préfère aller à pied. En marchant, on peut mieux voir les gens de la rue, l'architecture des maisons et l'ambiance quotidienne de la société.

Robert Scholl tourna la clef de la porte d'entrée de son petit pavillon et fit entrer ses invités.

— Ce soir, nous dînerons légèrement à la maison et demain matin je vous propose que nous visitions le château de Nymphenburg.

Sophie s'inquiéta.

— Père, c'est très loin, nous allons passer la journée dans les bus, entre l'aller et le retour !

— Tu as raison, nous irons en voiture, car le château est situé à six kilomètres au nord-ouest de Munich. Le domaine est très vaste et nous passerons la journée sur le site. Le boulanger m'a dit que le temps s'annonçait agréable, car les grillons chantent depuis deux jours dans la cheminée de son fournil. Si c'est le cas, nous pourrons pique-niquer sur place.

Robert Scholl avait prévu un autre programme pour le jour suivant. Cette fois-là, ils ne quitteraient pas le centre-ville, car il comptait faire visiter à Anne-Marie l'ancienne pinacothèque et sa riche collection de peintures flamandes… probablement la plus importante d'Europe.

Ainsi, jour après jour, la petite troupe découvrait ou redécouvrait l'ancienne capitale de la Bavière et un matin, alors qu'ils passaient devant la vieille prison de Stadelheim, Anne-Marie demanda :

— Alors, depuis l'ouverture de Dachau, Stadelheim a-t-elle fermé ses portes ?

— Non, elle est pleine de prisonniers ainsi que Dachau. Ils se sont moqués de nous, pour cela et pour le reste !

Un soir après le dîner, le père de famille fumait paisiblement sa pipe, assis dans son fauteuil. Olga et Sophie étaient sorties chercher du bois pour la cheminée du salon. Il se tourna vers Anne-Marie, qui lisait un magazine, et lui annonça que sa fille Sophie serait inscrite dans six mois dans l'organisation des Jeunesses hitlériennes.

— Voilà, ma chère, de quoi vous faire dresser les cheveux sur la tête ! Elle ne sera pas la seule, puisque son amie Olga fera la même démarche. Ici en Allemagne, tous les jeunes sont fortement invités par le pouvoir à faire ce parcours.

Il expliqua que ce n'était pas imposé, mais celles et ceux qui refusaient étaient fichés et considérés comme des opposants. La jeune femme s'inquiéta de savoir si elles devraient y rester longtemps ou si elles pourraient quitter le mouvement selon leur souhait.

— Elles pourront se retirer après une année, m'a-t-on dit.

Il expliqua alors que Sophie et Olga avaient un projet : elles comptaient utiliser ce stage pour percer les faiblesses du système. Cette idée le fit tousser et lui arracha un discret haussement d'épaules.

— J'espère surtout qu'elles ne vont pas se laisser embrigader… en réalité, je ne le crois pas, car ces deux filles ont un caractère très fort et sont violemment opposantes à monsieur Hitler !

Olga et Sophie, les bras chargés de bûches, firent irruption dans la pièce, précédées d'un violent courant d'air. Elles avaient les cheveux parsemés de flocons de neige et riaient comme des enfants. Le père de Sophie, habitué à ces jeux de gamines, marmonna derrière sa pipe qu'il manqua laisser échapper.

— C'est la même chose depuis dix ans, lorsqu'elles sont ensemble ces deux filles ne peuvent jamais s'empêcher de jouer comme des enfants !

La capuche du manteau d'Olga laissait couler quelques gouttes d'eau et la jeune fille découvrit en se dévêtant que Sophie lui avait déposé à ce niveau deux boules de neige en secret.

— C'est malin ! Tu es folle, je suis trempée.

Le père confia à Anne-Marie qu'il s'estimait heureux, il aurait pu tomber pire et avoir deux garçons. Avec Olga sa fille et Hans, son fils plus âgé, tout allait bien. Le frère restait de longues heures confiné dans sa chambre du premier étage, où il préparait d'arrache-pied son entrée en faculté de médecine. Sophie était elle-même très concernée par le sort des Allemands, mais, seulement âgée de dix-sept ans, elle restait très fantasque.

Cet homme pacifique élevait ses deux enfants la peur au ventre, car lui aussi le sentait bien… la guerre frapperait bientôt à sa porte.

Les deux jeunes filles, après avoir allumé une flambée, se retirèrent dans la chambre de Sophie au fond du pavillon.

— Olga, tu m'avais dit que je pourrais faire la connaissance de ton ami français, Thomas, je crois !

— Oui en effet il devait accompagner son père et me téléphoner à son arrivée à Munich, mais je n'ai aucune nouvelle !

— Il est comment, ce garçon ?

— Il est brun, doux et paraît cultivé…

— Oui, ça, j'ai bien compris, il est à ton goût ! Je voulais te demander autre chose, il se place comment, au niveau politique ?

— Comme nous, je pense, mais il ne comprend pas mon inscription aux Jeunesses hitlériennes. Il en est convaincu, si j'entre dans cette organisation, je tomberai dans les filets de l'idéologie national-socialiste.

— Il nous connaît mal, ton copain !

Sophie se tortilla sur sa chaise. Elle était manifestement gênée, mais ne put s'empêcher de lâcher à Olga :

— Au fait, j'ai revu Kurt.

— Tu as revu Kurt ? C'est gentil pour moi et alors ?

— Alors quoi ?

Olga ramassa prestement son manteau et sortit de la chambre en murmurant.

— Tu as profité de mon voyage en France pour séduire Kurt, c'est ça les amies ! Adieu, Sophie.

/

Anne-Marie, un roman entre les mains, se laissait distraire par le défilement des images campagnardes brouillées par la buée du compartiment. Son train regagnait Paris à toute vapeur et son cœur se serrait à l'idée de voir à nouveau le regard de velours de Giaco. Elle s'était absentée une semaine et regrettait déjà cette insupportable durée... elle était folle, laisser son mari seul, exposé à la concupiscence des femelles du quartier !

Laisse-t-on seul un homme magnifique de trente-deux ans pendant une semaine ? La blonde du cinquième étage, avec son maquillage provocateur, cette femme qui faisait l'hôtesse dans les avions d'Air France, elle avait bien remarqué le regard que portait cette fille sur son mari ! Pourvu que...

— Billet, Madame.

— À quelle heure arrivons-nous à la gare de l'Est, s'il vous plaît ?

Le contrôleur releva sa casquette et sembla réfléchir.

— Vingt heures douze, Madame, voie 4.

Elle se plongea avec difficulté dans son roman, mais bien vite, exaspérée, elle le jeta sur la banquette. Cette histoire de femme trompée dont on apprenait tous les détails page après page, c'était insupportable. Elle soupira et tenta de dormir ; impossible, elle était trop énervée.

— La cigarette ne vous gêne pas, Madame ?

Elle ouvrit les yeux. Un voyageur aux tempes argentées avait pris place en face d'elle et lui souriait.

— Non, la fumée de cigarette ne me dérange pas.

— Puis-je me permettre de vous en offrir une ?

Elle pensa qu'il commençait à sérieusement lui casser les pieds. Elle n'ouvrit pas les yeux et fit un geste de dénégation de la main.

Au bout de quelques minutes, elle empoigna nerveusement son livre et, à défaut de mieux, tenta de se replonger dans l'histoire. Cinq minutes plus tard, elle dormait.

— Paris, Paris gare de l'Est, terminus. Tout le monde descend. Correspondance pour…

La voix nasillarde du haut-parleur de la gare se perdit dans un ferraillage de chariots et puis tenta à nouveau de prendre le dessus, mais se trouva vaincue par la concurrence d'une autre annonce, elle-même inaudible.

Anne-Marie, hagarde, sa valise pendue au bout du bras, avançait le long du quai.

— Ma chérie, tu as une drôle de tête, mais qu'as-tu, tu dors ?

Elle sursauta et tourna la tête. Il était là, porteur de son inquiétude et son amour. Elle se blottit dans ses bras et pleura comme une adolescente. Surpris, il lui jeta un regard inquiet. Quelle mésaventure avait-elle subie pendant cette semaine en Allemagne ?

Il l'embrassa à nouveau et attendit ses explications.

— Mon amour, j'ai cru… j'ai imaginé que tu m'avais trompé pendant mon absence.

Elle eut droit pour toute réponse à un éclat de rire sonore qu'elle jugea inconvenant. Il se ravisa et réfléchit.

La tromper ? Mais il n'aimait pas Anne-Marie, il l'idolâtrait. Il pensait à elle la nuit lorsqu'il s'éveillait, le jour au travail… partout ! La tromper, jamais ! Bien entendu, dans la rue, une silhouette fluide et ondulante ne lui était pas indifférente, mais succomber lui paraissait impossible, car son amour le ramenait invariablement à son amie, sa maîtresse, sa complice… à sa femme pour toujours !

— Mais comment en es-tu venue à penser à une chose pareille ?

— Je ne sais pas trop, le fait de te savoir loin, peut-être.

— Tu sais très bien qu'il ne m'était pas possible de t'accompagner et puis je ne parle pas allemand, pour toi j'aurais été une charge.

Il s'était emparé de la valise de sa femme et présentait maintenant son titre de transport au préposé de la RATP. Méticuleusement, l'homme à la moustache jaunie par des années de cigarettes Boyard fit un trou dans le rectangle de carton et tourna son regard torve vers le voyageur suivant.

— Avec qui ?

— Quoi, avec qui ?

— Avec qui je te trompais ? Elle en valait la peine au moins ?

Le minois un instant rassuré d'Anne-Marie s'assombrit à nouveau. Elle lui affirma que ça n'avait pas d'importance et qu'il vaudrait mieux parler d'autre chose.

— Important ou pas, j'aimerais bien connaître la nouvelle élue, c'est important pour moi. Si je la croise dans la rue, il faut que je puisse la saluer.

— Justement pas !

— J'ai compris, c'est la blonde de notre immeuble, celle du cinquième étage, qui travaille à Air France, vrai ou faux ?

— Tu m'énerves.

Il la prit à nouveau dans ses bras et l'embrassa avec fougue sous les regards envieux des badauds. Le contrôleur actionna la sonnette, ils venaient de rater leur métro.

Le jeune homme glissa à l'oreille de la jalouse, après l'avoir doucement mordillée, les quelques mots indispensables pour la rassurer. Une banquette de bois se libéra, ils se serrèrent l'un contre l'autre et il s'amusa à butiner son visage comme un adolescent. Ses yeux brillaient d'émotion.

— Ma chérie, ne perds pas ton temps avec ces histoires idiotes, tu m'as manqué terriblement, bien plus que tu peux imaginer, tu comprends ?

Ils descendirent à la station « Les Sablons » et regagnèrent en cinq minutes la petite rue Casimir Pinel. Dans l'ascenseur, elle lui demanda pourquoi il n'était pas venu la chercher en voiture.

— J'aurais bien aimé, mais elle est en révision et ne sera prête que demain soir.

/

Au grand étonnement de la voyageuse munichoise, Giaco avait préparé un dîner… aux chandelles, s'il vous plaît !

Au milieu du repas, ils se regardèrent et éclatèrent de rire. Il se leva, prit sa femme dans les bras et courut à leur chambre. À minuit, ils parlaient encore entre deux ébats et elle ne pensait plus à l'hôtesse de l'air du cinquième étage.

La sonnette de la porte d'entrée les fit sursauter et ils se regardèrent, interloqués.

Chapitre 13 – *Visite nocturne chez le pasteur*

« À cette heure-ci, qui ça peut être ? » Giaco s'habilla sommairement et se dirigea vers l'entrée.

Anne-Marie le mit en garde, il pourrait recevoir un mauvais coup. Il était plus de minuit.

— Demande avant d'ouvrir.

— Bonsoir, Madame, que vous arrive-t-il ? Chérie, c'est notre voisine du dessus, ne sois pas inquiète.

La jeune femme avait enfilé à la va-vite une robe de chambre. Dans l'entrée, elle vit son mari et… l'hôtesse de l'air !

— Nous sommes couchés, pouvez-vous me dire ce qui est si urgent pour que vous sonniez chez moi à cette heure ?

La voisine expliqua qu'elle s'était permis cette liberté parce qu'elle avait entendu du bruit au-dessus de chez elle et puis un cri et encore un bruit.

— Comme la chute d'un corps. Je rentrais du travail et je lisais dans mon salon, j'ai ouvert ma porte d'entrée et j'ai distinctement vu la cabine d'ascenseur qui descendait, avec deux hommes moustachus porteurs de chapeaux de feutre.

Elle était alors montée à pied à l'étage supérieur et avait trouvé la porte de l'appartement entrouverte et les lumières éteintes. Apeurée, elle s'était autorisée à sonner à leur porte.

Discrètement, Giaco mit dans sa poche le petit revolver de son bureau et monta avec les deux femmes à l'appartement du pasteur.

— Il y a quelqu'un ? Monsieur le Pasteur, vous allez bien ?

Dans la petite chambre du fond, ils découvrirent Thomas,

bâillonné et ligoté sur son lit. Lorsqu'il fut libéré, sans un mot il courut dans la chambre de son père. Ils entrèrent sans éclairer la pièce et Giaco s'étala de tout son long… il venait de buter sur un corps dans l'obscurité.

Le pasteur, bâillonné et étalé sur le parquet, était inconscient. Giaco se précipita, prit le pouls et rassura l'assistance.

— Son cœur bat, il n'est pas mort !

Une lettre dépassait de son veston, Thomas s'en empara et lut.

— Tu vas la fermer ta gueule, ta grande gueule de pasteur ? Premier avertissement… il n'y en aura pas trois !

Ils soulevèrent le corps et le placèrent dans la cabine d'ascenseur. Heureusement, l'appareil descendait jusqu'aux parkings.

Les deux hommes allongèrent le pasteur Bourger à l'arrière de la voiture de Thomas et se dirigèrent vers l'hôpital de Suresnes, réputé pour ses compétences en traumatologie.

— Nous serons bien accueillis à Suresnes, c'est l'hôpital de la fondation Foch, il est totalement neuf et sa réputation est excellente.

Le blessé fut installé dans une chambre immaculée et examiné par un jeune médecin avant l'arrivée de l'interne de garde.

Une heure plus tard, le diagnostic tomba comme un couperet.

— Votre père a été battu violemment et frappé au niveau du crâne, il a une fracture à ce niveau et une commotion cérébrale. Nous allons lui faire une ponction lombaire à la recherche d'un saignement méningé. Actuellement, nous ne pouvons pas vous donner de pronostic. L'infirmière a relevé votre numéro de téléphone, nous vous préviendrons si survient un changement.

Thomas fit savoir qu'il souhaitait passer la nuit dans la salle d'attente et Giaco resta avec lui plusieurs heures. Il prendrait le premier train pour Paris au petit matin. Une agression de cette importance ne pouvait pas rester impunie ; il conseilla à Thomas de se rendre au commissariat de police et de déposer une plainte.

Celui-ci, le visage enfoui dans ses mains, secoua négativement le chef. Il expliqua que cette correction n'était pas la première, bien que la plus grave. Son père avait eu droit à de nombreuses menaces et « conseils appuyés » dont certains émanaient de sa hiérarchie protestante. Une partie importante du protestantisme soutenait le IIIe Reich… sauf la ligne que l'on appelait « l'Église confessante », réputée pour être en opposition à cette dictature. Son père était très connu à Paris pour faire partie de cette branche du protestantisme.

Cette nuit, la méthode était manifestement différente, plus violente, plus militaire ! Thomas était convaincu qu'il s'agissait d'une expédition punitive menée par une milice émanant de la police française.

— Je crains beaucoup pour l'avenir de notre pays. L'extrême droite, confortée par la montée en puissance du national-socialisme en Allemagne et par les grèves à répétition en France, se développe sans complexes et je crains que les libertés individuelles…

Giaco lui coupa la parole.

— La guerre Thomas, c'est elle qui nous attend et c'est un peu d'elle dont ton père a été victime !

/

À sept heures du matin, il tournait discrètement la clef de son appartement. Dans la pénombre, Anne-Marie dormait allongée sur une bergère et la jeune femme ne l'entendit pas arriver. Giaco se dirigea vers la salle de bains pour se rafraîchir.

— Mon pauvre chéri, tu n'as pas dormi de la nuit. Tu as une de ces têtes !

Il lui raconta la discussion qu'il avait eue avec Thomas après avoir vu le pasteur. Manifestement, le garçon n'avait que peu de doutes, il connaissait les agresseurs de son père. Déposer une plainte dans ces conditions n'avait évidemment pas de sens ; ils s'abstiendraient.

Chapitre 14 – *Une grossesse et une Traction-Avant*

Deux mois plus tard, Anne-Marie et Giaco se réveillaient en douceur, un samedi matin. Elle était vêtue, si l'on pouvait dire, d'une bien peu discrète nuisette. Encore endormie, elle se tourna en souriant vers son mari.

Jamais elle n'avait été si belle et il en sentit immédiatement les effets sous les draps ! Il lui caressa le visage, l'embrassa et se décida à la réveiller.

Elle conservait les yeux fermés, consciente de la préciosité de ces moments de plaisir, mais bientôt elle ne put plus tenir, se colla à Giaco et participa activement à l'adorable festin de l'amour.

Comme à leur habitude, quelques instants plus tard et après avoir pris un léger petit-déjeuner, ils se glissaient ensemble dans un bain chaud. Giaco pensait : « Mais c'est incroyable, quelle poitrine ! Elle a des seins magnifiques. »

La jeune femme lui sourit, alors qu'il la caressait à nouveau, les yeux fermés.

— Peut-être me trouves-tu différente, mon amour ? À ce propos, il faut que je te dise quelque chose…

— Tout à l'heure, ma chérie.

Un quart d'heure plus tard, alors qu'il se séchait, il se souvint de la phrase de sa femme.

— Tu voulais me dire…

— Devine !

— Devine quoi ?

— Je crois que tu vas être papa !

Il reçut la nouvelle comme un coup de tonnerre, regarda sa femme comme un imbécile et resta muet.

— Tu es sûre ?

— Pratiquement certaine, un mois et demi de retard si je ne me trompe. Tu es content ?

La question lui sembla saugrenue. Content ? Il était paralysé de bonheur. Ainsi allaient-ils être parents. Au fait, c'était une fille ou un garçon ? Il posa la question et reçut pour toute réponse un énorme éclat de rire.

— Non mais, Giaco !

Elle était enceinte d'un mois et demi, c'était un peu tôt pour connaître le sexe ou pour savoir si cet enfant serait médecin ou notaire !

Enfin conscient de l'annonce qu'elle venait de lui faire, il embrassa le ventre de sa femme, lui posa mille questions sur sa santé, lui demanda si elle avait consulté un médecin et si elle avait pensé à l'aménagement de la chambre du bébé. Énervé et totalement désorganisé, il la prit dans ses bras et la posa délicatement sur un fauteuil. Sérieux, il lui assena alors quelques phrases bien senties.

— Il faut absolument que tu fasses attention à toi… pardon, à vous deux ! Peut-être n'est-il pas bon que tu marches trop longtemps dans la journée…

À son tour, elle lui demanda de s'asseoir et de réfléchir calmement. Des femmes enceintes, il en croisait des centaines tous les jours dans le métro et ne le savait pas. Parfois et même souvent, elles n'en avaient pas connaissance elles-mêmes, au début.

— La grossesse ce n'est pas une maladie, rassure-toi !

Ils allaient être père et mère, et seraient responsables de leur enfant. Il prenait soudain conscience de son nouveau statut et se sentit plus sérieux.

— Il va falloir annoncer cette nouvelle aux parents, Emmanuel, Giovanna et Georgio, ce sera quelque chose !

Elle rappela à son mari que les vacances d'été étaient proches et qu'il lui semblait plus sympathique de les mettre au courant à leur arrivée à Nice.

/

Quinze jours plus tard, Giaco pénétra dans l'appartement en courant et en claquant la porte.

— Je l'ai ! Viens voir comme elle est belle.

Ils descendirent au garage ou ils purent admirer la belle. En effet, elle était splendide dans sa robe noire luisante. Elle, c'était une Traction-Avant Citroën, le modèle 1937 avec son moteur flottant, une révolution automobile !

— Tu crois que tu pourras supporter le voyage en voiture dans ton état ?

Elle demanda à faire un essai dans le bois de Boulogne pour se faire une idée du confort. Giaco acquiesça et lui suggéra de faire le parcours des vacances en deux jours.

Ils dormiraient aux alentours de Lyon dans une auberge dont un collègue lui avait dit grand bien et profiteraient de l'étape pour se régaler des spécialités du coin.

L'auto sortit du garage et puis ce fut le petit jardin devant l'immeuble. Giaco salua une vague connaissance et enfin ils se trouvèrent dans la rue. Peu importaient les regards envieux, ce jour-là ils avaient décidé de ne pas être discrets ; ils avaient la fierté stupide des nouveaux propriétaires.

La Traction-Avant, libérée de la contrainte des feux, avançait silencieusement le long des allées du bois attirant toujours le regard des promeneurs de chiens… le modèle était sorti pour la première fois en 1934 et pourtant on considérait toujours la Traction comme la reine de la route. Anne-Marie, manifestement ravie de cette gloire automobile inattendue, savourait ces instants comme une princesse du haut de son carrosse.

— Je suis remarquablement bien assise dans cette voiture et ne pense pas qu'il puisse survenir un problème concernant ma grossesse. Tout ira bien et le voyage sera assurément très agréable jusqu'à Nice. Pour l'instant, je suis enceinte, ce n'est donc pas le moment, mais crois-tu que je pourrais apprendre à la conduire après avoir accouché ?

— Bien entendu, nous ferons des essais tous les deux sur des petites routes et puis tu prendras des cours de conduite. Tu verras, elle est très souple.

Il décida de faire une pointe de vitesse le long de l'avenue de Longchamp.

— Elle file comme une fusée, tu te rends compte, nous roulons à 80 km à l'heure sans problème.

— La vieille dame qui voulait traverser au précédent croisement s'est bien rendu compte de la vitesse, je la vois derrière nous dans le rétroviseur, elle est furieuse et nous menace de son parapluie !

— On fera demi-tour au pont de Suresnes. Je suis déjà enchanté de cette voiture, je te propose que nous allions samedi nous promener à Versailles… petite promenade dans le parc, la galerie des Glaces, on déjeune dehors et on rentre à la maison avec la Citroën, tu es d'accord ?

Elle pensa en souriant : « Mon homme n'est pas un spécimen original, il est comme tous les autres, un enfant ébloui par son nouveau jouet. »

Après leur retour à la maison, elle embrassa son mari qui devait se rendre à son travail pour finaliser son rapport sur l'agrandissement de la gare de triage de Vaires-sur-Marne. Il précisa qu'il s'y rendrait en métro, jugeant inutile de provoquer le personnel ouvrier en ces temps de crise. Un jeune cadre de la maison garant une voiture paraissant neuve dans une des cours de la gare, c'était peut-être suffisant pour retrouver la Traction déformée par un coup de pied quelques heures plus tard.

Anne-Marie, sans tarder, s'installa à son bureau pour écrire à Sophie en Allemagne.

Alors qu'elle sortait son papier à lettres, elle s'étonna de n'avoir aucune nouvelle d'Olga. Un problème de santé, peut-être ? Elle poserait la question à Sophie.

Ma chère Sophie.

Je vous écris avec un plaisir teinté de culpabilité. Comment vous faire comprendre qu'ici, je vis une extrême félicité alors que nos deux pays sont dans de grands tourments ? Je vous avais entretenu de la peine qui était la nôtre devant l'absence d'enfant dans notre couple... eh bien tout cela est maintenant oublié, car me voici enceinte d'un mois et demi !

Ne partagez surtout pas avec Giaco la légèreté consistant à me demander s'il s'agit d'une fille ou d'un garçon... ! Le bébé grossit chaque jour et, s'il ne bouge pas encore, c'est pour mieux s'épargner dans sa délicate épreuve de croissance.

L'idée d'être bientôt mère fait de moi une personne différente, peut-être suis-je consciente des responsabilités qui seront bientôt les miennes ! La guerre, me direz-vous ? La guerre n'a qu'à approcher, elle trouvera face à elle une femme invincible prête à tout sacrifier pour protéger son enfant.

Je vous l'avais annoncé, je suis devenue terriblement égoïste et ne parle que de moi ! Qu'en est-il de vous et de votre famille ? Olga, je n'ai aucune nouvelle... rien de fâcheux j'espère.

Au plaisir de vous lire, saluez pour moi nos connaissances communes. Je vous embrasse.

Anne-Marie, votre amie.

Encore huit jours et ils s'élanceraient sur la nationale 7 en direction du soleil. Giaco, chaque soir, descendait au garage pour ajouter telle ou telle vérification à la longue liste qu'il cochait méthodiquement après chaque test. L'huile, l'eau, les pneus et même le fonctionnement des balais d'essuie-glace probablement inutiles en cette saison. La Traction était prête et l'affichait fièrement derrière sa robe noire sans poussières ni rayures.

Quelques jours plus tard, Giaco découvrit dans sa boîte aux lettres, au milieu de publicités un peu stupides, l'enveloppe parfumée d'une lettre en provenance d'Allemagne. La missive était destinée à sa femme et il en reconnut bientôt l'écriture. « Tiens, une lettre de Sophie, je lui monte immédiatement. »

Il s'agissait bien de la réponse que faisait la jeune Munichoise à la missive d'Anne-Marie. La jeune femme, occupée à faire une pâtisserie compliquée, demanda à son mari d'ouvrir l'enveloppe.

Sophie félicitait la jeune Française pour son futur statut de mère, mais semblait fortement effrayée par le climat socio-politique à Munich.

Savez-vous, ma chère amie, que depuis peu on voit prospérer dans la ville des plaques sur les bancs publics précisant : « Réservé aux Aryens » ? J'ai terriblement honte de ce pays qui est le mien !

Je vous avais dit mon souhait de poursuivre des études plus approfondies. Pour cela, je devrai obligatoirement faire un stage civique au « service du travail ». Ici, les libertés publiques ont fondu massivement en quelques années, avec l'approbation incompréhensible d'une partie importante de l'opinion publique.

Elle poursuivait sa lettre en exprimant sa tristesse devant le comportement d'Olga. La jeune fille ne lui adressait plus la parole depuis qu'elle avait appris que Sophie avait noué une relation amoureuse avec Kurt, pendant le séjour en France d'Olga.

Kurt était ami avec nous deux depuis l'enfance et Olga n'a pas accepté que j'aie une histoire amoureuse avec lui.

Elle concluait par cette phrase laconique.

Olga et Sophie Scholl, c'est fini... Larmes et mouchoirs n'y feront rien, c'est la fin d'une belle amitié.

Anne-Marie et Giaco se regardèrent, perplexes, et considérèrent que les relations risquaient probablement de changer encore une bonne dizaine de fois entre les deux adolescentes... ils n'y pouvaient décidément pas grand-chose.

/

Ce beau matin de juin, la Traction noire ronronnait sur la nationale 7 en direction du sud. Les deux occupants avaient tassé leurs valises dans le coffre exigu et sur la banquette arrière. Prudents, ils étaient partis en semaine et, par chance, n'étaient pas gênés par une circulation trop dense.

Vers 13 heures, aux alentours de Pougues-les-Eaux, ils firent une halte pour déjeuner dans une petite auberge où Giaco avait réservé la veille.

Vers 15 heures, après un repas léger, le conducteur reprit le volant. Il n'y avait personne sur la route et il en profita pour accélérer le mouvement.

Aux alentours de Lyon, dans un virage serré, Anne-Marie poussa un cri.

La voiture venait de perdre une roue à l'avant, à droite... Zigzag, tête à queue, la Traction s'immobilisa enfin sans autre dégât qu'une belle frayeur.

Les jambes coupées, elle sortit du véhicule, jurant ses grands dieux que son mari avait parié de la faire avorter !

Un automobiliste complaisant s'arrêta et proposa d'alerter le garagiste au village voisin.

— Je lui demande de venir avec sa dépanneuse, surveillez afin de prévenir assez tôt les autres automobiles. Cette voiture stoppée au milieu de la route représente un réel danger !

Une heure plus tard, un vénérable camion apparut, enveloppé d'un nuage de fumée. Le conducteur, un habitué des « fortunes de route » leur expliqua que ce qui leur arrivait était bien banal.

— La Traction-Avant, pour l'instant, est équipée de cardans très fragiles, c'est la maladie de ce modèle, mais ne soyez pas inquiets, je dois avoir les pièces de rechange au garage.

— Nous pourrons repartir ce soir ?

— Non, sûrement pas ! Il faut d'abord charger votre voiture sur la dépanneuse et la convoyer chez moi. Même si je me mettais à l'ouvrage en arrivant, je n'aurais pas terminé avant minuit.

— Où pourrons-nous coucher ce soir ? s'inquiéta Giaco.

Le brave homme expliqua que, devant la répétition de ces événements, sur la nationale il avait aménagé une chambre sommaire dans sa maison et que ce local était destiné à ses clients. Le repas, ils pourraient le prendre dans le petit restaurant sans prétention sur la place du village. Il termina en leur précisant qu'il aurait soin de tout leur indiquer lorsqu'ils seraient arrivés au garage.

Après une nuit au sommeil ruiné par le rassemblement involontaire des deux dormeurs au centre du lit, ils firent une toilette d'oiseau et descendirent au rez-de-chaussée.

Dans l'escalier, les deux amoureux riaient de bon cœur.

— Tout était parfait, sauf le matelas. Le creux de ce lit était redoutable !

La patronne les salua et, prudemment, ne leur demanda pas s'ils avaient bien dormi. Elle leur signifia que son mari était au garage où il mettait la dernière main à la réparation de leur voiture.

Ils se rendirent dans le temple de la clef de 16 et saluèrent à haute voix le réparateur, mais ne le virent pas. Il fit pourtant une apparition aussi brutale qu'inattendue, couché sur le dos sur une sorte de planche à roulettes qui lui permettait d'intervenir sous la Traction.

— Le cardan que j'ai changé était au bout du « rouleau », vous l'avez depuis longtemps, cette voiture ?

— Pas du tout, je l'ai achetée il y a trois mois !

— Vous ne pouvez pas en vouloir à votre vendeur, je vous le dis encore, les cardans sont très fragiles sur ce modèle. La poussée de la voiture se fait sur les roues avant, Citroën est un des premiers à le faire, mais ce n'est pas encore totalement au point. L'autre côté est bon, je l'ai vérifié.

Après avoir avalé un petit-déjeuner campagnard et réglé le garagiste, ils reprirent leur cheminement sur la route bleue en direction du sud.

— On a eu de la chance, un bien brave homme, ce réparateur.

— Pour conjurer cette mauvaise passe, je t'invite à midi dans un grand restaurant. J'ai pensé à la « mère Brazier », à Lyon.

Elle le dissuada avec douceur, car son Giaco devenait très gourmand avec les années. Certainement avait-il oublié qu'elle était enceinte et accablée de nausées. Elle préférerait de beaucoup un repas léger, une salade composée par exemple.

— Sache, mon amour, que plus tard, sans bébé dans le ventre, j'accepterai très volontiers ton invitation. Je me propose même de te la rappeler, au cas où tu oublierais, mais aujourd'hui…

À midi, ils étaient loin au sud de Lyon. Ils firent à nouveau le plein de carburant et consommèrent chacun un en-cas dans la voiture. Rassasiés et hydratés, ils reprirent, pleins de courage, la route des vacances. Le soir même, vers dix-neuf heures, alors qu'ils étaient un peu abrutis par la monotonie du chemin, ils sonnaient au porche du palais Leonardi, la maison des jeunes années de Giaco.

Chapitre 15 – *Augustine est amoureuse*

Ce fut Georgio qui ouvrit les deux battants de la vénérable porte sculptée.

— Giovanna ! Ce sont les enfants, ils ont fait le trajet avec leur Citroën Traction-Avant, descends vite !

Pour éviter l'inquiétude et les mille recommandations d'usage, ils avaient décidé de ne pas avertir leurs parents de l'heure de leur arrivée et surtout de leur mode de transport.

Tous dînèrent dans la grande salle à manger, servis par Augustine, qui marchait plus difficilement.

— Vous savez qu'elle nous quitte.

— Augustine, c'est pas possible, elle a trouvé un autre emploi ?

— Un autre emploi, non. Elle se dit très fatiguée et elle prend sa retraite. Si quelqu'un mérite de se reposer, c'est bien elle.

— Mais où va-t-elle habiter ?

Giovanna sourit et expliqua que depuis bien longtemps, Augustine et Alberto – leur ancien chauffeur – entretenaient une liaison secrète, mais qu'ils n'avaient découvert le pot aux roses que lors de la mise à la retraite de l'amoureux.

— Elle vivra donc rue Droite, au coin de la place du Gesù, avec son chéri.

Giaco eut un pincement au cœur ; la maison sans Augustine, il n'avait jamais envisagé cette éventualité et pour tout dire, cela lui semblait impossible.

Pour le rassurer, on lui expliqua que seulement deux cents mètres séparaient les deux logis. La brave femme serait bien souvent assise dans le jardin de la rue Sainte-Réparate avec Alberto, son compagnon.

On arrivait au dessert, l'ambiance était détendue et Augustine, toujours elle, fit son entrée avec une cassata sicilienne, le dessert préféré de la famille.

Anne-Marie et Giaco, un peu solennels, se levèrent alors en se tenant par le cou et ils se regardèrent. La jeune femme annonça à ses beaux-parents la venue prochaine d'un héritier dans la famille Leonardi.

Médusés, Giovanna et Georgio restèrent tout d'abord tassés sur leur fauteuil, puis le futur grand-père se leva pour embrasser sa belle-fille.

— Anne-Marie, je dois vous dire…

La jeune femme l'embrassa et lui caressa la joue.

— Ne dites rien, vos yeux suffisent, ils racontent votre joie.

— Vous allez bien au moins, et Giaco s'occupe-t-il bien de vous ?

— Très bien, je vous assure, nous sommes très heureux. Les bonheurs, celui-là et les autres, nous avons bien l'intention de les déguster lorsqu'ils passent.

— C'est une fille ou un garçon ?

Un formidable éclat de rire secoua l'assemblée. Trop tard, Georgio venait seulement de se rendre compte de l'énormité de sa demande. Il était debout, bouche bée, et pour sauver la mise, il décida de descendre à la cave à la recherche d'une vieille bouteille de champagne.

Lorsqu'il réapparut, la future maman le rassura.

— Ne vous sentez pas coupable d'une ânerie, mon cher beau-père, votre fils m'a posé la même question lorsque je lui ai annoncé la grossesse !

Il déclara qu'il comptait se rattraper avec ce bon flacon qui dormait depuis dix ans dans la fraîcheur de son sellier. Le maître de maison proposa une petite coupe pour Anne-Marie et deux grandes pour les autres. Giovanna, délicatement colorée par le breuvage doré, s'adressa aux futurs parents.

— Vous avez bien choisi le mois de vos vacances, septembre et octobre sont souvent bien agréables à Nice.

Augustine apprit la nouvelle en sortant de la cuisine et dit regretter de prendre sa retraite à un moment aussi important, mais Giovanna la rassura en lui rappelant qu'elle pourrait venir se reposer dans le jardin et bercer le petit lorsqu'elle le souhaiterait.

Il était tard et le jeune couple accusait la fatigue du voyage ; on se sépara sur le palier du second étage et chacun rejoignit sa chambre.

Chapitre 16 – *Sergueï jure fidélité sur l'icône*

Sergueï, noir comme un pruneau et caché derrière une barbe de quatre jours, se tassait dans un recoin du compartiment de seconde classe qu'il avait occupé au petit jour. Le train s'approchait de Berne, il était 11 heures du matin et il avait faim !

À Nice, il avait donné congé à l'hôtel de la « Pension russe », dont il était le gardien de nuit. Pour lui, la décision n'avait pas été facile, mais il n'avait pu que répondre favorablement à la requête d'un de ses camarades russes, devenu membre du parti communiste.

Les bolcheviques, Sergueï les haïssait. Ces chiens avaient chassé ses parents de Russie en 1918 après leur révolution et puis, plus grave, ils avaient massacré la famille impériale !

Lui, Sergueï, allait pourtant fournir son aide à l'un des leurs, c'était impensable, c'était le monde à l'envers ! Et maintenant, il était dans ce train, ce train maudit qui l'emportait en direction de Bruxelles. Soukoff et lui allaient agir pour redresser ce monde devenu fou furieux.

Le voyageur barbu descendit sur le quai humide de la gare afin d'acheter une baguette de pain. Pressé, il l'enduisit de beurre et y déposa une copieuse tranche de jambon.

D'un naturel secret, il savait qu'il ferait merveille dans le monde du renseignement. L'avant-scène ne l'intéressait pas ; lui, Sergueï, excellait caché derrière le rideau. Il le savait, il se révélait dans l'ombre, cette ombre qui lui avait fait choisir ce poste de veilleur de nuit à la « Pension russe ». Sergueï était une fouine au regard affûté !

Quelques minutes plus tard, le train sortait péniblement de la gare de Berne, et le fanal rouge du dernier wagon disparaissait progressivement dans le brouillard… encore une demi-journée d'immobilité sur ce siège et il serait arrivé. Tout allait bien, il était presque seul dans le wagon.

— Décidément murmura-t-il dans sa moustache, il n'y a pas beaucoup de clients en direction de l'est.

On pouvait comprendre cette pénurie, il était parti de Nice sous un si beau soleil !Soukoff, dans ses lettres, lui avait grossièrement décrit l'organisation dont il était membre depuis six mois, il le priait de le rejoindre et lui disait qu'il lui ferait connaître un Allemand de Munich avec lequel il aurait l'occasion de travailler.

La finalité de cette machine secrète, de ce BK 14, c'était de recueillir et de transmettre à l'Est des informations sur la stratégie et les matériels de guerre du IIIᵉ Reich. Ils souhaitaient surtout faire connaître aux communistes les intentions d'Hitler. Le dictateur avait-il l'intention d'envahir aussi le bloc de l'Est ?

Ce projet d'espionnage plaisait à Serguëi, et puis il détestait ces nazis arrogants et cruels qui s'étaient auto-déclarés les rois du monde !

Dans l'anonymat du compartiment, ses traits se durcirent. Soukoff pourrait insister, se fâcher ou menacer, rien n'y ferait, il aiderait les Alliés, car l'exercice l'amusait. Et ça lui serait facile, grâce à son goût de l'intrigue et à sa connaissance des langues… mais jamais au grand jamais, lui, Serguëi ne deviendrait communiste !

— Billet, s'il vous plaît !

Le préposé germanophile le considérait sans aménité, sans doute pensait-il : « Encore un de ces juifs en fuite ! »

Serguëi enragea de ne pas lui casser la gueule sur-le-champ… comme ça, sans raison, seulement pour le plaisir. Il tendit le carton qu'il avait intentionnellement froissé au passage, sans regarder le bonhomme.

Lorsqu'il fut à nouveau seul, il repensa à sa démarche. Il était sacrément culotté, monsieur Serguei ! Il avait abandonné le travail qui le nourrissait et l'écriture de son roman, et pourquoi, s'il vous plaît ? Pour entrer dans une clandestinité où il allait tirer la langue et peut-être laisser sa vie. C'était fou, mais il ne regrettait rien, car Serguei était fou !

Il est des moments, se disait-il pour se rassurer, où l'on se doit aux autres si l'on ne veut pas ramper un jour sous la cravache.

L'organisation BK 14 s'était vite développée en Angleterre, en France, en Belgique et dans les pays nordiques, d'après ce que lui avait appris Soukoff.

Le système était maintenant bien rodé. Il consistait à installer un commerce dans plusieurs grandes villes, avec des succursales et un agent de l'organisation dans chaque magasin. Les activités secrètes de cet employé étaient bien entendu inconnues des autres membres du personnel : son travail était celui d'un passeur. Il consistait à recevoir des informations codées volées au Reich et à les transmettre à un relais qui se présenterait comme un client dans la boutique… le tout dans une discrétion totale.

Lorsqu'il serait installé à Bruxelles, il devrait se rendre à un rendez-vous dans un élégant commerce de vêtements de pluie et rencontrer une personne inconnue de lui. Il ignorait s'il s'agirait d'un homme ou d'une femme. Il devrait entrer comme un client ordinaire et attendre quelques instants dans le rayon cravates ; une personne se présenterait alors à lui et il lui dirait :

— Au revoir, une fois.

Si c'était le bon interlocuteur, le vendeur devait dire seulement.

— Non, bonjour, deux fois.

À cela, lui-même devait répondre.

— Cette année, les cravates sont claires.

Si le vendeur ne correspondait pas à ce code, il devrait se comporter en client ordinaire et décliner l'offre de renseignements, tout en continuant à fureter d'article en article.

/

Le train qu'il venait d'emprunter pour Bruxelles était beaucoup plus confortable que le précédent ; la décoration en était douce et les fauteuils moelleux. Vaincu par la fatigue… Sergueï s'endormit.

Quelques minutes plus tard, il se réveilla d'excellente humeur et pensa à son roman abandonné qu'il écrivait quotidiennement dans l'intimité de son bureau de veilleur de nuit de la « Pension russe ». Cette histoire de prince fuyant la révolution bolchevique à cheval lui faisait grand bien. Il en vivait les images alors qu'elles se construisaient comme par magie devant ses yeux. Le héros emportait pour tout butin de son pays la fille du colonel. Ce héros à n'en pas douter c'était lui, car il sentait en écrivant la taille souple de la fille collée contre son corps.

Grâce à ce scénario construit de ses mains, il était devenu quelqu'un, et ce quelqu'un était empli de sensations, de désirs et de vie. Les sentiments et les joies des personnages devenaient siens, il entrait dans une autre histoire que celle de sa vie et celle-là était merveilleuse, car il la manœuvrait à sa guise.

Il pensa en souriant : « Un romancier ou un agent secret, quelle différence ? »

— Bruxelles-Midi. Bruxelles-Midi !

Il était arrivé. Il descendit du train et se rendit compte en un instant que le convoi était bondé. Sergueï devait maintenant trouver un logement discret pour les quelques jours qu'il escomptait passer dans la capitale belge. En traînant dans un quartier populaire, il eut tôt fait de trouver un logis à sa convenance.

Le lendemain, toiletté, rasé et vêtu d'une belle mise, il se rendait d'un pas assuré à l'adresse que Soukoff lui avait indiquée, dans un des quartiers commerçants du centre-ville.

Une longue devanture de bois paraissant ciré et affichant d'élégants imperméables et manteaux de pluie ; c'était bien là… Avec un léger pincement au cœur, il poussa la porte, ce qui déclencha dans l'arrière-boutique une discrète sonnette. Le magasin était vide, hormis une vieille dame à l'aspect revêche penchée sur un lot de cache-col.

Un vendeur immobile au faciès cireux observait de son regard de crocodile fatigué la tristesse du boulevard sous la pluie.

Serguéï l'ignora et se dirigea vers le rayon des cravates auxquelles il fit mine de porter un certain intérêt. Deux minutes plus tard, quelqu'un s'approcha de lui. Il se retourna et, le regard effaré, se retint pour ne pas pousser un cri. Respectant la consigne, il se contenta de dire :

— Au revoir, une fois.

— Non, bonjour, deux fois.

— Cette année, les cravates sont claires.

La femme qui lui parlait était bien son contact et cette jeune femme, il la connaissait. Il la connaissait si bien qu'il avait été son amant et qu'ils avaient même projeté de se marier quelques mois auparavant !

Malheureusement, une violente dispute et patatras ! La rupture, la colère et les pleurs… il ne l'avait plus revue. Aujourd'hui, elle était là, derrière lui, à cinquante centimètres tout au plus et cette femme était son relais.

— Celle-ci vous ira parfaitement, Monsieur, c'est pour vous ?

— Oui, c'est pour moi.

— Ce soir vingt heures, au café en face du magasin, « le Bock ».

— Je règle à la caisse ?

— Parfaitement, Monsieur, je prépare votre cravate.

Il sortit du magasin, les jambes coupées. Emma, cette fille de Tende qu'il avait connue à la « Pension russe », où elle assurait le remplacement de l'hôtesse d'accueil pendant sa grossesse. Que faisait-elle ici à Bruxelles ? Comment tout cela était-il possible ?

Le soir, à la « brasserie du Bock » il arriva au rendez-vous un quart d'heure à l'avance. C'était son habitude et c'était son luxe. Il adorait assister à l'installation d'une pièce de théâtre pour mieux la comprendre. Le bistrot était désert, seul un homme jeune un peu précieux terminait un café en terrasse. Serguëi était à nouveau préoccupé, car ce visage derrière sa tasse lui rappelait quelqu'un, mais il ne savait plus… tout à coup, il se souvint.

Emma lui avait un jour montré une vieille photo de sa famille. C'était à la campagne, sur l'image elle avait tout au plus douze ans. Elle était à droite de sa mère et à sa gauche on pouvait distinguer son frère aîné… l'homme qui buvait un café serré à la terrasse du « Bock », c'était le frère d'Emma ; il était vieilli, mais c'était bien lui l'adolescent de la photo. Un visage fin, ironique et terriblement orgueilleux. Ce museau de fouine, on ne pouvait pas l'oublier.

Serguëi s'assit sur un haut tabouret de bar, de là il dominait la salle.

À vingt heures apparut Emma, qui se dirigea directement vers lui et s'assit sans un mot face à son siège. Il la regarda et fit un geste pour convoquer le garçon puis, s'adressant à la jeune femme, il lui demanda :

— Que prenez-vous ?

Stupéfaite, elle le regarda, il la vouvoyait ! Elle s'en inquiéta.

— Voilà qui est curieux, un vouvoiement, maintenant ?

— Je vous vouvoie, Madame, car ici nos relations n'ont rien à voir avec celles que nous avons pu connaître à une autre époque. À Bruxelles, vous êtes mon relais, sans plus. Je me trompe ?

— Vous ne vous trompez pas, mais dans ce cas, n'espérez pas de moi d'autres prestations que celles de relais !

— Je n'espère rien, je compte, Madame, uniquement sur votre professionnalisme et sur votre discrétion. À propos de discrétion, le consommateur qui nous tourne le dos au bar, il fait partie du programme ? Sachez que lors de mon prochain entretien avec Soukoff, je lui parlerai de cette personne. Je doute qu'il soit au courant

— Non, je vous en prie, un peu de calme, je vais vous expliquer.

— Il est bien tard, Madame, pour prier et en plus, vous en conviendrez, ce n'est pas le lieu. Bonsoir, Madame.

Il sortit sans se presser et sans jeter un regard à Jacques Simonot. La nuit tombait, Serguéï pressa le pas.

/

Dans l'après-midi, le Russe avait téléphoné à son ami. Pour lui, c'était un plaisir d'entendre au bout du fil cette voix éraillée lui parler dans sa langue maternelle. Soukoff n'avait pas été bavard et il lui avait donné rendez-vous ; ce serait trois heures du matin à une adresse qu'il avait rapidement notée sur un papier glissé au fond de sa poche. Son compagnon l'avait prévenu qu'il s'agissait d'une rue minuscule de la banlieue de Bruxelles. Aidé par un plan, il avait pu facilement rejoindre l'endroit à pied.

Ce qui aurait pu frapper les promeneurs de ce pauvre endroit, c'était d'abord son obscurité. Parfois, un rayon de lune opportunément dégagé des nuages éclairait des bicoques biscornues posées à la diable sur des trottoirs défoncés. Les pavés, sinistrement sonores, annonçaient le pas du marcheur cinquante mètres à l'avance.

Il consulta le papier noyé dans le mouchoir de sa poche et lut avec difficulté l'adresse qu'il y avait griffonnée ; le 23, c'était en face.

À ce niveau, il distingua ce qui devait être une boutique ; l'endroit était protégé par un rideau de fer délabré. Sur un bandeau cloué sur la façade on distinguait avec peine la raison sociale de l'établissement : « Boulangerie du centre ».

Le 23, c'était donc une boulangerie et elle était bien entendu fermée.

Sergueï traversa la rue en marchant sur la queue d'un chat. Le greffier dormait du sommeil du vainqueur occupé à digérer deux souris bien grasses. L'animal poussa un cri strident ce qui lui fit très peur. Il pensa alors qu'il devrait s'endurcir ; décidément, il avait encore fort à faire avant de se prétendre agent secret.

Il arpentait maintenant de long en large le trottoir du 23, après avoir frappé à la fermeture métallique. En se baissant, il entrevit alors un trait de lumière qui filtrait derrière le volet de bois d'un soupirail. Il se décida à mettre deux coups de pied dans cette ouverture.

Un grincement, puis une lumière plus franche, et enfin un visage enfariné deviné autour d'un sourire.

— C'est toi, Sergueï ? Je monte.

La lumière disparut. Bientôt, le boulanger ouvrit la grille et jeta un regard circulaire sur les alentours. Rassuré, il fit entrer son visiteur.

— Soukoff, tu as vraiment la tête d'un boulanger.

— Pourquoi ne serais-je pas boulanger ? Toi tu es bien hôtelier, alors que tu as souvent couché dehors ! Mon pain, Monsieur, est très apprécié dans le quartier. Si tu veux, descendons au fournil, nous serons mieux pour discuter.

Sergueï raconta sa visite au « Palais du parapluie » et sa surprise lorsqu'il avait compris que son relais serait Emma, son ancienne maîtresse.

— Tu imagines, je pense, mon étonnement et ce n'est pas fini, car hier soir, j'avais rendez-vous avec elle dans un café et j'ai eu la surprise de constater que son frère, Jacques Simonot, était assis à la terrasse de ce même bistrot ! Son frère, je ne le connais pas, mais je l'avais vu sur une photo de famille chez Emma. Si tu veux savoir, je n'aime pas trop ce type ! Peux-tu me dire pourquoi le bonhomme était là, à Bruxelles au bistrot, alors qu'il habite Nice ?

— Très facilement, Sergueï, et je vais t'expliquer. C'est lui, Simonot, le chef du réseau BK 14 pour la France. Tu ne le sais peut-être pas, mais il est un membre influent du PCF et s'il s'est déplacé, c'est certainement qu'il te considère comme un futur maillon important de l'organisation.

— Moi, je m'en fous de sa considération et puis tu le sais bien, ces mecs du parti communiste, je les vomis. Ce sont ces bolcheviques qui ont assassiné notre tsar, tu l'as oublié, Soukoff ?

— Sergueï, nous sommes toi et moi le sang de notre mère Russie… Mon frère, je n'oublie rien et mon cœur saigne encore au souvenir du martyr de la famille impériale.

— Pourtant, toi, un admirateur de notre ancienne cour, tu travailles avec ces chiens et tu veux me faire entrer dans leurs combines ?

À nouveau, Soukoff dut le calmer. Il expliqua :

— Les communistes, pour l'instant, sont les seuls qui ont des patates dans la culotte et ce sont eux qui veulent traquer ce salopard de Guépard autrichien ! Crois-moi, on ne pourra rien réussir de sérieux sans eux.

— D'accord Soukoff, c'est entendu, moi je veux bien bouffer ma casquette pour éliminer l'autre salaud. Le chancelier autrichien, moi je veux sa mort, je veux qu'il soit écrasé comme une vermine, je veux voir ses tripes pourrir sur le bord de la route, cette ordure est ignoble et en plus, il est devenu complètement fou ! Ce que j'exige pour être des vôtres, c'est que les renseignements prélevés soient aussi profitables aux Alliés… Anglais, Français, Belges, etc. Tu comprends ?

— Oui bien sûr ! Crois-moi, c'est très possible, ce qui nous importe à nous tous, à l'association c'est avant tout affaiblir les nazis.

Sergueï, épuisé par ce long discours, s'affaissa sur une marche d'escalier, les deux mains cachant son visage. Soukoff crut entendre un râle et puis son compagnon murmura :

— Si nos parents étaient encore vivants, eux qui ont été chassés de notre mère Russie, et s'ils nous voyaient collaborer avec les bolcheviques, nous aurions droit à cinquante coups de fouet !

Le boulanger s'employa à calmer son ami d'enfance ; les deux Slaves, unis dans la même peine, pleuraient cette nuit les mêmes larmes. Ils avaient passé une partie de leur vie à fuir et à chercher un maigre travail pour pouvoir manger. Aujourd'hui, le destin leur faisait face et leur commandait d'être des héros. Pour ce faire, leur héroïsme devrait trahir leurs idées.

Oui, leur cœur et leur âme slave saignaient, mais certainement était-ce le sort réservé à leur race ; ils seraient toujours condamnés à pleurer !

— D'accord, Soukoff, je ne discute plus, je marche.

Le boulanger extirpa avec peine d'un vieux sac de farine une poche de papier dont il sortit un petit cadre. Il présenta l'icône à Sergueï et, avec solennité, lui demanda :

— Tu dois jurer fidélité sur l'icône de la vierge de Kazan !

/

Dix jours plus tard à Paris, Sergueï, élégamment vêtu, se présentait assisté d'Otto devant le magasin « British Fashions », boulevard des Italiens. Le nouveau collaborateur des articles de pluie munichois allait proposer au Tout-Paris avide d'élégance sa nouvelle collection.

Chapitre 17 – *May*

Les Parisiens, sentant monter de l'Est le bruit du canon, étaient cette année-là particulièrement tristes, pourtant les premiers rayons de soleil portés par le mois de mars invitaient les jeunes femmes à sortir des armoires les imprimés colorés annonçant le printemps. À nouveau, les Champs-Élysées bruissaient de rires et d'éclats de voix portés par de jeunes couples avides de bonheur.

Comme le temps passait vite ! Anne-Marie avait posté une lettre à Sophie il y avait déjà une semaine. Elle croisa le facteur dans le hall de l'immeuble alors qu'elle sortait pour faire les courses du repas.

— Madame Leonardi, vous tombez bien, une lettre pour vous !

C'était bien Sophie. Elle lui annonçait en Allemagne deux nouvelles qui lui paraissaient inquiétantes. Tout d'abord, la population avait été avisée que les médecins juifs étaient dorénavant exclus des caisses de Sécurité sociale ; leurs soins ne seraient donc plus remboursés aux malades.

Ensuite, à la fin du mois de mars, l'Autriche avait été annexée à l'Allemagne, Hitler avait donc réussi son projet de grande Allemagne : l'Anschluss. Curieusement, l'événement n'avait pas rencontré d'opposition particulière en Allemagne ou en France.

Le Guépard imprimait partout sa marque terrible, la croix gammée.

Il avançait en creusant dans la dignité européenne comme s'il se fut agi d'un tank évoluant dans une motte de beurre. Cette mollesse, Sophie la sentait aussi dans la population allemande. Hitler faisait chez lui ce qu'il voulait et, si on n'était pas d'accord, il suffisait qu'il tourne la tête et qu'il vous fixe de son regard cruel, la cause serait entendue.

/

Anne-Marie sortit dans la rue et traîna sa grossesse jusqu'au marché. Elle pensait en tirant le petit chariot qu'elle avait acheté au bazar de l'Hôtel de Ville. « Encore deux mois à tenir, je commence à en avoir assez ! Je me sens lourde comme si je portais en permanence une énorme barrique pleine de vin… »

Tout semblait évoluer favorablement, le bébé frappait comme un beau diable lorsque sa mère avait faim et semblait s'endormir le soir en même temps que ses parents.

Lors d'un voyage à Nice, Augustine avait été consultée. Elle avait porté un diagnostic sans appel.

— S'il passe son temps à donner des coups de pied… c'est que c'est un garçon !

Elle faisait le coup pour toutes les grossesses ; si elle déclarait que c'était un garçon, elle inscrivait discrètement sur un carnet, « nom de la mère » : une fille. Après l'accouchement, elle sortait ou non son carnet, selon l'enfant apparu. Si on lui rappelait qu'elle avait prédit un garçon, elle extirpait son carnet de son cotillon et disait.

— Vous croyez, voyons sur mon carnet si je me suis trompée. Alors, vous voyez bien. Jamais, je vous l'ai toujours dit ! Je ne me trompe jamais !

La future mère souriait en pensant à l'incroyable Augustine et elle souriait encore en approchant de l'étal de son boucher. En elle-même, elle se disait qu'une naissance au printemps serait plus agréable pour elle et pour l'enfant. Le commerçant, flatté, pensa que le sourire lui était destiné.

— Si j'avais quelques années de moins, je pourrais croire… Oui, je sais, c'est idiot ! Bonjour, Madame, que désirez-vous ?

Elle fit sa commande et se hâta de rentrer. Ce matin, les coups de pied de son locataire s'associaient à des douleurs du bas-ventre qu'elle ne connaissait pas, elle se dit qu'elle s'allongerait avant le repas.

Giaco, alerté par ces nouveaux symptômes, demanda à leur médecin de venir rapidement examiner sa femme. Au téléphone, le praticien préconisa avant son arrivée un repos strict au lit, pas de contrariétés et des repas légers.

Le lendemain, après avoir examiné la parturiente, il se voulut rassurant. Le col présentait certes une très légère dilatation, mais rien d'inquiétant, et le reste de l'examen était absolument normal. Il sortit de l'appartement en clamant une prédiction sur le palier.

— Vous pourriez bien accoucher quinze jours avant le terme. Je sens que ce gaillard a hâte de téter sa mère.

Giaco, naïf, demanda :

— Pourquoi ? Ce gaillard, c'est un garçon, Docteur ?

— C'est un impatient et les impatients, ce sont souvent les gars !

Il disparut dans l'escalier, manifestement satisfait de sa saillie. Devant la porte de l'immeuble, il s'orienta pour retrouver sa voiture et murmura :

— Garçon ou fille, j'en sais fichtre rien, ce que je crois, c'est qu'il y en a qu'un !

/

Pendant six semaines, Anne-Marie était donc condamnée à séjourner dans son lit et son caractère s'en ressentait, car, inconsciemment, elle reprochait à son mari d'être responsable de cet enfermement.

— S'il n'avait pas couru et alerté le docteur dans la minute, tout serait peut-être rentré dans l'ordre spontanément !

La jeune femme avait cependant bien des raisons d'être satisfaite, car les contractions avaient disparu et le « gesticuleur » semblait toujours aussi vivace.

Elle se munit de lectures et écrivit plus souvent à Sophie Scholl, afin d'avoir de ses nouvelles et pour recueillir quelques précisions sur la société allemande du moment.

Ma chère Sophie.

J'enrage d'être clouée au lit, mais je suis bien obligée de me soumettre, car j'ai reçu un « savon » de mon médecin qui, je le sens bien, n'en peut plus de supporter mes récriminations. Il m'a fait savoir avec un ton que je ne suis pas près d'oublier.

— Madame, si vous ne restez pas tranquille, je ne donnerai pas cher de la vie de votre enfant. À vous de choisir !

Vous vous rendez compte ? Ma décision a été bien vite prise, je reste au lit, je me tais... et je vous écris, ma chère Sophie.

En France, la situation sociale et économique est loin d'être brillante. L'industrialisation du pays a régressé de façon spectaculaire et la seule réponse que trouvent nos politiques pour résoudre la crise consiste à réduire le temps de la semaine de travail et à encourager des mouvements de grève à répétition. Les démissions se succèdent au gouvernement et de nouveaux présidents du Conseil apparaissent. Nouveaux, ai-je dit, vaste plaisanterie ! Ce sont toujours les mêmes qui disparaissent et renaissent quelques mois plus tard de leurs cendres.

Heureusement, ma chère, que nous avons nos paysans, ils sont très nombreux et, comme au Moyen Âge, travaillent d'arrache-pied sur nos belles terres à blé.

Ce sont eux la force de la France, ce sont eux qui font vivre notre beau pays.

Dites-moi, ma très chère, il se dit ici que votre infatigable chancelier aurait annexé de force l'Autriche ? Qu'en disent les Allemands, à défaut de savoir ce qu'en pensent les Autrichiens !

Au plaisir de nous revoir et, en attendant, à celui de vous lire.

Je vous embrasse.

A-M

Post-scriptum : soyez indulgente avec mon allemand qui souffre de ne plus converser avec vous.

Elle reprit son livre en maugréant de ne pouvoir porter sa missive à la poste… elle demanderait ce service ce soir à Giaco.

/

Un mois et demi plus tard, la future mère avait prospéré en rondeurs. Elle passait son temps allongée sur le dos comme une tortue et lisait et relisait tout ce qui lui tombait sous les yeux.

Giaco s'apprêtait à souscrire un abonnement à la bibliothèque quand, un soir, la tortue s'éveilla et se tortilla en se tenant le ventre.

— Giaco, j'ai très mal, je sens que je vais accoucher, je t'en prie allons à l'hôpital.

Une demi-heure plus tard, elle était assise dans un fauteuil roulant dans un couloir sinistre menant au service d'obstétrique. Le brancardier la poussait sans grand ménagement, en rouspétant à l'intention d'un confrère qui enfumait de sa cigarette la future accouchée.

— Cette nuit, un samedi et un 1er mai, on est bons. Elles vont toutes accoucher cette nuit !

— Tu as raison, Marcel, et en plus tu n'as pas vu le ciel ! C'est la pleine lune, mon gars, et les jours de pleine lune, c'est connu on double le débit !

Les deux compères confièrent leur parturiente au personnel compétent et repartirent dans la nuit en déblatérant leurs stupides certitudes.

Giaco se sentait maintenant terriblement inutile. Il attendait des nouvelles en arpentant la salle d'attente comme s'il eut voulu la mesurer. Vaincu par la fatigue, il soupira et finit par s'asseoir.

Au bout de quelques minutes, l'interne en blouse blanche sortit de la salle d'examen et s'approcha pour lui parler.

— On ne devrait pas avoir de gros problèmes, l'enfant est bien présenté et nous constatons une dilatation à huit. Dilatation huit, c'est très bien… dans une heure tout au plus ce sera terminé.

La proximité de l'événement rendit le futur papa anxieux, ils étaient arrivés à deux et ils allaient repartir à trois ! Lorsqu'il fut seul, il se mit une gifle pour se réveiller.

— Crétin, je suis complètement stupide ! Tu comptes peut-être, crétin, repartir ce soir chez toi avec ta femme et ton enfant ?

Une heure plus tard, une infirmière aux traits creusés par la fatigue entra dans la pièce.

— Entrez, Monsieur, c'est terminé, tout le monde va bien. Vous pouvez dire que vous avez une femme faite pour les accouchements. Nous n'avons pratiquement rien fait.

Dans le box, Anne-Marie, un peu fatiguée, souriait à son bébé. C'est alors qu'il se souvint : il n'avait pas demandé à l'infirmière si c'était une fille ou un garçon.

Il embrassa sa femme, il tremblait un peu et dit bêtement :

— Alors, c'est un garçon ?

— C'est une fille et elle est magnifique, si tu en es d'accord, elle s'appellera May… elle est née juste à une heure du matin… un 1er mai.

/

Depuis dix jours, la mère et sa fille étaient de retour rue Casimir Pinel. Le nourrisson semblait particulièrement vigoureux et surtout terriblement vorace. May se jetait sans répit sur le sein de sa mère et en pompait le délicieux nectar jusqu'à ce qu'elle s'endorme, épuisée, en souriant aux anges.

Giaco, lui aussi, avait profité au cours de cette grossesse. Il dépassait maintenant les soixante-quinze kilos sur la balance et arborait en petite tenue de confortables « poignées d'amour ». Anne-

Marie ne faisait aucun commentaire, mais elle avait l'intention de lui faire perdre ce début d'embonpoint. Dans le cadre de ce programme drastique, quelques jours plus tard, elle lui proposa de faire du sport et lui rappela que Thomas, leur voisin du dessus, l'avait sollicité deux fois de suite pour s'entraîner au tennis.

— Cesse de me culpabiliser en permanence, tu m'angoisses. On rentre du bois ou on a marché bon train pendant une demi-heure au moins !

Elle éclata de rire.

— Si tu penses que pousser le landau de son enfant une demi-heure est une véritable épreuve sportive, alors je comprends tout. Nous ne sommes pas du tout sur la même longueur d'onde.

May, au fond de sa voiture d'enfant, s'éveillait. Elle commença à s'agiter, gesticula ensuite des quatre membres, puis se mit à brailler.

Giaco sourit.

— Une femme à la maison, c'était bien… deux femmes, je vais souffrir !

Chapitre 18 – *La boulangerie du centre*

Otto avait été chargé par sa hiérarchie de présenter Sergueï à son contact de Marseille. La boutique où devait avoir lieu la rencontre avait été achetée et restaurée afin d'attirer le chaland, elle était nouvelle dans le quartier. Le commerce à l'aspect respectable étalait sa vitrine crème face aux pointus qui se dandinaient dans le bassin du vieux port. Eu égard au climat et parce que ça faisait riche, on avait nommé l'établissement « l'Ombrelle de la Méditerranée ». En réalité, on y vendait surtout des colifichets et des articles de pluie.

Ces missions d'agent de transmission voyageant de ville en ville avaient amusé Sergueï pendant quelques mois, mais aujourd'hui il considérait le travail un peu monotone, il en avait assez. Le Russe souhaitait progresser au sein de l'organisation et frapper plus fort au cœur du pouvoir SS.

Le lendemain matin, après leur passage à « l'Ombrelle de la Méditerranée » et l'échange de gélules, les deux hommes reprirent le train pour Paris. Là, ils devraient changer de gare, destination Bruxelles.

À peine arrivé dans la capitale belge, le Russe se consacra à mettre de l'ordre dans le petit deux-pièces qu'il avait loué dans un quartier de rentiers. Ce soir-là, il ne dîna pas chez lui, car il avait rendez-vous, et il traîna pendant une heure de rue en rue, les yeux fixés sur ses chaussures… Sergueï se sentait triste. La noirceur de ses pensées l'invita à pousser la porte d'un bistrot où il but quelques bières et, vers deux heures du matin, la ville endormie le trouva longeant le trottoir de la « Boulangerie du centre ». Le soupirail laissait filtrer une pauvre lumière. Il frappa au volet et entendit distinctement :

— Da, da ! J'arrive. C'est pour la commande ?

Le boulanger ouvrit le guichet et apparut comme à l'accoutumée, barbouillé de farine.

— Sergueï, mon frère, je monte. Tu n'es pas en avance, rien de grave, j'espère. Attends.

Dans le fournil, rien n'avait changé ; toujours cette chaleur moite et le chant de quelques grillons anémiques dans le conduit de cheminée. Soukoff sortait la deuxième fournée de la nuit et la transpiration traçait de curieux ruisseaux sur le masque de farine de son visage. Malgré la fatigue, il semblait heureux.

— Alors, Sergueï, il y a bien longtemps, dis-moi, que je ne t'ai vu ! Les imperméables, ça marche ?

— Nous ne nous sommes pas rencontrés depuis quatorze mois et c'est mieux pour nous deux. La sécurité et la force de notre organisation, c'est avant tout la discrétion.

Soudain, le boulanger se tut, éteignit la lumière et entrouvrit le soupirail. Inquiet, il murmura à son ami :

— J'ai entendu un bruit, pas toi ?

— Non rien. Au fait, il est à toi le chat qui traîne dans la rue ?

— Si tu veux parler de la chatte de la maison, ma brave « Souris », oui elle appartient à la boulangerie. Pourquoi, quel rapport avec les bruits de la rue ?

Il raconta sa rencontre avec l'animal lors de sa dernière visite et s'étonna qu'elle traîne dehors alors qu'il faisait le pain au sous-sol.

— Elle n'est jamais à tes côtés quand tu travailles ?

— « Souris » est pour moi une collaboratrice précieuse : si quelqu'un se hasarde dans la rue, elle me prévient en poussant un cri. Tu ne lui as pas marché sur la queue, contrairement à ce que tu as cru. Elle t'a entendu et elle m'a prévenu, voilà tout.

Un miaulement plaintif se fit entendre et Soukoff mit la main sur la bouche de son ami.

— Il y a quelqu'un dans la rue, silence.

— Qui ça peut bien être ?

— J'en sais rien, un insomniaque peut-être, ou un gars qui part au boulot, attendons.

Sergueï, le sourire aux lèvres, murmura dans le noir :

— Un chat agent secret, on aura tout vu !

Un quart d'heure plus tard, l'agent « Souris » ne s'étant pas à nouveau manifesté, l'atmosphère se détendit. Sergueï entrouvrit la petite fenêtre et ralluma sa cigarette.

— Tu crois qu'elle est toujours à son poste ? Il neige !

— La neige à Bruxelles, ce mois-ci, n'a rien d'un phénomène extraordinaire. Dans quinze jours, ce sera notre merveilleuse fête de la Saint-Nicolas. Voilà la chatte, tu as raison, elle a abandonné son poste.

— Soukoff, tu as entendu parler de ce type, un Polonais, je crois ? Il s'est laissé enfermer dans une pièce où le Guépard – comme tu l'appelles – devait faire un discours. Il s'est planqué dans un poteau creux et a fait péter une bombe sous le bureau. Malheureusement, le déclenchement a eu lieu une demi-heure après le départ d'Hitler. Le chancelier a dû raccourcir son intervention dans cette ville, car il avait un autre rendez-vous et l'avion ne pouvait pas décoller à cause du brouillard.

— Il a pris le train ?

— Oui, mais peu importe. Le Führer a échappé une nouvelle fois à la mort, il a une chance de cocu, ce salaud ! Au fait, il se nomme comment, ton héros malheureux ?

— Elser ou Erser, je ne sais plus. Les SS l'ont repris à Constance, près de la frontière suisse.

— Pas de pot. Quelques kilomètres avant la liberté !

Sergueï écrasa son mégot et s'assit sur un sac de farine ; ses yeux transipiraient la haine. Il expliqua calmement au boulanger ce que serait désormais le but de sa vie.

— Tuer Hitler, tuer ce monstre de mes propres mains et devenir le héros de mon siècle.

Il savait bien que sa vie risquait de s'en trouver raccourcie, mais peu importait la mort, pourvu qu'elle survienne après avoir accompli son projet.

Après ces confidences un peu solennelles, il se leva, essuya la poussière de son pantalon et regarda la rue. La neige ne tombait plus. Il bâilla à s'en décrocher la mâchoire, s'approcha de son ami et lui prodigua une accolade.

— Je rentre, je vais dormir un peu. Salut à toi, roi du fournil !

— Tu te fous encore une fois de ma gueule et tu as mon pied au cul. Je te traite, moi, dans ton boulot de veilleur de nuit, de roi des « passes » à quatre sous ! Prends donc une baguette et un croissant, tu ne seras pas venu pour rien.

Sergueï remontait le petit escalier en colimaçon en dégustant le croissant chaud. Pensif, il se retourna.

— Au fait, je n'étais pas venu ce soir que pour le croissant, je voulais te demander…

— Me demander quoi, il serait temps que tu accouches !

— Tu m'aideras pour ce que je t'ai dit ce soir ?

— Tu sais bien que tu es mon frère…

Chapitre 19 – *Simonot nargue le commissaire*

Ce samedi, Emmanuel recevait ses enfants à déjeuner. Il avait couru de bon matin le marché Saleya et en traversait maintenant le porche pour regagner sa maison située juste en face, sur le quai des États-Unis.

L'homme avait abandonné sans difficulté son statut social de chirurgien. Le docteur Emmanuel Jacquet s'était transformé depuis deux ans en un paisible retraité curieux de sa nouvelle vie et des joies qu'elle pourrait lui apporter.

Au menu, il avait projeté de servir en entrée des tomates séchées avec une salade de roquette et des mini-soccas. En plat principal, ce serait une épaule d'agneau confite, et au dessert, des mendiants à la provençale… un des treize desserts traditionnels de la région, Giaco serait ravi. Le cuisinier improvisé connaissait parfaitement les goûts culinaires de son gendre et sa gourmandise. Anne-Marie luttait contre ce travers de son mari, mais elle n'était pas de force dans la maison de son père.

Ce matin, la mer était plate et ses reflets bleutés évoquaient jusqu'au bout de l'horizon la douceur d'un lac. Seules quelques voiles nonchalantes posées sur le décor paraissaient immobiles et, à terre, la Promenade des Anglais livrée aux possesseurs de chiens respirait à pleins poumons la brise marine. Emmanuel s'assit sur un banc pour voir sortir du port le grand bateau blanc qui assurait la navette avec la Corse. Lorsque le navire s'effaça dans le lointain, il se dit en se relevant.

— C'est trop bête, je ne l'ai jamais pris !

Il poussa la grille du jardin. Entrer chez lui procurait encore un réel plaisir au nouveau propriétaire. Il sourit et tendit l'oreille ; l'agitation qui régnait au premier étage lui disait que son gendre était déjà dans la place. Giaco n'était pas seul, l'inépuisable petite voix de May donnant des ordres à Grim, qui jappait derrière une porte.

— On déjeune dehors ?

— D'accord, c'est parti, je dresse la table sur la terrasse.

/

Rue Sainte-Réparate, Georgio, lui aussi, passait le porche de sa maison. Il rentrait un peu fatigué, après avoir escaladé le mont Boron, une sorte de petite colline accolée au port de Nice.

Le lieu était charmant depuis qu'il était agrémenté d'un jardin public d'où l'on pouvait admirer la baie et les ruines d'un ancien château.

À son arrivée, Giovanna était assise dans le jardin où elle assemblait un bouquet de roses. Elle prévint son mari d'un appel téléphonique passé par le commissaire Zaganelli, qui venait juste de raccrocher.

Le policier lui avait semblé plus nerveux qu'à son habitude, bien qu'il ne lui ait fait aucune confidence, et il souhaitait rencontrer Georgio à son bureau au plus tôt.

Ragaillardi, le promeneur ressortit immédiatement ; finalement, l'examen des indices et les recoupements avaient dû parler. À vrai dire, depuis le temps, il pensait que l'enquête était enterrée. Il était têtu, ce Zaganelli !

Devant le commissariat, il salua le planton qui maintenant le connaissait et demanda à parler au commissaire. Le bonhomme quitta sa guitoune et revint, le sourire aux lèvres.

— Un petit instant, il va vous recevoir. Donnez-vous la peine de vous asseoir.

Quelques minutes plus tard, Zaganelli pointait le nez dans l'encadrement de sa porte. Il affichait son regard des mauvais jours.

— Monsieur Leonardi, bien le bonjour, entrez s'il vous plaît.

Avant de s'installer à son bureau, il annonça au plaignant la mauvaise nouvelle. Le laboratoire avait analysé les résultats, à de multiples reprises, mais en vain… rien, tout était négatif. Il en était convaincu, une fois encore, Simonot s'était bien foutu de lui ; depuis quatre ans, il le suivait, mais sans résultats. Comme toujours, il lui filait entre les doigts.

— Cette petite frappe est maligne, il se méfie de moi, je suis certain que pour ce coup il avait fait agir des complices. Malheureusement, nous aurons du mal, car les autres ne sont pas fichés et je n'ai rien au dossier pour confronter les empreintes.

— Vous avez des empreintes ?

— Des empreintes digitales, j'en ai récupéré beaucoup depuis le temps, mais les comparer à qui ? Comme me le répète ma femme, je dois me calmer et rester patient. La patience, mon cher, c'est la signature d'un grand policier. Lui, Simonot, vous savez il ne m'échappera pas, je le coffrerai un jour ou l'autre.

Chapitre 20 – *Mobilisation générale !*
Le début de l'exode

À Neuilly, rue Casimir Pinel, tout semblait aller pour le mieux. La vie se déroulait lentement avec ses petites joies et Anne-Marie, la jeune maman, était radieuse.

Il faut dire qu'elle était comblée par sa merveilleuse poupée vivante. L'enfant, comme les fillettes de son âge, jouait des journées entières à se faire peur avec les personnages de son théâtre de marionnettes et adorait par-dessus tout courir dans le bois, suivie par Grim, son inépuisable petit chien.

Maman le lui disait souvent, elle était maintenant une grande fille et le bois, elle s'y rendait sans poussette et sans faire de comédie. Que revendiquer de plus pour que le bonheur soit parfait ? Ce qu'il aurait fallu assurément, c'était qu'on ne soit pas ce jour-là le vendredi 1er septembre 1939, le jour où Hitler, à la tête de deux mille chars, envahissait la Pologne. Le jour où la France et l'Angleterre, tenues par leurs engagements, déclaraient la mobilisation générale et le jour, enfin, où la dernière lettre de Sophie, trouvée dans la boîte aux lettres, était constellée de taches de larmes. Dorénavant, Sophie l'Allemande et Anne-Marie la Française seraient des ennemies !

Anne-Marie tenta le jour même d'envoyer une dernière missive à Munich.

Ma chère Sophie, mon amie pour toujours,

Aujourd'hui, les hommes ont décidé de se battre et de laisser s'entre-tuer des jeunes pousses à peine sorties de l'enfance. Où nous amènera cette aventure sinistre pleine d'ombres et de cloaques sanguinolents ?

Mon cœur saigne en pensant à vous et à tous ceux que j'aime en Allemagne.

Comment faire comprendre à nos gouvernants combien la vie est précieuse ? Une frontière tracée sur une carte serait donc le trait permettant de dire sans se tromper, ici sont les justes et là-bas sont les traîtres !

Sophie, embrassez pour moi votre père et votre frère et surtout détruisez cette lettre qui pourrait un jour vous compromettre.

Je n'ose vous dire, ma très chère amie, à nous revoir, car je le sens bien, la boue de l'ignominie rendra les chemins de nos futures rencontres désormais impraticables.

Amitiés de France d'une Anne-Marie qui continuera à penser à vous.

Anne-Marie

Les yeux de la jeune femme étaient emplis de larmes en poussant sa lettre dans la fente de la boîte à lettres. Elle pensait : « Mon Dieu, Sophie, ma très chère Sophie, pourrai-je un jour te revoir à Munich ou ailleurs ? »

Ralentie par les petites jambes de May, elle rentra chez elle et sursauta en s'apercevant qu'elle n'avait pas donné un tour de clef à la serrure de sa porte d'entrée. À l'intérieur, elle entendit du bruit, puis fut rassurée par une voix familière.

— Ne crains rien, ma chérie, c'est moi.

Giaco avait descendu une valise du haut de l'armoire et il y rangeait soigneusement quelques vêtements.

— À la SNCF, on nous a dit de rentrer pour nous préparer. Ils ont déclaré la mobilisation générale, mais je n'y crois guère, tout ceci, c'est de l'intimidation ! Cette guerre, crois-moi, ne durera pas bien longtemps.

Anne-Marie se tourna pour pleurer discrètement, afin de ne pas inquiéter sa fille. Elle le savait, tout ce que l'on peut dire dans ces circonstances n'a aucune valeur, on distribue à ses proches des paroles lénifiantes pour les apaiser, mais on n'y croit pas.

Son Giaco, ils allaient le lui prendre et elle serait là, clouée par le devoir d'élever sa fille ; cette impuissance la rendait folle. Son mari ne semblait pas mesurer la gravité de la situation ; il rangeait méticuleusement ses vêtements et tentait maintenant de boucler son bagage outrageusement tassé.

— Je dois être ce soir à la gare de l'Est où je prendrai un train de nuit. Je serai incorporé à la caserne de Thionville, selon ce que je lis sur la convocation.

Depuis plusieurs années, le régime nazi multipliait les provocations, mais on se disait que, le moment venu, Hitler courberait l'échine face à la déclaration de guerre des Alliés. Pour l'opinion publique française, toutes les revendications pangermaniques du IIIᵉ Reich, le couloir de Dantzig et cette prétention de réunir la Prusse orientale à la Prusse occidentale, puis d'annexer sans condition les Sudètes, tout cela entrait dans un ronronnement sans conséquence... on s'y était habitué. Aujourd'hui, chacun mesurait son erreur, les Occidentaux face à leurs signatures ne pouvaient plus reculer, l'invasion de la Pologne était un acte de guerre et si l'Allemagne entrait en guerre, on devait se battre !

Le nouveau soldat téléphona à Nice à ses parents et à son beau-père ; sur un ton jovial et détendu, il s'employa à les rassurer.

— Dans quinze jours, je serai de retour, tout cela n'est qu'un énorme coup de bluff, vous verrez, Hitler rappellera ses tanks.

Il demanda à Anne-Marie, qui avait obtenu son permis de conduire, de rejoindre Nice avec May au plus vite. Pour lui, les savoir installées dans le sud serait un soulagement, il les rejoindrait plus tard à sa libération.

— Tu as raison, mon chéri, nous allons nous replier, car ici sans toi, nous ne sommes d'aucune utilité et puis dans le sud de la France, nous bénéficierons de l'aide de la famille.

Giaco fut rassuré de la décision rapide de sa femme. Il craignait à Paris des mouvements de foule et la raréfaction alimentaire. Il fut un moment déstabilisé par Anne-Marie, qui ne put retenir ses larmes, et tenta de la rassurer en lui tendant une feuille de papier.

— J'ai obtenu une lettre rédigée par mon supérieur à la SNCF. Il y décrit mes compétences et mes états de service. Avec ce document, je dois normalement intégrer le régiment du train à la section des travaux. Ils auront besoin de gens de mon espèce, car il va falloir reconstruire des ponts, des systèmes mobiles de réparation des voies et des ouvrages de protection pour les aiguillages.

Le dîner fut d'une tristesse difficile à imaginer. La petite était couchée et le couple qui se faisait face à la table de la cuisine ne savait plus quoi se dire en dehors de se déclarer leur amour et de s'embrasser sans répit.

— Crois-moi, je ne serais pas affecté au front, ils auront trop besoin de moi dans les bureaux d'études. Quant à toi, je t'en prie ma chérie, organise rapidement ton départ, car tu ne seras pas seule sur les routes. Demain matin, de très bonne heure, il serait bien que tu aies pris de l'avance sur les autres.

Le père de famille avait fait réviser la voiture, le réservoir d'essence était plein et, par précaution, il avait ajouté deux bidons de carburant dans le coffre.

— Ce soir, en rentrant, prépare tes valises et vers quatre heures du matin, engage-toi sur la route bleue avant que cette magnifique nationale 7 ne devienne une route noire !

/

Dans cette gare de l'Est encombrée de convois en ordre de marche, le climat était curieusement calme. On était en guerre contre l'ennemi séculaire… cela devait arriver un jour, il fallait rapidement vider l'abcès. Dans le hall, il n'était pas rare d'entendre de mâles affirmations, proclamées autant pour calmer la peur de leur auteur que pour stimuler le désir de convaincre.

Ils allaient voir, les boches, à qui ils avaient affaire !

Malgré la foule, Anne-Marie exigea d'accompagner son mari sur le quai d'embarquement.

Giaco installa son bagage dans son compartiment et passa la tête au travers de la fenêtre. La jeune maman, en l'apercevant au milieu des soldats, prit conscience que son mari paraissait plus âgé que les autres et qu'il aurait pu être leur père…

Vingt-deux heures, c'était l'heure affichée sur la grande pendule du quai. Le convoi s'ébranla au milieu des chapeaux et des calots agités aux portières, un peu comme pour un départ en vacances.

Anne-Marie voulut paraître ferme, mais malgré tous ses efforts, elle dut se retourner, ne pouvant retenir son chagrin. Dans un suprême effort, elle se ressaisit enfin et fixa la voiture qui s'éloignait. Elle envoya une série de baisers à son mari et puis le train se perdit dans l'entrelacis des rails et disparut, happé par son destin.

Elle se sentit alors horriblement seule, bien qu'elle soit rassurée par le petit corps chaud de May qui dormait dans ses bras. Elle poussa un cri de rage retenu et serra les dents, comme beaucoup de femmes sur le quai.

Elle tourna alors les talons et rejoignit sa maison. Sur le chemin du retour, les yeux emplis de larmes elle se promit qu'elle ne se coucherait pas sans avoir préparé son départ.

Un peu plus tard, le réveil de la chambre égraina sa furieuse et stupide sarabande ; il était quatre heures moins le quart. Anne-Marie était déjà habillée et, après avoir soigneusement fermé son appartement, elle descendit au garage avec sa fille enveloppée dans une couverture. L'événement n'avait pas sorti May du sommeil ; elle dormait ballante dans ses bras et, lorsqu'elle fut posée dans le petit lit d'osier de la voiture, elle se retourna et suça son pouce, fermement décidée à poursuivre sa nuit.

Sur la route, beaucoup de personnes roulaient déjà vers le sud, mais Anne-Marie ne fut pas surprise de cette affluence. Ce qui l'étonna surtout, c'était le calme impressionnant des fuyards. Ce matin-là, à quatre heures, on descendait méthodiquement vers Orléans ou Blois, avant d'en être empêché par l'armée allemande. Les voitures étaient occupées par des femmes au volant avec, à leur côté, des personnes âgées et des enfants allongés à l'arrière. Tout ce monde était décidé à sauver ce qui pouvait l'être encore, de maigres économies et la vie des siens.

À la sortie de Fontainebleau, elle stoppa sa voiture. Dans la faible pâleur du jour naissant, une silhouette lui faisait face et lui demandait de s'arrêter. C'était une femme de son âge ou un peu plus peut-être, seule et désemparée près de sa vieille Citroën C4 immobilisée sur le bord du chemin.

Elle rangea sa voiture et s'approcha de la jeune naufragée, celle-ci lui fit savoir qu'un automobiliste, un vieil homme, s'était arrêté pour diagnostiquer qu'elle avait « claqué » son joint de culasse. Le conducteur était ensuite remonté dans son auto sans un mot et avait disparu dans la nuit sans proposer aucune aide.

Anne-Marie, consciente du désarroi de la femme, lui proposa de s'installer à bord de la Traction en lui recommandant de parler à voix basse afin de ne pas réveiller May qui terminait sa nuit dans son couffin.

— Où alliez-vous, avant de tomber en panne ?

— Mes parents habitent Fontainebleau où je leur ai déposé nos deux enfants, et je me proposais de rejoindre mon village dans le Vercors au sud de Lyon.

— Moi je descends vers le sud, c'est parfait.

— Ma maison est située en limite du village de La Chapelle-en-Vercors, mais si vous pouviez déjà me déposer à Lyon, je trouverais sûrement là-bas un moyen pour rentrer chez moi.

— Mon père et mes beaux-parents habitent Nice, je me replie avec ma fille. Nous pouvons voyager ensemble, ce sera utile pour vous et moins monotone pour moi.

Elle lui sourit et se cala à côté du lit de la dormeuse. On avançait maintenant beaucoup plus lentement sur la nationale, une pluie battante frappait le pare-brise en rafales et diminuait fortement la visibilité. Anne-Marie n'avait pas une grande expérience de la conduite, mais restait consciente de ses responsabilités et semblait très tendue. Sa voisine, constatant la fatigue de la jeune femme, lui proposa de la remplacer pendant une heure ou deux. Elle connaissait le pays et ses vicissitudes météorologiques et puis, elle habitait la province et conduisait depuis dix ans.

Les deux femmes se remplacèrent donc au volant, mais malgré cela, elles n'entrèrent pas avant dix-sept heures dans la capitale des Gaules.

— Je pense qu'il ne serait pas raisonnable pour vous et votre petite d'aller plus loin, le temps est détestable et le soir ne va pas tarder à tomber. Avec cette pluie, vous n'y verrez rien ! Je vous propose de venir dîner et coucher à la maison, ce sera beaucoup mieux pour votre sécurité. Demain au petit jour vous reprendrez le volant, bien reposée, et rejoindrez Nice sans problème.

— Je comptais en effet faire escale à l'hôtel, mais dans toute cette précipitation, je n'ai rien réservé.

— Anne Marie, faites-moi le plaisir d'accepter mon hospitalité, ce sera ma façon de vous remercier pour avoir accepté de me transporter. Sans vous, je serais peut-être encore assise sur le marchepied de ma C4.

— J'en doute, vous auriez fini par trouver une âme charitable ! Je vous remercie pour cette proposition que j'accepte volontiers. Vous l'avez remarqué, je suis épuisée et ne me sens pas le courage de faire la quête des hôtels. Avec tout ce monde sur la route, je ne serais d'ailleurs pas près de trouver un logement !

Elles étaient maintenant à cinquante kilomètres au sud de Lyon, Marie-France conduisait, elle tourna à gauche sur une petite route transversale taillée dans le roc. Aucun panneau indicateur n'eût pu guider un automobiliste de passage et cette route était si étroite que, dans bien des endroits, on ne pourrait sérieusement pas envisager de croiser un autre véhicule. Heureusement, ici il n'y avait jamais personne. Bientôt, la Citroën dut escalader la montagne en se contorsionnant dans des lacets successifs. Dans ce décor, le rocher était roi et rétrécissait par moments le chemin à l'extrême, mais la jeune femme évoluait lentement et avec souplesse dans cet univers minéral. Elle était née dans la région et en pratiquait journellement les embûches.

Deux heures plus tard, elles purent lire le panneau à moitié couché dans le fossé qui annonçait l'entrée dans le village… « La Chapelle-en-Vercors ». La maison de Marie-France était cachée derrière un bloc rocheux en limite du bourg. C'était une bâtisse ancienne montée en pierres sèches, probablement une ancienne bergerie.

La jeune femme souleva une dalle de la cour et ramassa une clef monumentale qu'elle fit tourner dans la serrure. La porte grinça et, pour donner un peu de clarté, elles ouvrirent les volets de la façade. Anne-Marie était étonnée par la détermination de sa nouvelle amie. Elle se hasarda à la faire parler sur sa vie dans ce lieu sauvage.

— Vous vivez seule dans ce village ?

Elle reçut pour toute réponse un sourire et puis, après une hésitation, une phrase laconique.

— Lorsque vous m'avez trouvée près de Fontainebleau, comme je vous l'ai dit, je venais de confier mes enfants à ma mère. J'ai une fille de l'âge de la vôtre et un garçon de dix ans. Ces enfants ont un papa, je ne suis donc pas seule.

Il fallut porter May pour la sortir de la voiture ; elle dormait à nouveau et Anne-Marie demanda à la poser sur un lit.

La propriétaire sortit avec sa lampe à pétrole pour chercher quelques œufs au poulailler et un petit bidon de lait chez son voisin habitant la ferme attenante. Elle revint assez vite avec les quelques victuailles qui leur permettraient de se restaurer.

— Croyez-vous que May acceptera deux œufs à la coque et un verre de lait avec du chocolat ? J'ai aussi un jambon dans la cave et mon voisin m'a cédé un morceau de pain.

— Le plus difficile, à mon avis, sera de la réveiller, j'essaierai, mais je ne garantis rien.

Un feu de bois crépitait maintenant dans la cheminée et les deux femmes se restauraient en se livrant à quelques confidences.

Anne-Marie expliqua qu'elle avait accompagné hier soir son mari mobilisé au train… elle ne put terminer sa phrase et se leva de son banc pour pleurer. L'hôtesse, émue, l'embrassa et l'invita à regagner la table.

— Je comprends votre peine et votre inquiétude. Pour ma part, j'éprouve une haine dont je ne me croyais pas capable. Nous pensons, mon mari et moi, ainsi que tous les membres de ce village, que nous n'avons rien à attendre des hommes politiques qui se succèdent dans les cabinets ministériels. Le salut viendra un jour, mais il viendra de nous !

La Parisienne ne comprit pas immédiatement le sens de cette phrase énigmatique. Marie-France lui dit alors, sur le ton de la confidence.

— Ici, mon homme et beaucoup d'autres n'ont pas répondu à l'appel de mobilisation générale, ils ont pris le maquis. Tous veulent s'organiser et s'armer pour harceler l'ennemi qui va bientôt déferler sur notre pays.

Elle s'arrêta de parler et tendit l'oreille. Trois coups rapides puis deux coups lents furent frappés à la vieille porte d'entrée.

— C'est eux, ne craignez rien.

Heureusement qu'elle était prévenue ; la porte s'ouvrit, laissant place à six gaillards dépenaillés, noirs et barbus comme des ours, Anne-Marie les salua et leur sourit. La troupe de forbans montra alors une rangée de dents blanches et, comme des enfants sages, les hommes saluèrent en cœur en levant leur béret.

— Lui, c'est Paul et Paul c'est mon homme !

Marie-France sauta au cou d'un des ruffians et désigna Anne-Marie à son intention.

— Elle s'est arrêtée et m'a embarquée dans sa Traction, après une panne de la C4 vers Fontainebleau.

Malgré la barbe, le mari embrassa sur les deux joues la bienfaitrice de sa femme.

— Je vous revaudrai ce service un jour. Quand ? Je ne sais pas, mais sachez-le, j'ai une excellente mémoire.

Sa femme lui expliqua le futur parcours d'Anne-Marie et de sa fille, ce qui eut pour effet de faire froncer les sourcils broussailleux de l'homme des bois.

Il expliqua ses réticences. La foule quittant l'est de la France et la région parisienne était devenue brusquement incontrôlable, tout le monde fuyait en même temps avec les moyens les plus hétéroclites. Selon les informations qu'il avait reçues par téléphone, la nationale 7 était maintenant bloquée et inutilisable. Il lui semblait préférable de s'éloigner quelque peu vers l'est pour rejoindre au sud de Grenoble l'ancienne route Napoléon. Cette voie était plus abrupte et difficilement praticable en hiver, mais surtout totalement méconnue des Français et toujours déserte.

— Je vous guiderai pendant une centaine de kilomètres, cela vous rendra service et moi je ne ferai pas de grands efforts, car je dois me rendre dans une caserne abandonnée dans laquelle des amis ont caché du matériel et des munitions à notre intention.

Anne-Marie remercia et se renseigna pour savoir où elle pourrait téléphoner à ses parents demain matin.

Marie-France lui répondit en souriant.

— Demain sera un autre jour, le téléphone c'est moi. Je vous indiquerai où et comment téléphoner. Bonne nuit, je vais vous aider à mettre May dans un lit d'enfant.

Elles pénétrèrent dans la petite chambre où la fillette dormait, posée sur un matelas. On la souleva pour la transporter vers un lit, mais bien vite les deux femmes jugèrent préférable de la laisser dormir sur place. Après l'avoir couverte, on la borda et on éteignit la lampe… lorsqu'elle dormait, May dormait comme une souche !

Elles sortirent alors de la pièce et longèrent le couloir étroit menant à la cuisine. Elles souhaitaient débarrasser les reliefs de leur repas et Anne-Marie voulait encore une fois remercier Paul… L'office était vide. Les hommes, comme ils étaient venus, s'étaient fondus dans la nuit.

Cette cavale en montagne de toute une population villageoise paraissait invraisemblable à la Parisienne. Tout ceci lui semblait pour le moins dangereux ; les fuyards, étant considérés comme des déserteurs par l'administration, se trouveraient de fait en état d'arrestation par les gendarmes. Elle s'en ouvrit à Marie-France, qui lui sourit et mima un salut militaire.

— Vous avez raison Anne-Marie, mais là-haut, nous sommes dans la citadelle du Vercors et les lois ne sont pas les mêmes qu'en plaine. Les « pandores » n'y montent jamais… trop dangereux pour eux. Et même si un jeune présomptueux s'y aventurait un jour, il risquerait de ne jamais redescendre dans la vallée. Ici, tout le monde connaît l'existence des refuges bâtis autrefois par les contrebandiers, tout le monde les connaît, mais tout le monde se tait. Trahir, c'est devenir un paria de la société !

Elle lui expliqua aussi que les ponts n'étaient pas rompus avec les autorités ; il y avait là-haut un établissement réservé au traitement des tuberculeux, un sanatorium où les gendarmes pouvaient laisser des messages aux hommes en fuite. Cet hôpital, avec sa large terrasse orientée à l'ouest, respirait l'air frais de la montagne et recevait un soleil généreux, au-dessus des nuages.

— Peut-être un jour vous en rendrez-vous compte, mais nos hommes ne sont pas des lâches, ce sont tout au plus des hommes libres et décidés à se battre !

La lumière éteinte, on s'endormit rapidement, car les deux femmes étaient écrasées de fatigue.

Le lendemain vers sept heures, la maîtresse des lieux sonna le réveil des Parisiennes et prévint que le petit-déjeuner était prêt dans la cuisine.

Elle expliqua à Anne-Marie qu'elle devait sortir, mais qu'elle pourrait la retrouver au bout de la rue dans la maison que l'on distinguait par la fenêtre ; c'était celle dont le toit était plus haut que les autres. Le plus simple serait qu'elle prépare ses valises pour le reste du voyage et que la mère et la fille s'y rendent en voiture.

Une heure plus tard, elle stationnait la Citroën le long de la façade de la grande maison. Elle se présenta devant la porte et, avant d'en franchir le seuil, leva les yeux puis éclata de rire… ce lieu, c'était tout simplement la poste !

— Entrez, Anne-Marie, ce matin il n'y a personne, donnez-moi votre numéro à Nice, je vais l'appeler et vous signalerai la cabine à utiliser.

Marie-France exerçait la fonction de postière au village, rien de plus banal, mais comment le savoir, puisqu'elle n'en avait rien dit à sa nouvelle amie ?

Ce fut Giovanna qu'elle eut au téléphone ; la pauvre femme était morte d'inquiétude. Anne-Marie la rassura et lui raconta ses aventures jusqu'à La Chapelle-en-Vercors. Aujourd'hui, elle lui expliqua qu'elle serait guidée jusqu'à la route Napoléon, une voie méconnue qui lui permettrait de rejoindre le sud sans crainte du chaos et des attaques aériennes.

— Rassurez-vous, je vais rouler prudemment et, si tout va bien, je pense arriver ce soir à Nice. Pourrez-vous faire part à mon père de mon appel, car j'ai essayé de le contacter à deux reprises en vain, il n'est pas chez lui.

— Emmanuel est à Antibes chez un marchand d'autos à pédales. Ton père est devenu complètement gâteux avec sa petite-fille, il en a réservé un exemplaire rouge pour May, je le préviendrai de ton appel.— Lui ou Georgio, on aura du mal à les changer maintenant. À ce soir Giovanna, je t'embrasse.

— Enfin tu me tutoies, j'en suis très flattée et te renouvelle mes bisous. Je t'en prie, sois prudente sur la route. Ici, malgré la guerre, Nice reste ensoleillée, à ce soir, mes chéries.

Elle sortit de la cabine et embrassa son amie postière. Cette dernière lui indiqua de suivre la rue et de tourner à droite au premier carrefour. Là, elle devrait stationner derrière une Peugeot 402 noire. Paul, son mari, serait à l'intérieur et démarrerait alors. Il la guiderait vers le sud-est et la nationale 85, la fameuse route Napoléon.

Lorsqu'ils seraient en pleine campagne, il avait prévu de donner des conseils de conduite à Anne-Marie, afin qu'elle se comporte bien sur cette route escarpée réputée dangereuse. Une route méconnue et toujours déserte.

La mère et la fille embrassèrent à nouveau Marie-France. Anne-Marie lui promit de prendre des nouvelles grâce au numéro de la poste. Avec un sourire et un peu de nostalgie, on se sépara.

/

Le soir vers dix-huit heures, le museau de la Citroën contemplait la

Méditerranée près de Golfe-Juan. La route accidentée, avec de fortes descentes et des lacets serrés, n'avait pas paru trop pénible à la conductrice. Paul lui avait appris à économiser ses freins et à se méfier des camions à la montée, ces gros véhicules devant se déporter sur la gauche pour aborder les virages. May, par contre, avait moins bien supporté les lacets de montagne ; la petite avait vomi son déjeuner à l'arrière de la voiture.

Elles étaient donc enfin sur la côte méditerranéenne, sur la Riviera française, comme on disait dans les années 1920. Ici, tout était calme, car le souffle nauséabond de la guerre n'était pas encore descendu à ce niveau. Une heure plus tard, Anne-Marie sonnait au porche de la rue Sainte-Réparate puis stationnait la voiture dans le jardin. Giovanna, Georgio et Emmanuel fondirent devant les quelques centimètres supplémentaires de leur petite-fille, mais vite les yeux s'embrumèrent de larmes.

May commençait à parler, elle lança un regard à sa mère et sa frimousse d'enfant s'assombrit, elle la montra du doigt et dit distinctement.

— Maman… pleure, maman bobo.

Giovanna prit la petite dans ses bras, lui proposa un gâteau et l'embrassa.

Anne-Marie se ressaisit très vite, elle se souvint des paroles de son mari sur le quai de la gare : il lui avait affirmé qu'il ne serait pas affecté au combat, car son âge ne le permettait plus, et ses compétences seraient utilisées dans les bureaux d'études. L'ambiance, d'un coup, se détendit lorsque l'on vit Grim, le petit Bichon s'enfuir dans le jardin avec un chemisier rouge qu'il avait volé dans le panier de linge sale.

— May, attrape-le, il va le déchirer !

Chapitre 21 – *Giaco, la ligne Maginot et la drôle de guerre*

La destination du train des mobilisés, c'était Thionville, puis la vieille caserne qui surplombait la ville… le fort de Guentrange.

La volumineuse bâtisse, construite par les Allemands au début de la guerre de 1914 en limite de frontière franco-allemande, était maintenant occupée par les Français et représentait un ouvrage important de la ligne Maginot.

À son arrivée, Giaco dîna avec les sous-officiers dont il fit connaissance et ne tarda pas à aller s'allonger sur sa couchette.

Le lendemain matin, il fut convoqué aux aurores pour un examen médical où on lui expliqua que son âge était à la limite pour être appelé dans « l'active ». Reconnu apte par le médecin militaire, il fut orienté vers le bureau d'un capitaine et, très vite, l'homme lui demanda de préciser ses compétences professionnelles.

— Je suis ingénieur du génie civil affecté à l'évolution de la voirie à la SNCF, mon dernier dossier a consisté à augmenter les capacités de la gare de triage de Vaires, en Seine-et-Marne. Voirie, ponts, tunnels, constructions et réparations ferroviaires, voilà mon travail habituel.

Le capitaine se leva, sembla réfléchir, puis vint s'asseoir auprès de son soldat.

— Le maniement des armes, vous connaissez ?

— Pas du tout mon capitaine, de ma vie je n'ai jamais tenu une arme en main.

— Mais que faites-vous ici dans l'active, Leonardi ?

Il répondit qu'il avait répondu à la convocation de mobilisation générale. Tout ceci s'était fait si rapidement qu'il n'avait pas eu le temps de retourner à son bureau de la SNCF et n'avait reçu aucun conseil des militaires.

Le cas de Giaco semblait embarrasser le capitaine. Il se leva à nouveau et marcha pensif autour de la salle, en se caressant la moustache. Soudain, son visage s'illumina et il s'assit à nouveau. Il posa alors la main sur le bras du spécialiste des trains et lui sortit cette phrase énigmatique :

— Il faut que j'en parle au colonel, mais j'ai une idée. Revenez me voir demain, ce soir je le rencontrerai après le dîner.

Il raccompagna chaleureusement Giaco à la porte et, avant de le quitter, lui demanda.

— Vous voudriez bien travailler pour nous ?

— Mon capitaine, je suis ici pour cela.

— Parfait, Leonardi, à demain.

Derrière la porte, Giaco se retrouva dans la grande salle. Là était entassée pêle-mêle une population disparate mal rasée et bruyante. Il sortit dans la cour et s'accouda à un mur de pierre pour réfléchir. « Mais que me veut-il, celui-là ? Je n'y connais rien, moi, à la guerre et au maniement des armes. »

Il flâna le reste de la journée, observant à la lunette les forêts situées à l'est du fort, mais ne vit rien, aucun mouvement. Les Allemands étaient bien cachés ou n'étaient pas là !

Le lendemain, il se fit introduire dans le bureau du militaire qui l'accueillit les bras grands ouverts.

— Entrez, Leonardi, je vous en prie, prenez un siège.

Il expliqua qu'il avait eu avec le colonel une longue entrevue et que son supérieur accueillait le projet très favorablement. Il avait donc carte blanche pour le mettre en œuvre et tout d'abord il l'expliqua à Giaco.

— Voici à quoi j'ai pensé depuis que je suis installé un peu oisivement dans ce fort. Vous me direz si cette idée vous semble possible à réaliser et si, à vos yeux, elle serait judicieuse pour améliorer notre position au combat.

Depuis deux mois où il moisissait dans ce fort sans apercevoir le moindre ennemi, le capitaine Despont avait eu le temps d'échafauder un plan d'amélioration des défenses de la ligne Maginot devant le fort de Guentrange. Il était porté par l'enthousiasme que manifestait le colonel à son projet, mais voilà, il avait un problème ! Il lui manquait un ingénieur.

La providence venait de lui apporter sur un plateau l'oiseau rare et cet oiseau se nommait Leonardi.

Il entraîna Giaco vers son bureau et sortit un dossier froissé par les nombreuses consultations qu'il avait subies.

— Voyez-vous, Leonardi, l'assaut dans la guerre moderne, n'est plus mené avec les techniques de 1914, les fantassins alignés face à d'autres fantassins, c'est fini ! Aujourd'hui, les chars avancent lentement, en ligne, et sont suivis sur leurs arrières par des soldats solidement armés qui progressent, protégés par le blindé.

Le capitaine, le regard brillant, illustrait son exposé en griffonnant le plan étalé sur le bureau.

— Nous sommes là, tassés dans le fort et nous attendons. Nous bandons nos muscles bêtement contre un ennemi qui tarde à montrer son nez et en attendant, nous ne faisons rien. Pour ma part, je pense que nous pourrions utiliser ce temps perdu et améliorer les galeries qui courent le long de la ligne, de fort en fort.

Comme le capitaine, Giaco était hostile à cette attente. Il lui semblait que les stratèges français souhaitaient bêtement renouveler les techniques de la guerre de 1914-1918. Pour conforter son interlocuteur et lui faire comprendre qu'il partageait ses vues, il ajouta :

— Rien ne serait pire que de laisser l'initiative à un ennemi qui ne demande que ça !

Despont acquiesça de la main et poursuivit.

— Il nous suffirait de creuser en souterrain tous les deux cents mètres une galerie transversale qui se terminerait par un ouvrage invisible, porteur de deux canons antichars. Cinquante mètres en arrière de ces nouvelles batteries, on installerait des mines enterrées qui quadrilleraient le sol. Ainsi l'ouvrage défensif que nous connaissons serait associé à une bande offensive tournée face à l'ennemi.

Giaco trouvait le plan astucieux ; il prendrait en charge la réalisation du projet et commencerait par en établir les plans.

Les deux hommes partageaient le même enthousiasme, pourquoi ne pas essayer pensaient-ils ? Ils avaient le personnel et le matériel pour creuser et la voie de chemin de fer en 0,60 avec deux locomobiles Decauville et leurs wagonnets. Giaco ajouta qu'ils pourraient se servir des déblais pour tracer des sortes de couloir en surface, ces tas de terre guidant les chars vers les canons.

— Je vous le répète, je suis très intéressé par votre projet, mon Capitaine, car ces batteries en épis auraient un autre avantage, elles seraient inconnues de l'ennemi. Vous le savez comme moi, les Allemands ont les plans des ouvrages de la ligne Maginot… sauf ceux que nous allons construire.

Despont sourit et se tourna vers la fenêtre.

— Les plans, comment pourrait-il en être autrement, ils ont largement participé à la construction de la ligne !

Giaco, soucieux, se tapotait les doigts avec une règle.

— Mon Capitaine, j'ai une importante réserve à vous faire, aurons-nous le temps de réaliser ces ouvrages avant le début réel des hostilités ?

— C'est la grande inconnue, Leonardi, mais dans l'incertitude vous conviendrez qu'il vaut mieux agir. Il ne serait pas bon d'attendre et de laisser les hommes traîner pendant des mois dans une oisiveté sans perspectives qui détruirait leurs muscles et leur moral.

Oubliant les conventions et la hiérarchie militaire, les deux interlocuteurs se serrèrent la main pour sceller leur projet commun.

L'ingénieur demanda à visiter dès le lendemain les galeries qui serpentaient le long de la frontière. Les ouvrages lui semblèrent en bon état et confortablement dimensionnés, ces tunnels permettraient assurément la circulation de trains à voies étroites transportant déblais et matériaux de construction. L'ingénieur de la SNCF parcourut ainsi vingt kilomètres à bord d'une des locomotrices, qui tirait pour la circonstance trois wagons basculants porteurs de sablons et de sacs de ciment.

À plusieurs reprises, il put constater des inscriptions en allemand aux intersections. Il demanda au jeune sous-lieutenant qui l'assistait pourquoi on ne retirait pas ces plaques.

— Pourquoi retirer ces indications en allemand ? Inutile, les lieux seront peut-être à nouveau en possession de l'ennemi dans six mois, ou peut-être moins !

Giaco éclata de rire devant le fatalisme du jeune soldat et lui demanda la raison de son jugement sévère.

— Vous croyez vraiment que nous serons défaits dans six mois ?

Six mois, répondit l'autre. Il ne savait pas, mais ce dont il était certain, c'était qu'il n'était pas bon de rester terré dans les forts de cette ligne Maginot en attendant l'attaque de l'ennemi. Il lui aurait semblé plus utile de profiter de ce temps pour avancer en territoire ennemi et prendre des positions.

Attendre, c'était offrir un temps précieux à l'adversaire, le temps de mieux s'armer et de s'organiser. Il termina enfin son exposé par une note positive.

— Si on renforce le dispositif, peut-être en prendrons-nous un peu moins sur la gueule !

Giaco n'écoutait plus, il notait des détails techniques utiles pour son projet.

Très vite, l'ingénieur SNCF s'était mis au travail. Le soir, il traçait les plans de ses épis souterrains et des batteries antichars, il était important pour lui que tirs et explosions souterraines soient déclenchés par des systèmes automatiques.

L'importance de ses travaux nocturnes lui avait fait obtenir une grande chambre individuelle avec un bureau et, cette nuit-là, il écrivait à sa femme.

Ma chérie

Je travaille avec plaisir à un projet dont je ne peux te parler, car nous sommes en guerre et tu peux le comprendre, je dois être discret. Sache cependant une chose, si May et toi n'étiez pas si loin, ma vie ressemblerait beaucoup à celle que je menais avant la guerre en région parisienne à la SNCF. Malheureusement, vous êtes bien loin et me manquez terriblement.

Selon les directives de notre colonel, je ne participerai pas directement aux combats, car m'a-t-on dit, je suis plus utile au bureau d'études qu'à la crosse du fusil, tu peux donc être tout à fait rassurée.

Je te parle de combats ! Quels combats ? Ma chérie, nous n'avons pas vu un seul adversaire. Nos hommes travaillent de bon cœur et pensent comme moi rapidement rentrer à la maison.

Je t'embrasse avec tout l'amour que tu connais, gardes-en un gros bout pour notre adorable enfant et encore une portion confortable pour Emmanuel, Giovanna et Georgio. À bientôt, j'en suis sûr.

À nouveau des bisous de ton Giaco pour toujours.

Il termina sa lettre, submergé par l'émotion, tant il supportait mal de ne pas pouvoir parler directement à Anne-Marie et aussi de ne pas voir grandir sa fille.

Il se ressaisit assez vite en regardant par la fenêtre. Il murmura alors, à l'adresse d'une nuit colorée par la lune :

— Encore quelques mois de patience et toutes ces bêtises seront oubliées… on rentrera chez nous.

/

Trois mois plus tard, rien n'avait changé. Les belligérants continuaient à s'observer sans se voir et les affrontements sporadiques de part et d'autre de la ligne de front n'avaient pas fait grandement tonner le canon. À Paris, dans les dîners en ville, on appelait ces temps incertains « la drôle de guerre ».

Georgio et ses hommes travaillaient avec ardeur, malgré les rigueurs de l'hiver. Une partie non négligeable des ouvrages militaires étant creusés en sous-sol, la neige et le froid n'en gênaient pas le déroulement.

La nuit, penché sur sa table à dessin, la gomme dans une main et le crayon dans l'autre, il pensait à son Anne-Marie à la peau si douce et au corps souple doré par le soleil. Il lui arrivait alors de ressentir une étrange culpabilité, le sentiment de son égoïsme de bête ne songeant qu'au sexe. Et puis venait le moment où, envahi par la tristesse, il suivait May en songe dans le jardin de la maison de Nice. Ce soir, il l'imaginait pédalant au volant de l'automobile rouge offerte par Emmanuel et poursuivant Grim, le petit chien de la maison. Il chassa ses idées noires et médita. Le bonheur, n'est-il pas là dans ces images fugaces du cinéma de la vie, cinéma dont il était devenu le lointain spectateur ?

Allait-on un jour ou l'autre rentrer à la maison ? À vrai dire, on n'en savait rien et plus personne n'en parlait. On s'installait tranquillement dans ses habitudes journalières.

Chapitre 22 – *Otto, Sergueï, le BK 14 et le plan*

Dans un train bondé de soldats rigolards en direction de Paris, Sergueï et Otto, les deux représentants de la maison d'imperméables bruxelloise, se faisaient face et, sans grands discours, tiraient les dernières bouffées de leur Gitane papier maïs. À la fenêtre, des paysages sans grâce annonçaient l'approche d'une ville.

Ils devraient à Paris visiter le magasin « British Fashions » et prendre le lendemain un train en direction de la Belgique. C'est en effet à Bruxelles que se trouvait le siège de leur entreprise de vêtements de pluie.

Comme tout bon Slave, Sergueï était tourmenté. Il enrageait, car il ne comprenait pas l'attitude de l'état-major allié, anesthésié par sa boulimie administrative.

Désormais, il en avait fait le serment, il ne lirait plus les journaux ; on n'y trouvait que des articles patriotiques auxquels il ne comprenait rien et les déclarations se suivaient et se contredisaient d'une page à l'autre.

— Ils ne valent rien, ce ne sont tous que des vieux cons incapables d'une seule décision intelligente. Que pouvons-nous attendre de ces vieillards déjà au pouvoir lors de la Première Guerre mondiale ? Ils imaginent, en 1940, faire la guerre en bandes molletières avec des soldats juchés sur le dos de chevaux. Si on continue dans cette voie, ce sera un massacre !

Otto, les yeux fermés comme à son habitude, était rongé par des sentiments contradictoires, où sa haine du national-socialisme croisait sa culpabilité d'Allemand traître à son pays.

— Ils sont cons les uns et les autres, mais actuellement ils ne font rien, peut-être ont-ils conscience de la gravité irréparable de leur acte, si par malheur ils avançaient un pion !

Sergueï était maintenant terriblement énervé et il cria plus fort, pour dominer les chants des jeunes crétins du compartiment.

— Il y a des fois où je me dis que tu es complètement dingue ! Alors tu crois une seconde Hitler capable de remords ou d'hésitations ? Mon pauvre ami, le Guépard est tapi dans l'ombre d'un de ses innombrables bunkers et il attend son heure, l'heure favorable qu'il aura choisie pour fondre sur la France et l'Angleterre.

Le Russe, ayant vomi son discours de haine contre celui qu'il appelait le Guépard, sembla tout d'un coup s'enfoncer dans une profonde torpeur. Il se laissa aller sur l'appui-tête du fauteuil et, au bout de quelques minutes, son ami conclut qu'il dormait. Il n'en était rien. Ce dernier ouvrit faiblement les yeux en direction de son compagnon et lui dit à mi-voix.

— Tu te souviens de mon projet et de ce que je t'avais dit concernant Hitler ?

— Oui, tu m'avais dit que tu voulais l'assassiner, mais c'était un soir et nous avions beaucoup bu.

— Oui, nous avions descendu beaucoup de bières pour oublier notre pauvre pays, mais aujourd'hui c'est autre chose, ce soir je ne suis pas saoul. J'ai longuement réfléchi et j'ai construit plusieurs plans. Je sais ce que je vais faire.

Il ferma à nouveau les yeux et, cette fois-ci, il s'endormit pour de bon.

La nuit était percée par l'éclair fugace et rythmé des lampadaires le long de la voie. Maintenant, la locomotive filait à pleine vapeur vers le nord, en scandant son parcours de sifflements stridents. Les jeunes soldats dormaient et le compartiment était devenu étrangement calme.

Les odeurs ayant horreur du vide, une insoutenable senteur de pieds avait remplacé le tabac noir.

Sergueï se leva pesamment pour gagner les toilettes.

Chapitre 23 – *La blessure*

Ce matin, le capitaine l'avait décidé, ce serait jour d'inspection pour les travaux dirigés par Giaco. On gagna en file indienne les galeries souterraines aux alentours du fort, en discutant des projets à venir. On le sentait, l'affaire était importante comme en attestait la présence des autorités à cette heure matinale. Si on s'était levé si tôt, ce n'était pas pour impressionner la troupe, c'était qu'il n'y avait pas moins de trente kilomètres de tunnels à vérifier.

Pour la commodité de l'opération, on avait fait atteler la veille un wagon de passagers à la locomotrice Decauville et l'attelage, luisant de tous ses cuivres, tournait au ralenti en attendant les militaires. Il fut décidé de débuter par le nord-est.

Le colonel, avec sa badine, balayait l'espace de grands gestes explicatifs ; il était ravi et ne tarissait pas d'éloges devant l'ingéniosité du système. Au bout des dix-huit kilomètres du circuit, on fit pivoter la machine sur une plaque tournante afin de redescendre pour inspecter le sud. Pendant la manœuvre, Giaco, qui avait posé le pied sur le quai, fit part de ses préoccupations au colonel.

— Mon Colonel, je ne voudrais pas paraître rabat-joie en ce jour d'inspection, mais une faiblesse de notre système de défense m'inquiète quelque peu et je vais me permettre de vous faire part de mes inquiétudes.

Grand spécialiste de la ligne Maginot, le gradé sembla soudain irrité par l'arrogance du jeune civil.

— Vous êtes inquiet ! Très bien, Leonardi, mais sachez-le, vous n'êtes pas le seul, tout le monde ici est inquiet et moi-même, je ne suis pas rassuré. Soyez concis, quel est le motif de votre interrogation ?

Il expliqua à cet homme qui aurait pu être son père que l'ouvrage était certes important, mais incomplet. L'ennemi pourrait, s'il le décidait, passer au nord de la ligne Maginot et contourner l'ouvrage pour l'attaquer par l'ouest, sur son arrière. Dans ce cas, ce serait une catastrophe, car les batteries ne pivotaient pas sur 360 degrés et, prises à revers, elles seraient totalement inopérantes.

— Vous oubliez un élément important, Leonardi, pour faire la manœuvre que vous redoutez, il faudrait que les divisions d'Hitler traversent le Luxembourg et la forêt des Ardennes. La forêt des Ardennes à traverser avec du matériel lourd, croyez-moi ce ne serait pas chose facile. Moi, voyez-vous, je serais bien étonné de les voir arriver par le nord.

Giaco comprit immédiatement qu'il ne pourrait pas convaincre son supérieur. Il acquiesça par un hochement de tête et reprit son siège. On poursuivit la progression du convoi vers le sud.

Le reste de la journée se déroula sans difficulté particulières et le colonel promit de faire part à l'état-major des nouvelles cartes générées par les ouvrages en épis.

— Il ne faudrait pas que les nôtres soient surpris par la présence de ces nouvelles galeries !

Les trois gradés évoquèrent même la poursuite du dispositif vers le sud ; on travaillerait sur le chantier tant que l'attaque n'aurait pas débuté.

Au bout de la galerie sud, Giaco se leva et s'adressa aux passagers du convoi avant de descendre.

— Je dois donner des ordres au personnel, mon Colonel ; rassurez-vous, ce ne sera pas long.

Il sortit du wagonnet pour indiquer une modification à effectuer sur une voûte, alors que la locomotrice pivotait sur son ingénieux système de rails. Brusquement, Despont se leva de son siège et cria.

— Leonardi ! Attention, poussez-vous !

Trop tard, Giaco ne l'avait pas entendu. La locomotrice le heurta pendant sa manœuvre et le fit basculer dans une fosse destinée à la maintenance. Deux jeunes soldats sautèrent immédiatement dans le trou et demandèrent de l'éclairage pour les aider à sortir le blessé.

— Il a perdu connaissance, mon Colonel. J'ai l'impression qu'il a heurté une grosse pièce en fonte au fond de la cavité.

— Ne traînez pas, remontez-le. On va l'amener au fort pour qu'il soit examiné par le major.

Giaco, inconscient, fut hissé sur le wagon et on repartit à pleine vitesse vers le nord.

Dans la salle d'examen du médecin militaire, on constata que la tension artérielle et le rythme cardiaque du blessé étaient satisfaisants, mais qu'il respirait très difficilement.

Lorsqu'il fut mis torse nu, le stéthoscope eut tôt fait de constater que le champ pulmonaire gauche était inaudible. Une radiographie s'avérait indispensable et le blessé fut transporté à l'hôpital de Thionville où l'interne, peu bavard, demanda une hospitalisation dans ses murs. Le médecin-chef du service de pneumologie appela son confrère du fort, après avoir examiné le malade et la radio.

— Ce jeune homme souffre de deux fractures de côtes et d'un hémothorax. Il faut que je le ponctionne pour évacuer le sang qui comprime le poumon. Il ira beaucoup mieux ensuite. Il a perdu connaissance, mais on voit bien que ce n'est pas le problème.

En effet, Giaco sembla en bien meilleure forme une fois le demi-litre de sang noir soustrait de sa plèvre. Il se réveilla lentement, mais demeura immobile pour ne pas réveiller la douleur de son côté. L'infirmière lui installa un système de tuyau lui apportant de l'oxygène et brancha une bouteille de sérum sucré. Apaisé, le blessé se rendormit.

Le lendemain, le colonel, flanqué du médecin militaire, lui rendit visite. Il allait mieux, mais à nouveau, manifestait des difficultés respiratoires. Le praticien hospitalier l'examina et déclara qu'une nouvelle ponction serait nécessaire. Il annonça la nouvelle à Giaco, qui fit une grimace, mais ne fut pas étonné.

— Nous serons peut-être amenés à en faire trois ou quatre. Jusqu'à ce que vous respiriez bien, Monsieur Leonardi.

Après la deuxième ponction, en effet, il se sentit plus léger et déjeuna légèrement.

Dans la grande salle commune autour de lui, c'était un vrai concert… tous les malades toussaient et crachaient en cœur.

Il fit vite la connaissance de son voisin de lit, un jeune homme pâle et amaigri.

— Je me nomme Georgio Leonardi et je suis mobilisé au fort et toi, tu es aussi un des courageux soldats appelés pour cette guerre immobile ?

— J'étais au fort comme toi, mais comme je toussais, ils m'ont hospitalisé il y a un mois. Depuis, j'attends dans cet hôpital pourri, ils me disent que je dois partir dans quinze jours au sanatorium du plateau d'Assis.

— Le plateau d'Assis, c'est la tuberculose. Très bonne réputation, m'a-t-on dit.

— Oui, nous verrons bien. J'irai au sana si les boches ne nous tombent pas sur la gueule avant mon départ. Peut-être que je pourrai enfin être soigné, parce qu'ici on ne me fait rien.

Il ne put continuer sa phrase, car il en fut empêché par une toux sèche qui le secoua pendant plusieurs minutes.

Quand il put retirer de son visage un mouchoir sale et taché de sang, il poursuivit, la voix assourdie.

— Ils attendent que je ne sois plus contagieux, mais je crache le sang depuis six mois ! Je n'y comprends rien, tu penses bien que je ne devrais pas être là. J'ai parlé de ma maladie au docteur avant d'être engagé et il m'a marqué apte en me disant : « Les tire-au-flanc, au front comme tout le monde ! »

— Quel con !

Jour après jour, l'état de Giaco s'améliorait. Depuis deux semaines, il respirait sans l'aide de ponctions et la dernière n'avait produit qu'un demi-verre de liquide clair et citronné où on ne trouvait plus de sang.

Pour reprendre quelques forces, il s'efforçait de marcher des journées entières dans la vaste salle commune au milieu des tousseurs, cracheurs et autres fumeurs. Ces spectres de la vie empuantissaient une atmosphère bleutée alimentée par la dotation journalière en cigarettes « troupe » de l'armée. Dans son immense mansuétude, l'administration leur offrait un paquet par jour de cigarettes au goût âcre, qui piquaient leurs yeux et détruisaient leurs poumons.

Un matin, exaspéré par le temps perdu confiné dans cette chaudière, il sollicita une permission de sortie afin de revoir sa famille.

— Vous allez beaucoup mieux, Leonardi, je me demande sérieusement ce que vous foutez ici ! Sortez et prenez l'air, vous risquerez moins à l'extérieur de contracter la tuberculose que de continuer à traîner dans cet hôpital de merde.

Le praticien eut du mal à terminer sa phrase, car il se mit lui aussi à tousser comme un damné. Lorsqu'il se fut ressaisi, rouge comme une tomate, il cria à une infirmière.

— Ouvrez la fenêtre, nom de Dieu ! Vous ne voyez pas qu'on étouffe, dans cette putain de fumée ! Notez : Leonardi est sortant.

Chapitre 24 – *La tuberculose en cadeau !*

Un soleil printanier éclairait la verrière poussiéreuse de la gare de Nice ; le train approchait lentement du quai et Giaco était heureux. Il allait enfin revoir ceux qu'il aimait, loin des brumes glacées du front. La locomotive s'immobilisa en lâchant dans un ultime effort un nuage de vapeur blanche. Elle disait à qui savait l'écouter qu'elle avait encore bien des ressources.

Déjà, il était sur le quai et marchait en se sentant étrangement perdu dans son habit militaire. Devant ses yeux embués de bonheur, May courait vers lui les bras tendus.

— C'est papa ! Mon papa à moi.

Il la hissa dans ses bras avec peine, constatant qu'elle avait beaucoup grandi.

— Alors ma chérie, vas-tu bientôt me montrer comment tu conduis ta belle auto rouge ? Maman m'a envoyé une photo, mais j'ai hâte de te voir rouler dans le jardin.

Anne-Marie se serrait maintenant dans ses bras ; elle souriait, mais était loin d'être rassurée. Son cher Giaco, son amour des Années folles, lui semblait bien fatigué. Il était pâle, amaigri et le visage parcouru de rides qu'elle ne lui connaissait pas.

— Mon amour, tu es fatigué, un bon repos dans le jardin te sera nécessaire. Sois-en certain, tu ne seras pas en paix à la maison, nous te ferons la guerre pour t'aider à retrouver de belles couleurs.

Après avoir embrassé la famille qui n'était pas rassurée sur son état et après une caresse à Grim qui frétillait à ses pieds, ils s'installèrent tous dans la Traction dont Giaco reprit avec plaisir le volant.

Après le repas, le soldat fatigué par le trajet s'endormit dans un fauteuil. Anne-Marie le prit par le bras et le conduisit dans leur chambre. La porte refermée, le malade sembla tout à coup ragaillardi.

— Ma chérie, j'ai tellement pensé à toi, je t'aime.

Il entreprit de la dévêtir, mais avec un pâle sourire, elle lui conseilla de se reposer.

— Lorsque tu auras fait ta sieste, je reviendrai. Moi aussi, mon chéri, j'ai très envie de toi.Elle tira les rideaux, embrassa son mari et descendit au salon à pas feutrés.

La pièce était seulement animée par le voilage d'une fenêtre, poussé par une brise de mer. May et ses grands-parents avaient gagné le jardin et l'enfant courait maintenant derrière son petit chien qui se faufilait à une vitesse de météore entre les allées.

La sonnette du porche grésilla et Anne-Marie se leva pour accueillir le visiteur. C'était Emmanuel, son père venait aux nouvelles.

— Bonjour, papa, il est arrivé, mais il se repose, je te confesse que je suis un peu inquiète, car il a maigri et n'a pas grand appétit.

Le nouvel arrivant embrassa l'assemblée et constata que la joie des retrouvailles était gâchée par l'inquiétude suscitée par la santé de Giaco.

On discuta des nouvelles du front, mais décidément il n'y avait rien à dire, car dans cette drôle de guerre, il ne se passait rien.

Une heure plus tard, Anne-Marie poussa doucement la porte de la chambre ; le dormeur s'était caché sous les draps et lorsqu'elle s'approcha, il la culbuta sur le lit dans un grand éclat de rire.

À l'instant, elle oublia ses angoisses et se laissa aller au bonheur de ce corps retrouvé. C'était bien celui qu'elle aimait, cet Italien rieur mi-enfant mi-adulte qui la caressait puis disparaissait brutalement au fond du lit et puis sautait à nouveau sur elle comme un fauve insatiable.

— Moi qui te trouvais fatigué ! Je ne suis pas loin de craindre que ce soit toi qui me fatigues.

Il l'embrassait dans le dos et caressait ses seins avec une ardeur la laissant penser à un nouvel assaut, mais brusquement, il fut stoppé dans ses élans par une violente quinte de toux qui le cloua sur le dos.

— C'est rien ! Les restes de ma pleurésie, ne t'inquiète pas.

— Il faut nous lever, mon amour, mon père est arrivé et May t'attend pour te montrer ses talents sportifs. Depuis qu'elle connaît la date de ton retour, elle s'entraîne et tape dans son ballon rouge à longueur de journée !

À regret, il s'habilla, mais exigea pour son plaisir que sa femme fût parfumée.

— Voilà qui est curieux, tu considères que je ne sens naturellement pas très bon ?

— J'adore lorsque tu portes ton parfum de madame Chanel.

— Le n° 5, c'est la première fois que tu m'en parles.

Ils rejoignirent la charmille sous la tonnelle du jardin où la famille s'était installée pour prendre thé. Avant son arrivée, Emmanuel eut le temps de faire disparaître un cigare que lui avait offert Georgio, mais malgré sa dextérité, sa fille l'avait démasqué. Bêtement, il proposa à son gendre de fumer.

— Giaco, quel plaisir de te revoir, veux-tu un cigare pour fêter ton retour parmi nous ?

Le soldat refusa en expliquant qu'il venait de passer deux mois à l'hôpital, enfumé par des malades qui brûlaient des « troupe » à longueur de journée. Ces pauvres types toussaient comme des damnés et plus ils toussaient, plus ils fumaient ! Anne-Marie fit de terribles gros yeux à son père, que celui-ci comprit tardivement ; à regret, il éteignit son cigare.

Georgio se retrouva donc seul à tirer sur son barreau de chaise, avec un air qui sentait fortement la provocation. Giovanna se leva alors et, sans un mot, supprima le cigare à son mari. Son regard portait une détermination qui ne souffrait pas la moindre controverse.

Il tenta cependant une remarque.

— Alors maintenant, ici, ce sont les femmes qui commandent !

Il eut droit à un regard assassin et jugea bon de changer de sujet.

— Allons voir les prouesses de May au volant de sa voiture.

Dans un coin reculé du parc, l'automobiliste avait convaincu Grim de se tenir à ses côtés afin de lui servir de copilote.

À l'arrivée des spectateurs, le petit chien s'échappa et vint japper aux pieds de Georgio.

— Montre à ton papa comme tu vas vite, il croit que tu ne sais pas conduire cette belle voiture.

La réflexion fut souveraine pour motiver l'automobiliste. Elle démarra en trombe.

Après les traditionnelles paroles d'encouragement et les applaudissements destinés à l'artiste, ils se rapprochèrent du salon. Emmanuel, Georgio et Giovanna jouèrent aux cartes et Anne-Marie, Giaco et May sortirent marcher le long de la baie des Anges.

— Quel beau mois d'avril, mon chéri, j'aimerais tant que tu restes ici longtemps.

Il la regarda en souriant, mais ne sut quoi lui répondre. Il pensa tout à coup qu'il n'avait aucune idée de la durée de sa convalescence.

— Je dois dans dix jours passer une radiographie des poumons et consulter un spécialiste dont on m'a donné le nom. Il est installé à Marseille. J'y verrai certainement un peu plus clair à cette date.

Ils arrivaient près de l'hôtel Negresco qui dressait sa coupole rosée face à la mer. Tous deux pensaient au jour où le jeune homme, à la recherche de sa belle dans les quartiers de Nice, l'avait découverte assise au bar de cet hôtel de luxe. Elle l'avait laissé croire qu'elle ne le reconnaissait pas, pour ensuite le rattraper en courant sur la jetée.

— Je ne te snobais pas, mais mon père passait ses journées à contrôler mes fréquentations et guettait mes allées et venues de la fenêtre du second étage ; tu étais furieux et tu lui en voulais beaucoup. Heureusement, vos relations se sont apaisées !

Il voulut courir pour rattraper sa fille, mais dut renoncer tant il était essoufflé. Anne-Marie le prit par le bras et le rassura.

— Il n'est pas étonnant que tu aies encore des difficultés à courir, n'oublie pas que tu avais deux fractures des côtes et une pleurésie hémorragique, je pense très sérieusement que tu en as encore pour un an avant d'être totalement remis.

Ils rentrèrent paisiblement. Giaco regardait tristement sa fille, qui ne comprenait pas que son père ne puisse jouer et courir avec elle.

Le lendemain matin, il acheta le journal sous une arcade du marché Saleya, mais il n'apprit pas de grandes nouvelles concernant la guerre… le front était calme. Giaco se demanda si tous ces efforts de titans dans les galeries suintantes de la ligne Maginot n'étaient pas un pur délire de sa hiérarchie. Voilà huit mois que la guerre était déclarée et toujours rien. Sur la ligne de front, les soldats se morfondaient en fumant des cigarettes et le moral des troupes était au plus bas.

— Nous sommes aujourd'hui le 15 avril 1940, je me demande combien de temps tout cela pourra durer, ils prennent les gens pour des imbéciles. Ah ! Le journaliste raconte qu'on s'est battu en Norvège, voyons cela, page combien ? Page 4.

Il tourna les feuilles de son journal en se noircissant les doigts sur l'encre encore fraîche. Un large sourire témoigna alors d'une nouvelle importante. Une victoire des Alliés, la première, c'était important. Il se posa alors sur un banc du quai des États-Unis et entreprit de lire l'article en entier. Il murmura dans sa barbe.

— On peut être rassuré, la bataille de Narvik a été gagnée par les Alliés, nous sommes avec les Anglais une très puissante armée… Hitler ne doit pas être fier, il n'a qu'à bien se tenir !

/

Six jours plus tard, Giaco reboutonnait sa chemise dans le cabinet du médecin de Nice. Il venait de passer une radiographie de face et de profil des poumons.

Lorsqu'il fut à nouveau assis à côté d'Anne-Marie, le praticien, l'air sérieux, lui détailla les images qu'il avait devant lui.

— Monsieur, les deux fractures de côtes sont maintenant consolidées et les cals me semblent solides. Par contre, du côté du choc, on ne perçoit pas la base du poumon et il existe des opacités du sommet qui évoquent fortement une tuberculose. Pour guérir, Monsieur Leonardi, vous allez devoir être hospitalisé plusieurs mois en sanatorium. Inutile de vous préciser que vous êtes réformé. Vous n'êtes et ne serez plus apte à rejoindre votre régiment.

Giaco se sentit en un instant fondre dans le cuir râpé du fauteuil. Il n'avait pas pensé un instant être lui aussi touché par la tuberculose. Lui, tuberculeux, ce n'était pas possible, la tuberculose c'était une maladie de pauvres ! Il réfléchit un instant, pendant que sa femme qu'il discernait dans un nuage réglait la consultation. Rapidement, il refit surface et réfléchit.

C'était évident, comment aurait-il pu passer au travers de cette terrible maladie qui touchait la plupart des jeunes du pays ? Et comment ne pas être contaminé dans cette immense salle commune de l'hôpital de Thionville, surpeuplée de tousseurs et de cracheurs ?

Maintenant, il faudrait qu'il lutte pour guérir, il le devait à sa femme, à sa fille et à sa dignité. Il sortit du cabinet de consultation sans un mot, en tenant dans sa main une lettre de recommandation pour le médecin du sana et un certificat de réforme pour les autorités militaires.

Sur le trajet du retour, au volant de la voiture familiale, il n'adressa pas un mot à sa compagne. Il était blessé et humilié, jamais il n'avait été confronté à une maladie et aujourd'hui, on lui annonçait sans grandes précautions qu'il serait désormais un être diminué, un tuberculeux, un tubard comme on disait dans les bistrots du port.

Anne-Marie aimerait-elle ce nouveau Giaco, à peine capable de soulever sa fille de cinq ans ? En silence, il pleura comme un enfant. Fermement, sa femme lui serra le bras et lui demanda de stopper la voiture.

— Tu crois, mon chéri, que c'est ainsi que nous pourrons affronter ce coup du sort ? Tu penses que notre fille, voyant son père pleurer comme un enfant, s'en trouvera rassurée ?

Il s'était affaissé sur le volant. Elle lui redressa affectueusement la tête et le regarda droit dans les yeux.

— Tu n'es pas seul, nous sommes trois et tu n'as pas le droit de t'abandonner à cette faiblesse ! Des malades comme toi, il y en a des milliers et je ne crois pas que la clef pour sortir de ce piège, ce soit de se lamenter. Des malades pulmonaires guéris, nous en connaissons tous et nous en connaîtrons tout simplement un de plus. Il faut dès maintenant lutter ensemble pour passer ce mauvais cap.

Anne-Marie prit le volant et ils furent un instant distraits par la beauté du paysage. Des villas perchées sur des éperons rocheux se succédaient le long du rivage. Elles étaient belles, elles étaient fières, mais peut-être abritaient-elles leur propre malheur ; ici la perte d'un parent ou là, dans celle-ci avec sa belle piscine bleue, la maladie gravissime d'un enfant. Lui, il était entouré et aimé, il ne lui resterait qu'à suivre les prescriptions des médecins et à se laisser porter jusqu'à la guérison.

Soudain, elle se gara à nouveau et se tourna vers lui.

— Je pense à une chose, écoute et tu me diras si ça te paraît intéressant. Je t'ai raconté dans ma première lettre toutes les rencontres que j'ai pu faire sur la route entre Paris et Nice en fuyant la capitale, te souviens-tu ?

S'il se souvenait ? Chaque mot et chaque phrase de cette lettre, il les avait lus et relus dans l'intimité nocturne de son bureau ; comment pouvait-elle penser qu'il en ait perdu une bribe ?

Elle lui rappela qu'elle avait été hébergée par ce couple sympathique vivant à La Chapelle-en-Vercors dont le mari à la barbe noire et aux dents blanches avait refusé de répondre à l'ordre de mobilisation pour rejoindre le maquis. Lui, c'était Paul, il avait pour projet de recruter une petite armée de partisans et de mener, cachés dans leur montagne, une guérilla de harcèlement contre l'ennemi.

— Oui très bien, tu penses bien que ta lettre, je m'en souviens mot à mot ! Mais quel rapport ces gens, aussi sympathiques soient-ils, ont avec moi ?

— Ce Paul, le mari, travaille dans le sanatorium situé sur le plateau au-dessus du village et il m'avait dit grand bien de cet établissement. J'ai envie de les contacter pour avoir plus d'information sur ce sanatorium, qu'en penses-tu ?

— On en parlera à notre médecin pour avoir son conseil, finalement, pourquoi pas ?

Ils garèrent leur voiture quai des États-Unis, près de la villa d'Emmanuel. Depuis dix jours ils logeaient chez lui, car Giovanna et Georgio, chargés de la garde de May, vivaient à Tende pour trois semaines.

Ils apprirent à leur hôte le diagnostic du médecin et celui-ci leur dit ne pas en être très surpris.

— La tuberculose, sous toutes ses formes, touche une importante proportion de la population jeune et le séjour prolongé qui a été le tien dans une salle commune d'hôpital avec une lésion traumatique du thorax, représente un risque très important de contamination.

Il ajouta, avec un sourire malicieux :

— Un séjour en sanatorium réglera de façon définitive le problème de notre malade, mais malheureusement, le patient est très loin d'être très patient !

— Promis, mon cher beau-père, pour vous et pour les yeux de votre fille, je ferai des efforts.

Il était ce soir beaucoup trop tard pour téléphoner à Marie-France. Ils dînèrent sur la terrasse et Giaco, fatigué par le déplacement, demanda à se retirer dans sa chambre.

Lorsqu'ils furent seuls, Anne-Marie confia à son père que son mari avait beaucoup changé. Physiquement, il avait maigri et sa résistance à l'effort était fortement diminuée. Cette maladie l'avait aussi rendu psychologiquement différent. Moins sûr de lui, plus sombre. Elle avait la sensation que la ligne Maginot lui avait volé son jeune Italien au rire d'enfant.

— Tu n'as pas tort, ma chérie, cette affection fatigue profondément les patients qu'elle touche, mais dans tous les cas, cette asthénie disparaît après la guérison.

— Connais-tu le sanatorium du Vercors, près de La Chapelle-en-Vercors ? Je ne sais pas si cet établissement est réputé, mais j'aimerais bien avoir des informations sur la maison, car je connais une personne qui pourrait favoriser l'admission de notre Giaco.

— Ma chérie, n'oublie pas une chose, je suis un médecin belge et ne connais pas précisément les hôpitaux français. Toutefois, j'ai entendu à Bruxelles beaucoup de bien de ces maisons de long séjour en France et nous avons suivi leur exemple en Belgique. Pour des informations plus précises, demande à ton médecin de famille de Nice, il a peut-être un avis.

Elle embrassa son père et rejoignit sa chambre ; pour elle aussi, la journée avait été rude.

/

Ce matin-là, ils roulaient dans le quartier du vieux port de Marseille et, après avoir garé la voiture devant un immeuble bourgeois, ils en escaladèrent les escaliers, à la recherche d'une plaque de pneumologue. Emmanuel les avait décidés à prendre un avis auprès d'un spécialiste de la maladie.

Ils sonnèrent à la porte du cabinet et furent introduits par une jeune femme à lunettes qui les conduisit au salon d'attente. À la lecture compliquée de l'écriture du médecin, la pauvre myope conduisit Giaco dans la salle où se pratiquaient les radiographies.

— Le docteur voudra certainement commencer par une radioscopie, c'est elle qui guidera la suite de l'examen, ensuite ce sera probablement une radiographie. Pouvez-vous vous préparer et vous mettre torse nu ?

Les examens terminés, le pneumologue, aidé d'une loupe, scruta la radiographie de Giaco. Au bout de quelques instants, il se retourna.

— À n'en pas douter, c'est bien une tuberculose, vous pouvez vous revêtir.

Selon lui, le poumon droit était aussi touché. Pour étayer sa conviction, il pointa son crayon sur une petite opacité visible sur le profil.

— Aucun doute, elle est bilatérale !

Il retira ses lunettes et se frotta le front. Ce geste parut le détendre et il sourit à son patient.

— À vrai dire, Monsieur Leonardi, cela n'a pas grande importance, car en matière de tuberculose, les deux sommets pulmonaires sont presque toujours atteints de façon asymétrique. Par contre, cela plaide en faveur d'une contamination aérienne, on aurait pu craindre que les aiguilles de ponction… Vous aviez dans votre salle d'hôpital un voisin qui toussait beaucoup, me disiez-vous ? C'est probablement lui, ce tousseur, qui vous a fait ce cadeau. Enfin, allez savoir, lui ou un autre… si j'ai bien compris, tout le monde toussait et crachait dans cette salle !

Il venait de s'asseoir à son bureau et tamponnait la transpiration de son front. Il pressa le petit bouton d'une sonnette électrique pour convoquer son assistante.

— Vous allez devoir faire une cure assez longue en maison

spécialisée, un sanatorium.

Ils lui demandèrent alors s'il avait reçu des échos favorables concernant le sanatorium du Vercors. Il répondit affirmativement, bien qu'il ne connaisse pas directement l'établissement.

— Plusieurs de mes malades du dispensaire ont fait des séjours dans le Vercors. Ils en ont été satisfaits et on dit que l'air y est excellent.

/

Quelques heures plus tard, de retour chez son père, Anne-Marie téléphona à son amie postière de La Chapelle-en-Vercors. Elle lui expliqua la situation et lui fit part de son intention de faire hospitaliser son mari dans le sanatorium où travaillait Paul. Sa voix chevrotante fit comprendre à son interlocutrice qu'elle était très inquiète.

— Surtout, je vous en prie, ne soyez pas triste, Anne-Marie. Lorsque les malades ne sont pas buveurs et fumeurs, mon mari me dit qu'ils s'en sortent toujours. Malheureusement, c'est loin d'être le cas de tous les patients !

— Giaco ne fume pas et s'il boit un verre de vin, c'est uniquement les jours de fête.

— Alors, soyez rassurée pour votre mari, tout ira bien. Il faut que vous le sachiez, au sana le personnel est dans l'obligation de chercher des bouteilles de vin cachées sous les matelas ou sur les chasses d'eau des toilettes. La population des malades que nous soignons, ce n'est pas toujours la crème de la société.

Marie-France lui précisa que Paul était directeur adjoint de l'aile consacrée aux enfants, mais qu'il pourrait très bien parrainer son mari auprès de son collègue de l'aile des adultes.

« C'est une chance, lui dit-elle, car ces deux-là s'entendent très bien ». Elle lui confia enfin la double vie des deux sous-directeurs qui – le jour – géraient leur service et – la nuit – couraient la montagne avec les résistants. Ils n'existaient plus pour l'administration qui ne les payait plus, mais chacun savait qu'ils faisaient le travail et cette situation arrangeait tout le monde.

Chapitre 25 – *La vie tranquille au sanatorium*

Quinze jours plus tard, ils roulaient sur la nationale 85 en direction du nord. Anne-Marie était au volant. Sur les conseils de Paul, elle avait à nouveau évité la nationale 7, car un événement nouveau avait éclaté comme une bombe dans les journaux et les radios du pays. On était le 10 mai 1940… la drôle de guerre, c'était fini, les Allemands lançaient l'offensive sur Sedan par le nord, au travers du massif des Ardennes.

Giaco, aux côtés de sa femme, dépliait et repliait son journal nerveusement.

— Tu te rends compte, les cons, les triples cons. Je les avais mis en garde pendant les travaux, car les fortifications de la ligne Maginot sont très faibles à cet endroit. Ils ont rejeté mon hypothèse d'un revers de main et je l'entends encore ce grand-père de colonel : « Vous ne pensez tout de même pas que les Allemands vont passer par le nord et traverser le Luxembourg. Encore faudrait-il qu'ils affrontent le massif des Ardennes ! Trop compliqué. »

— Calme-toi mon chéri, tu n'y es plus, tu es moins concerné.

— Tu as raison je n'y suis plus, mais les copains eux, ils y sont. C'est certain, ils vont se faire prendre à revers et ce sera un carnage.

Depuis une heure, Anne-Marie affrontait la montagne – souvent en seconde, car la voiture peinait – et bientôt ils décidèrent de s'arrêter pour laisser refroidir le moteur. Giaco déclara qu'il avait faim alors qu'il n'était pas encore midi ; elle sourit et se dit que la maladie ne devait pas être en évolution. Le médecin de Nice, un vieil ami de Georgio, lui avait enseigné que la reprise de l'appétit était un très bon indicateur du suivi de la maladie.

Elle enfonça la Traction dans un chemin en sous-bois et, dans la tranquillité du lieu, les deux voyageurs se régalèrent du petit repas de campagne préparé la veille.

— Nous avons rendez-vous avec Marie-France à la fin de son service, nous coucherons chez elle et monterons demain matin au sana.

Le pique-nique fut égayé par des charcuteries piémontaises et un gros gâteau niçois que Giaco sortit triomphalement du coffre de la Citroën. Quelques kilomètres plus tard, ils entraient dans le village ensoleillé de La Chapelle-en-Vercors et frappaient à la porte de Marie-France. Elle les attendait, un peu inquiète.

— Le voyage s'est-il bien passé ? On n'est sûr de rien, par ces temps agités.

— Aucun problème particulier, nous avons roulé doucement pour ne pas nous fatiguer et nous avons mis cinq heures trente ! Il n'y a jamais personne sur cette route. Elle est très dure, mais on n'est gêné que par les corbeaux !

À la fin du repas, les deux invités se retirèrent dans leur chambre, mais bien vite on frappa et sur le seuil apparurent Paul et trois de ses acolytes. Un des quatre hommes, le plus âgé, lui tendit la main.

— Vous serez hospitalisé dans le bâtiment dont je suis responsable, ici dans le village nous nous cachons, mais là-haut, vous nous verrez plus facilement.

— Vous ne risquez pas qu'ils vous tendent un piège ?

— Un piège ? Ici, c'est possible, mais là-haut les gendarmes n'ont jamais passé la porte de l'établissement et ils ne se hasardent pas sur nos terres. Au sanatorium, nous sommes plus libres de nos déplacements, la montagne est grande et elle appartient à ceux qui la connaissent. Croyez-moi, les fonctionnaires ne sont pas prêts à nous faire la guerre et puis pourquoi la feraient-ils ? Nous nous entendons très bien avec eux.

Giaco était fatigué. Il remercia Paul et ses amis de leur visite au bout de quelques minutes, salua tout le monde et ouvrit la porte de sa chambre. Le malade souhaitait dormir.

Devant sa tête soucieuse, Paul embrassa la jeune femme sur le front et tenta de la rassurer.

— Ne soyez pas inquiète, Anne-Marie, dans quelques mois il ira beaucoup mieux et vous le retrouverez comme avant.

Elle se leva et leur sourit. Après avoir salué l'assistance, les résistants se retirèrent.

Le lendemain matin, elle prit la route escarpée qui conduisait au sanatorium. Cette voie étroite entre ravin et rocher faisait un peu trembler la conductrice, il lui semblait arriver au bout du monde. Accrochée à son volant, elle murmura à Giaco :

— Sans les indications de Marie-France, nous n'aurions eu aucune chance d'y arriver.

Alors qu'ils commençaient à se lamenter sur la longueur du trajet, l'hôpital leur apparut au détour d'un virage. L'établissement, résolument moderne, était exposé de façon à recevoir le soleil sur ses longues terrasses meublées de chaises longues.

Giaco était attendu par le personnel, comme il put s'en rendre compte en poussant la porte du hall d'entrée.

On les pria de prendre un siège puis l'hôtesse sortit de la pièce pour prévenir de son arrivée. Une heure après, il fut reçu dans son bureau par le médecin-chef qui examina le dossier de son futur patient.

— J'ai déjà entendu parler de vous par qui vous savez, Monsieur Leonardi, soyez-en convaincu, nous allons faire de notre mieux pour que votre séjour soit utile et agréable.

Le médecin poursuivit longuement son examen clinique à la recherche d'une autre localisation de la tuberculose.

— Je ne trouve aucun autre foyer et votre état général me semble assez bon. Sur le plan médical, nous viendrons à bout de votre maladie, mais pour cela il faudra être patient et observer un très long repos.

— Combien de temps, Docteur ?

— Pour l'instant, je n'en sais rien, mais je vous prescris une vie rythmée avec de longues nuits de sommeil et une sieste chaque après-midi sur la terrasse. Bref, je vous préviens, vous quitterez l'établissement en nous haïssant, car nous allons vous imposer à trente-huit ans une vie de septuagénaire !

Le couple sortit du cabinet de consultation, rassuré. L'homme semblait compétent et plutôt sympathique. À midi, Anne-Marie déjeuna au réfectoire avec son mari et prit la route du retour. Les journées étaient plus courtes et elle souhaitait regagner Nice avant la nuit.

/

Au sanatorium, les journées, les semaines et les mois s'égrainaient et pour Giaco, rien ne changeait dans sa vie et dans son état.

Les journaux apportaient chaque jour aux Français leur ration de mauvaises nouvelles et on ne voyait pas qui et comment aurait pu faire changer les événements… L'Allemagne, tendue comme l'arc sur sa flèche, écrasait tout devant elle. La France, repliée sur sa peur, ne combattait plus et pensait à collaborer, comme le lui demandait le vieux maréchal.

L'avis du médecin concernant son patient était plus optimiste que ce que pensait le malade. Giaco allait beaucoup mieux, il ne toussait plus et avait grossi de trois kilos.

Certainement était-ce la conséquence de cette amélioration… son humeur était devenue insupportable. Il tolérait de moins en moins sa situation de vieillard, avec des horaires réglés au cordeau, de longs repos sur la terrasse et un coucher imposé à vingt et une heures.

À bout de nerfs, il souhaita raconter à sa femme son désespoir de prisonnier et lui dire que, dans ces conditions, il allait assurément vieillir de dix ans… en six mois ! Les larmes aux yeux, un soir il sortit une feuille de papier à lettres de son tiroir et commença à écrire…

/

Rue Sainte-Réparate, la sonnette du porche laissa entendre son incomparable grésillement. Georgio, au premier étage, cria dans l'escalier.

— Giovanna ! On sonne à la porte, c'est sûrement le facteur.

— Bonjour, Madame Leonardi, il y a beaucoup de choses pour vous aujourd'hui, le journal, les revues et une lettre. Bonne journée, au revoir, Madame.

Georgio apparut au pied de l'escalier et, sans un mot, elle lui tendit le courrier.

— Giovanna la lettre n'est pas pour nous, c'est pour Anne-Marie, sûrement un mot de son Giaco !

May et sa mère étaient sorties pour faire l'acquisition d'une paire de chaussures rue du Paradis. La fillette grandissait à vue d'œil et la maman se disait, en se dirigeant vers la place Masséna, qu'elle prendrait une pointure au-dessus pour s'assurer que la fillette porterait cette acquisition quelques mois de plus.

À son retour, elle laissa sa fille jouer dans le jardin et entra dans le salon pour montrer les souliers à sa belle-mère.

— Anne-Marie, ma petite, tu as reçu une lettre de Giaco.

Assise dans un fauteuil, elle décacheta la missive et, au bout de quelques instants, elle pâlit.

Ma chérie

Voici plusieurs mois que je moisis dans cet établissement, heureusement il semble que ce ne soit pas pour rien. Le docteur que j'ai vu hier affirme constater une nette amélioration de ma santé.

Je lui ai demandé combien de temps je devrais attendre, avant espérer sortir. Il ne m'a pas répondu précisément, car il faudra selon lui attendre encore deux mois pour pratiquer une radio de contrôle.

Ici, je m'ennuie, car ma vie, je le sens bien n'est pas celle d'un homme de mon âge. Pendant que mes camarades du front se battent pour libérer notre pays, moi je fais de la chaise longue au soleil.

J'ai honte et me sens horriblement humilié.

J'espère que tout va bien pour toi et que tu n'es pas tentée de te livrer aux mêmes erreurs que ta mère. Toi aussi, tu es une femme abandonnée par son mari, et je ne voudrais pas que tu tombes dans les filets d'Emmanuel, le directeur de l'Académie des beaux-arts. Ce vieux libidineux, c'est certain en « pince » pour toi, j'ai d'ailleurs remarqué que tu n'avais pas été longue à être admise dans son établissement.

Je me souviens aussi de cette soirée, celle où il avait dîné en notre compagnie chez mes parents à Nice. Ce soir-là, c'était fou... il était magnétisé par toi à un point que cela en était gênant pour les autres convives.

J'en ai assez, je veux sortir et si on me dit que ce n'est pas possible, je le sens, je vais faire une bêtise !

Au revoir, Anne-Marie, en souhaitant qu'un jour je ne t'écrive pas une lettre se terminant par... Adieu.

Elle resta un long moment collée à son siège. Elle était muette et blafarde. La porte s'ouvrit sans qu'elle s'en rende compte et Giovanna, qui était sortie, pénétra à nouveau dans la pièce.

— Il va bien ?

Elle répondit machinalement.

— Oui, il va bien.

Elle s'effondra en pleurs en tendant la lettre à sa belle-mère.

— Lis-moi ça, il est fou, mon Giaco est devenu complètement fou. Comment peut-il ?

Giovanna lut et relut la missive, et releva les yeux ; son regard était grave et l'on voyait qu'elle-même n'était pas rassurée sur la santé mentale de son beau-fils.

— Ce qu'il te raconte relève du délire. Emmanuel, ce fut un homme séduisant, mais il y a longtemps, très longtemps, car ce vieux monsieur a été en classe avec Georgio !

Anne-Marie demanda l'autorisation d'utiliser le téléphone, puis se tourna vers Giovanna.

— J'appelle Marie-France à La Chapelle-en-Vercors.

La postière était disponible et la jeune femme lui raconta brièvement le contenu de la lettre qu'elle avait sous les yeux. L'événement ne parut pas l'étonner, car son mari lui avait raconté que beaucoup de patients hospitalisés passaient par une phase dépressive au moment où on l'attendait le moins… lorsqu'ils allaient mieux.

— Il faut se mettre à leur place, ils sont jeunes, coupés du monde, et perdent souvent le sens des réalités. Pour les hommes, c'est pire, car ils se sentent diminués dans leur couple et leur virilité en prend un sacré coup.

— Je vais venir samedi, pourras-tu m'accueillir chez toi jusqu'à dimanche ?

— Sois prudente en voiture, car tu devras prendre la route Napoléon, Paul me l'a dit, la nationale 7 est impraticable. Elle est à nouveau encombrée de tous les pauvres gens qui fuient la guerre, c'est la débâcle, Anne-Marie ! Prends tes précautions, tu en as au moins pour six heures de route.

— Merci à vous deux de m'accueillir, demande à Paul d'avertir mon mari de mon arrivée. Surtout qu'il ne lui donne pas les détails dont nous avons parlé. Je t'embrasse.

Giovanna fit part à Anne-Marie de sa tristesse de ne pas pouvoir l'accompagner. Elle se faisait forte de l'aider à raisonner Giaco, mais ce n'était pas possible, car elle devait rester à Nice pour s'occuper de May. Et puis, serait-il sain qu'elle intervienne dans un problème concernant le jeune couple ?

— Tu pourras lui dire samedi que j'ai eu connaissance de cette lettre, peut-être ça l'aidera-t-il à réfléchir. Enfin, tu verras et tu jugeras toi-même sur place si c'est bon de lui en parler !

/

Le samedi suivant, à six heures du matin, la Citroën ronronnait sur la route côtière à la sortie de Nice. La conductrice s'était équipée de deux paquets de gâteaux « Petits Lu », d'un sandwich au jambon et de trois bouteilles d'eau. Elle filait vers Golfe-Juan avant le lever du jour.

À treize heures, après un voyage sans histoires sur un parcours dont elle connaissait maintenant tous les pièges, elle stoppa la voiture au pied du sanatorium et fit quelques pas dans la cour avant d'affronter son mari. Elle se sentait anxieuse et n'osait pas entrer, comment allait-elle le trouver ?

Elle se glissa sans bruit dans la chambre du malade, qui dormait comme un enfant. Immédiatement, elle fut frappée par sa transformation : Giaco avait grossi, son teint était frais et doré, et il semblait reposé.

— Comment vas-tu, mon chéri ?

Elle l'embrassa sur le front avec douceur et se sentit rosir, en se reprochant une montée de désir.

— Anne-Marie, ma chérie, je m'ennuie tellement sans toi.

Il l'attira à lui et lui caressa les cheveux.

— Mon amour, je regrette tellement de t'avoir adressé cette horrible lettre, j'ai eu un gros coup de cafard et je ne savais plus ce que je faisais. Je t'aime, je t'aime beaucoup trop et par moments cet amour déborde…

— Moi aussi je t'aime et je t'aime tellement que je ne peux pas comprendre… comment as-tu pensé qu'Emmanuel… ? Tu te rends compte de ce que tu as pu écrire, cet homme âgé était un camarade de classe de ton père !

Il sortit de son lit et plaisanta.

— Alors là, attention regarde-moi ça, admirer le héros ! Je me lève, bien que le règlement me demande de rester couché… je suis terriblement culotté.

— Culotté, pas tellement, je te signale que tu es en pyjama !

Il ajusta d'urgence son pantalon qui menaçait de le trahir.

— Te souviens-tu m'avoir dit entre autres amabilités que ta lettre suivante, tu l'écrirais pour me dire adieu ? Que voulais-tu dire exactement avec cet adieu ?

D'un coup, son visage se rembrunit, il lui confia qu'il avait eu des idées suicidaires après avoir échafaudé ce misérable scénario de mari trompé. Aujourd'hui, il allait mieux, il la voyait et ne pensait plus à toutes ces horreurs.

— Ma chérie, je t'en supplie, viens avec moi, je vais fermer la porte de la chambre.

Elle ne comprit pas immédiatement le sens de sa demande et, lorsqu'elle eut réalisé, elle fut prise d'un formidable éclat de rire qu'elle eut du mal à contrôler.

— Quoi, là ? Nous deux sur ton lit d'hôpital ? Mais tu es fou, complètement fou. Mais moi je ne pourrai jamais et si quelqu'un entrait, quelle honte !

Il parut se calmer et s'allongea à nouveau sur son lit. Il la regarda alors et, du plat de la main, il frappa de petits coups sur le matelas pour l'inviter à venir s'asseoir à ses côtés.

Elle fit non de la tête, mais lui, sans se démonter, lui fit signe avec son index d'approcher. Il lui prit la main en la fixant avec un regard trouble puis l'entraîna dans l'échancrure de son pyjama, ce qui eut pour effet d'arracher un cri de surprise à la prisonnière. Elle comprit alors qu'il était trop tard, elle ne pourrait pas reculer… elle-même était dans un état !

Plusieurs fois, alors qu'elle était jeune fille, elle s'était dit : « Cet Italien est fou, je vais épouser un fou ! »

Machinalement, elle fouilla sur la commode.

— Où est la clef ?

— Dans le tiroir de gauche, la grande clef dorée.

/

Alors qu'elle se revêtait, elle lui fit part en souriant de sa satisfaction.

— Décidément, je peux en attester, tu vas beaucoup mieux. Beaucoup, beaucoup mieux !

— Tu crois ? Je suis sûr que ce qui me ferait guérir très rapidement, ce serait de me blottir dans tes bras tous les jours.

— Sois patient, et souviens-toi de ce que t'a dit le médecin de Nice : la patience, c'est un très important adjuvant du traitement de cette maladie. Malheureusement, ce n'est pas vraiment ton fort !

— Me pardonneras-tu un jour de t'avoir écrit cette lettre ?

— Te voilà à nouveau avec cette histoire ! Pas sûr, je ne suis pas certaine de te pardonner quoi que ce soit, en fait il y aurait bien un moyen. Écoute, pour ta punition, si tu poursuis ton traitement et si tu écoutes tes médecins, je pourrai sérieusement reconsidérer ton cas, bien que le dossier ne te soit pas favorable.

/

Il allait mieux, il n'était pas dépressif et elle était maintenant rassurée ; son homme-enfant serait de retour à la maison dans quelques mois. Comme convenu, elle descendit le soir à La Chapelle-en-Vercors chez Marie-France et le lendemain, après un petit-déjeuner avalé au petit jour, elle s'installa au volant de sa fidèle Traction et s'apprêta à rouler pendant près de cinq cents kilomètres, jusqu'à la Méditerranée. Elle était sereine et souriait aux anges, malgré la fatigue du parcours.

/

L'hiver en montagne s'était déroulé dans une ambiance morose, les chambres étaient maigrement chauffées et le sanatorium, chichement doté, devait améliorer son ordinaire grâce aux légumes cultivés dans les jardins du personnel.

Giaco, laminé par sa vie de petit vieux, lisait *Combat* en cachette, c'est tout ce qu'il pouvait faire.

Ce journal que lui procurait Paul était un organe important de la résistance, le journal des Français qui n'entendaient pas baisser le cou sous le joug des nervis de Vichy et de l'occupant.

Il avait pris l'habitude de cacher le journal sous son matelas et c'est ce même *Combat* qui lui avait appris la grande rafle des Juifs, le 16 juillet 1942.

/

Malheureusement, les relations du malade et du directeur adjoint s'étaient altérées. Pourtant, la pelote du désaccord se dénoua brusquement lorsque Giaco lança à Paul une affirmation simple :

— Quoi que tu en penses, tu t'es dérobé le jour de l'ordre de mobilisation et maintenant les personnes comme toi manquent au front pour repousser l'ennemi !

Paul, avec le regard doux qui le caractérisait, posa alors sa main sur le bras de son ami et lui dit seulement ces deux mots.

— Tu verras.

Énigmatique, le directeur sourit et sortit de la chambre sans plus d'éclaircissements.

Chapitre 26 – *Olga*

Elle traînait dans les rues de Munich sans but et sans horizon. Au-delà de ce qu'elle pouvait penser, de ce qu'elle pouvait dire à ses amis et malgré toutes ses fanfaronnades, elle était profondément blessée. D'abord, il y avait Thomas. Certes, elle l'avait connu et aimé à Paris et l'avait ensuite revu lors de son voyage en Allemagne, mais ils ne se comprenaient plus. Lorsqu'elle lui avait annoncé son entrée dans les trois mois aux Jeunesses hitlériennes, il avait tourné la tête et était devenu pâle comme s'il était pris d'un malaise.

Des visages fermés et de longues minutes assis face à face à la terrasse de cette brasserie d'étudiants avaient résumé la vacuité de leur rencontre.

Thomas avait soudain levé le bras pour appeler le garçon et, après avoir réglé les consommations, il avait embrassé Olga sur le front avant de pousser la porte avec ce mot qui claquait encore à ses oreilles :

— Adieu.

Il y avait aussi Kurt, son ami tombé dans les bras de Sophie pendant ce maudit voyage en France avec son père. Malgré le temps qui passait et à cause de sa solitude, Olga ne décolérait pas. Elle avait beau tenter de se raisonner, rien n'y faisait. Comment tolérer une aussi pitoyable trahison de la part de celle qui se disait son amie et la gardienne d'un idéal de pureté ?

Et puis Olga s'ennuyait à Munich, une ville où elle résidait seule depuis le départ de son père, ce père qui serait absent, lui avait-il dit, plusieurs mois.

Elle se demandait d'ailleurs ce qu'il pouvait bien faire à cette heure précise. Avant de partir, il avait informé sa fille ; son absence serait assez longue, mais il n'en avait pas précisé le lieu et encore moins la raison. Il l'avait embrassé sur le front et lui avait murmuré, un peu mystérieux :

— Fais-moi confiance, ma chérie, tu verras plus tard, tu seras fier de moi.

C'était tout ce qu'il avait jugé bon de lui dire. Par la fenêtre encombrée de son compartiment, il avait ajouté quelque chose, mais elle n'en avait pas saisi le sens. Le train quittait déjà la gare, emportant son mystérieux voyageur.

Otto s'était calé dans un coin et essayait maladroitement d'essuyer ses larmes derrière son mouchoir. Une dame respectable, sa voisine d'en face, émue devant l'émotion de ce père de famille, le consola en lui prévoyant de prochaines retrouvailles.

— Merci, Madame, pour votre sollicitude, j'aime en effet ma fille au-delà du raisonnable.

— Certes, Monsieur, mais qu'y a-t-il de raisonnable de nos jours en Allemagne ?

Il se laissa absorber par le film monotone de la campagne solitaire. Pas un homme dans les champs, ils étaient tous au front. Et puis ce fut la succession brutale de gares miteuses ; doucement, il s'assoupit.

Quelques minutes plus tard, le sifflet du train le réveilla, mais il conserva les yeux clos pour échapper au bavardage futile de celle qui le scrutait, face à lui. Tranquillement, il rassembla ses idées et ses idées étaient celles d'un terroriste !

S'il partait pour la petite ville de Berchtesgaden, c'était pour exécuter son plan ou, plus exactement, la machination qu'ils avaient soigneusement bâtie des nuits entières, lui et son ami boulanger.

Il avait reçu un message codé de son organisation lui intimant de cesser immédiatement ses opérations d'agent commercial en articles de pluie et de se cacher. Une station d'écoute allemande avait intercepté un message en provenance de Moscou. C'était fini, le réseau BK 14 était maintenant connu des Allemands.

La Gestapo ne serait pas longue à les traquer et les espions de l'organisation étaient désormais en danger de mort. Il était donc indispensable de se fondre dans l'anonymat et la meilleure façon de disparaître, selon Otto, c'était de se rapprocher d'un lieu que personne n'aurait osé imaginer comme cachette… à dix kilomètres à peine du Berghoff, la résidence du Guépard !

/

Olga, machinalement, sortit de la gare de Munich et retrouva dehors l'agitation incompréhensible de la rue ; elle se traîna alors à la terrasse d'une brasserie et commanda une bière.

Lorsque le garçon la servit, il constata en baissant les yeux qu'elle venait de sortir *Mein Kampf* de son sac. Il sembla alors la considérer avec respect. Elle murmura pour elle-même, lorsqu'il se fut retourné :

— Tu me le paieras, Sophie, tu le paieras très cher !

Une demi-heure plus tard, comme si elle avait absorbé une potion de vitamines, elle marchait en direction de son pavillon, la tête haute et le regard dur fixant l'horizon. Les quelques pages lues au café l'avaient revigorée et elle décida de garder tout cela secret. Maintenant, elle n'était plus seule, elle avait un guide qui la transperçait de son regard d'acier sur la page de couverture de son livre.

/

Trois semaines plus tard, la jeune fille aperçut de loin Sophie qui sortait d'un vieil immeuble, accompagnée de son frère et de trois autres garçons. Son visage se crispa comme si elle avait vieilli de dix ans ; elle évita soigneusement d'être reconnue et suivit le groupe de loin. Assez vite, ils se séparèrent et la jeune fille poursuivit sa route, accompagnée de Hans. Ils portaient chacun une valise dont Olga n'eut aucun mal à imaginer le contenu. L'un et l'autre pénétrèrent dans l'enceinte de l'université, suivis à distance par la jeune fille qui se glissa dans la loge du concierge.

Chapitre 27 – *Sophie, la Rose blanche*

Sophie aurait dû être heureuse à Munich, finalement que lui manquait-il ? Une famille aimante et unie, avec des frères qu'elle adorait et un petit ami, Kurt, dont le caractère enjoué vous transformait une matinée pluvieuse en une comédie de rires et de plaisanteries annonçant une embellie.

Malgré tout cela, Sophie était morose – car elle avait perdu l'amitié d'Olga – et surtout triste, parce qu'elle ne supportait plus l'horreur de ce régime qui n'avait cessé jour après jour de supprimer les libertés individuelles des Allemands. Ce qui lui paraissait encore plus douloureux, peut-être, c'était que ses compatriotes acceptaient la potion et beaucoup plébiscitaient même les horreurs que devaient supporter les plus faibles.

Son frère, parlons-en. Hans était étudiant en médecine et avait été envoyé malgré lui comme infirmier sur le front de l'Est en Russie. Comme on peut s'en douter, Sophie était très inquiète, car elle n'avait aucune nouvelle et ne l'avait plus revu depuis bientôt un an.

Son père, quant à lui, avait eu le malheur de faire part à une commerçante sur le marché de son opposition à la dictature du Führer. Il avait été dénoncé et, pour cette imprudence verbale, il venait de purger quatre mois de prison dont il était rentré amaigri et terriblement fatigué.

Enfin, il y avait Stalingrad et le terrible hiver de 1941 ou les forces de l'axe et l'Allemagne en tête avaient perdu une grande partie de leur matériel et des milliers d'hommes. La psychologie positive de la victoire avait changé de camp, car les anciens conquérants pouvaient craindre depuis Pearl Harbor l'ouverture d'un deuxième front à l'Ouest avec intervention des États-Unis.

Contrairement à toute attente, Hans revint assez vite de son enfer soviétique. Pendant un mois, il dut prendre du repos en famille et, pendant cette période, Sophie – qui avait quelques années de plus – fut amenée à faire la connaissance de ses amis. Ils étaient quatre ou cinq tout au plus et ce groupe de jeunes intellectuels prit l'habitude de se rencontrer régulièrement pour parler de littérature et surtout de leurs convictions politiques.

Bien vite, ils constatèrent leur communauté de pensée et jugèrent qu'ils ne pourraient à l'avenir se contenter de brasser seuls leur opposition farouche au régime… il fallait à tout prix faire connaître à leurs contemporains ce qu'ils pensaient d'Hitler et de ses comparses, et les libérer du joug de la peur.

Cette peur souveraine, cette peur souterraine faisait accepter aux Allemands l'ignominie, car on se savait espionné jusque dans sa maison.

Dans une boutique qui vendait son matériel, pour cause de décès, ils se procurèrent une vieille machine à ronéotyper qu'ils installèrent dans une cave et s'initièrent à la confection de tracts, d'abord distribués à Munich puis très vite dans les grandes villes d'Allemagne. À ce travail qui empiétait sur leur sommeil, ils ajoutèrent des slogans hostiles à Hitler qu'ils peignirent la nuit sur les murs des bâtiments. Leur association, « La Rose blanche », était née.

Au printemps 1943, le national-socialisme triomphant n'avait plus la cote dans la grande Allemagne, beaucoup de citoyens souffraient dans leur chair et le dogme de l'Axe invincible, depuis le désastre de Stalingrad on n'y croyait plus. Malgré tout, dans les villes et les campagnes, chacun se taisait. On se taisait, car la peur, toujours elle, compagne fidèle et grimaçante des dictatures, accompagnait les gens nuit et jour.

Sophie, comme les autres, distribuait en cachette dans les écoles supérieures et dans les centres de rassemblement de jeunes les tracts laborieusement ronéotypés sur la vieille machine.

Un matin, accompagnée de son frère, elle franchit la porte de l'université. Ils avaient travaillé toute la nuit et chacun portait une valise gonflée de feuillets subversifs. Les deux complices se glissèrent dans les amphithéâtres avant le début des cours et y déversèrent leurs papiers, puis Sophie grimpa sur la galerie qui dominait la cour et vida le reste de sa valise à la volée sur les étudiants qui s'amusèrent à s'approprier cette littérature aérienne.

Conscients du danger, les deux jeunes gens coururent alors vers la sortie, mais le gardien avait surpris leur manège ou en avait été averti... Le cerbère s'empressa de téléphoner à la Gestapo. Hans et Sophie furent immédiatement arrêtés et interrogés de longues heures.

Une prisonnière, qui partageait la cellule de Sophie, déclara plus tard son étonnement lorsqu'elle entendit le fonctionnaire de la Gestapo déclarer à sa jeune compagne de cellule qu'elle avait été trahie par une de ses amies. Le gardien n'était pas dans la cour ce matin-là par hasard !

Chapitre 28 – *Le chalet*

À la mi-avril, la santé de Giaco étant au beau fixe, le médecin lui proposa de sortir chaque jour et de marcher en montagne afin de récupérer au plus vite son capital musculaire. Le printemps, totalement insensible aux misères du moment, invitait le convalescent à suivre les conseils du praticien ; il se proposa donc de faire plusieurs randonnées par semaine.

Au début, ce ne fut pas aisé. Il soufflait comme un bœuf dans les montées et devait s'asseoir sur des rochers toutes les demi-heures. Progressivement, le malade s'enhardit et augmenta son périmètre.

Un matin où il était particulièrement en forme, il s'engagea sur un petit sentier rocailleux qui s'accrochait au flanc de la montagne. Il ne savait pas où il allait déboucher et en était particulièrement excité.

Il se trouvait au niveau de la partie la plus haute des alpages. Ici, les sapins devenaient rabougris et de la pierraille encombrait les touffes de la maigre prairie. Au détour d'un gros rocher lui apparut un vieux chalet de bois qu'il pensa être utilisé l'été par les vachers conduisant les troupeaux à l'estive. Il dépassa la bâtisse, qui était manifestement vide, et poursuivit sa marche en sifflotant jusqu'au bout d'un méplat au niveau duquel on avait une vue sur la vallée d'en face.

Il se posa sur une pierre et souffla quelques instants. Malgré la fraîcheur du matin, il avait soif et se régala de deux gorgées de sa gourde. Enfin, il se releva et marcha en direction du retour.

En longeant à nouveau le chalet, il entendit un bruit qu'il eut bien du mal à définir et ne tourna même pas la tête. Il se dit machinalement : « Sûrement un volet qui claque ».

Alors commença la longue descente qui l'amènerait en fin de journée sur la plate-forme où était installé le sanatorium.

Deux heures plus tard, il en poussait la porte et constatait qu'à cette heure la salle était presque vide.

Le randonneur s'installa dans un fauteuil en cuir en attendant le dîner et ferma les yeux. Bientôt, il s'endormit et fut réveillé par une voix familière.

— Bravo, Monsieur Leonardi, je vous ai vu arriver, c'est très bien ce que vous faites.

Il venait d'ouvrir les yeux sur son infirmière, une grosse femme du pays à la mamelle généreuse, qui était penchée sur lui et le regardait avec une gentillesse infinie. Giaco pensait que ce visage plein de compassion dotait cette « maman » des tuberculeux d'un certificat moral assurant à chacun la guérison.

— Merci, Claudine, de vous intéresser à mes prouesses de marcheur, la balade a été très agréable et je suis content, car maintenant je monte assez haut sans difficultés. J'y reviendrai en fin de semaine, en passant par un autre chemin.

Ce qui était formidable, chez Claudine, c'était cette extraordinaire disponibilité, cette sensation que l'on avait lorsqu'elle vous parlait d'être son seul malade, celui quelle chérissait particulièrement et dont elle voulait à tout prix obtenir la guérison. Cette adorable personne était intéressée par la moindre banalité de vie que vous lui serviez, pourvu que ce soit votre vie et non pas la sienne. Giaco se disait en l'écoutant : « Pour soigner, il ne suffit pas d'accumuler dans sa besace de longues études, il faut aussi avoir des qualités de cœur. Un cœur généreux comme celui de Claudine, on le trouvait rarement sur les bancs de la faculté. Cette humble personne sait disparaître pour écouter son malade, ce qui en fait le délicat confesseur du sanatorium. »

À nouveau, il ouvrit les yeux ; l'infirmière et son sourire étaient toujours là.

— Vous devrez vous coucher tôt, Monsieur Leonardi. Vous êtes fatigué, aujourd'hui, vous avez fait, j'en suis sûre, de gros efforts. Je suis fière de vous.

— Merci, Claudine, pour ce bon conseil. Vous avez raison, j'en ai plein les pattes.

Après le dîner, qu'il avala en cinq minutes, il s'allongea sur son lit avec son journal et s'endormit. Une heure plus tard, le froid le réveilla, il se couvrit et pensa au chalet qu'il venait de revoir en rêve. L'image très claire de la vieille bâtisse de bois était encore imprimée dans son cerveau. Ce chalet de montagne lui avait semblé abandonné, mais pourquoi dans son rêve… de la fumée s'échappait-elle de la cheminée ?

Trois jours plus tard, il renouvela son ascension dans la rocaille. La matinée était éclatante de lumière et une douce fraîcheur portée par l'altitude l'invitait à accélérer le pas.

Les sous-bois moussus, les pentes arides et les vallons oubliés se succédaient comme des amis qu'il retrouvait avec plaisir. Il arriva enfin au gros rocher derrière lequel le chalet se dévoila dans son décor printanier. Georgio longea le bâtiment qui lui sembla toujours aussi désert.

Plus avant, à la lisière avant la nouvelle sente, il s'assit dans l'herbe et ouvrit le papier journal contenant une tranche de pain et trois rondelles de saucisson. Il dévora méticuleusement son petit en-cas, l'œil dans le vide ; il était fatigué. Dans le lointain, il discernait parfaitement le chalet et dans le petit jardin derrière la maison… du linge d'enfant au séchage se dandinait dans le vent. « Il y a donc là-dedans quelqu'un avec des enfants et ces gens vivent dans cette cabane perdue dans la montagne. Je vais en avoir le cœur net. J'ai oublié ma gourde et je vais leur demander l'aumône d'un peu d'eau. »

Lorsqu'il eut terminé sa tranche de pain, Georgio referma son couteau et se dirigea vers la maison de bois.

La cour n'était pas engageante : des barriques défoncées, d'antiques machines agricoles rouillées et une charrette dont une roue était brisée brossaient le décor d'une pauvreté ordinaire. Il frappa à la porte sans aucun effet et se décida alors à pénétrer dans un petit appentis. Brutalement, une silhouette se dessina derrière la paille. On le visait avec un fusil !

Dans un réflexe idiot, il leva les mains au ciel et demanda si on pouvait lui donner un peu d'eau. Du bout du canon, on lui indiqua la porte de la cabane. Le fusil était tenu par une femme, la quarantaine peut-être, le cheveu ébouriffé et le teint jaunâtre.

— Pouvez-vous me donner à boire ? De l'eau, ça ira bien. J'ai oublié ma gourde.

Sans parler, elle lui indiqua de se placer contre le mur, les mains sur la tête. Il exécuta sans réfléchir l'ordre de la femme et attendit. Le fusil revint au bout de quelques instants et la femme posa devant lui un grand bol rempli d'eau. D'un geste, elle lui fit signe qu'il pouvait boire.

— Merci, merci beaucoup. Vous pouvez poser votre arme, je ne suis pas dangereux.

C'est alors qu'un bruit de cavalcade et de portes claquées ébranla la vieille maison. Au pied de l'escalier apparurent trois enfants de six à douze ans en pleine séance de chamailleries. La femme posa son antique pétoire et du geste, menaça de distribuer des fessées. Rapidement, le silence se fit.

Giaco n'aurait jamais pensé ce chalet perdu dans la montagne peuplée d'êtres humains. Il jeta un regard interrogateur à la femme. Elle avait maintenant perdu toute arrogance et ressemblait à un petit animal battu. Il tenta de l'interroger en essayant d'être le plus doux possible.

— Qui êtes-vous, Madame, et que faites-vous ici avec ces enfants, ils ne vont pas à l'école ?

Une voix forte s'échappa alors de la galerie en haut de l'escalier.

— Elle ne vous répondra pas, car elle ne parle pas français.

Deux adolescents vinrent se joindre au groupe du rez-de-chaussée. Ils s'exprimaient avec un fort accent allemand.

— Vous aussi, vous habitez ici ?

Les jeunes dévisagèrent Giaco avec un regard mauvais, mais ne répondirent pas. Ils entamèrent entre eux une discussion dans un dialecte inconnu. Au bout de quelques instants, il comprit qu'ils attendaient quelqu'un et lui demandaient de ne pas sortir.

Il ne s'était pas trompé. Cinq minutes plus tard, la porte du fond grinça et un homme pénétra dans la pièce. Pour Giaco, ce fut la surprise qu'on peut imaginer.

— Paul, mais que fais-tu ici ?

— Je pourrais moi aussi te poser la même question, je te croyais au sanatorium.

Après une courte explication, ils prirent place autour de la table. Paul expliqua que les trois petits qu'il voyait là étaient juifs et avaient été traités dans l'aile enfants du sanatorium. Actuellement, ils étaient en rémission, mais ne pouvaient rentrer chez eux, car leurs parents avaient été raflés. Les deux grands avaient pour charge de les exfiltrer vers la Suisse. Un passeur les attendrait vingt kilomètres avant la frontière et c'est là que se faisait habituellement le relais.

— La femme qui a voulu me flinguer, lorsque je suis entré pour demander un verre d'eau, qui est-elle ?

— Elle, c'est une Juive roumaine qui habite ce chalet pour accueillir les enfants et s'occuper d'eux. Les trois que tu vois vont partir dans la nuit de vendredi et j'en ai quatre autres au sana qui vont bientôt sortir, ils séjourneront ici avant de fuir la France lorsque la situation le permettra.

— Dire que j'ai pensé que tu n'avais pas répondu à l'ordre de mobilisation pour te planquer. Je me savais un peu con, mais pas à ce point !

— Oublie ça, Giaco, mais surtout n'oublie pas une chose, tu n'as rien vu dans cette maison et le chalet, tu ne le connais pas.

Paul fit un signe aux enfants pour leur demander de remonter à l'étage.

Il se retourna alors vers Giaco, le regard adouci.

— Je me dois de te dire que tu as eu chaud. Lorsque tu es entré, tu t'es senti visé par Ilda et son vieux fusil, mais ce que tu n'as pas pu voir, ce sont les deux revolvers des jeunes pointés sur toi. Ils étaient prêts à te tuer entre les barreaux de l'escalier. Heureusement que j'étais présent, autrement ils t'auraient « descendu » et jeté dans le ravin au bout du méplat. C'est la consigne qu'ils doivent appliquer sans faillir.

— Oui, en effet, si je comprends bien j'ai eu très chaud et te remercie doublement. Vous les résistants, vous n'y allez pas par quatre chemins !

— Il n'y a jamais quatre chemins dans la prise de décision, il n'y en a qu'un… le meilleur ! Allez, vas-y, redescends, ne rentre pas trop tard au sana. Sinon ils vont se demander ce que tu fabriques.

Giaco sortit et, devant la porte, fit un geste de salut à Paul. Le soleil était bas à cette heure, il lui éclaboussa les yeux et le jeune homme dut se cacher de sa lumière avec la visière de sa casquette. En réfléchissant, il marcha rapidement vers la sente, son cœur était léger. Paul et Marie-France étaient vraiment des gens bien, c'était sûrement ces personnes que l'on appellerait un jour des héros !

Au sanatorium, personne ne s'était rendu compte de son retard. Claudine, toujours souriante, l'accueillit dans le hall.

— Aujourd'hui, vous avez fait une sacrée promenade, Monsieur Leonardi, vous êtes allé vers où ?

— Non, pas très loin, Claudine, je me sentais fatigué et je me suis reposé en faisant une sieste sur la mousse à même pas trois kilomètres d'ici.

La nuit qui suivit cette incroyable découverte, il eut du mal à s'endormir.

Il se releva et écrivit une lettre qu'il destinait à sa fille.

Mon adorable petite May,

Ton papa va bien, il marche beaucoup dans la montagne et grimpe maintenant sur les rochers comme un chamois. Demande à maman, elle t'apprendra ce qu'est un chamois et t'en montrera un sur un livre d'images.

Bientôt, je reviendrai à la maison et cette fois-ci je pourrai courir derrière toi dans le jardin. Peut-être serai-je plus rapide que Grim, car maman me dit que ton petit chien passe beaucoup de journées à dormir dans sa niche !

Tu me manques beaucoup et je suis très triste le soir dans ma chambre, car tu n'es pas là.

Papa te fait mille bisous sur le papier à lettres, en attendant de les renouveler sur tes joues.

Ton papa qui t'aime.
P.-S. Je fais une autre lettre pour maman.

Ma chérie,

Toi et moi, nous serons à nouveau bientôt ensemble. Le médecin m'a annoncé une belle amélioration de mon image radiologique, le repos, l'air de la montagne et le fervent désir de te revoir ont sûrement fait leur office. Tu penses bien que je m'en réjouis.

J'ai tellement de mots à te dire, mais beaucoup ne seraient pas conformes à l'oreille d'une enfant...

Attends-toi à venir m'extraire de mon nid d'aigle dans un mois, il me tarde tant. Comme un enfant, je pleure sur ma feuille de papier en t'écrivant, mais les larmes de ce soir sont une chaude pluie de joie.

Je t'aime, mon amour, et maintenant que je suis guéri, je n'ai plus honte d'être ton mari, car je suis redevenu celui que j'étais... un homme, tout simplement. Je t'embrasse et caresse ta nuque, cette attente me rend fou !

Il se leva de son bureau et jeta un œil par la fenêtre. La montagne était magnifiquement colorée par la lune et il pouvait en discerner les chemins. Bientôt, cette montagne il la trahirait, il partirait du Vercors… il se promit de la revoir et de la saluer après la guerre.

Le hululement d'un hibou rompit le silence, comme s'il eut voulu par son cri l'effrayer. Giaco s'étira et bâilla, il avait sommeil.

Deux enveloppes, des timbres et un baiser sur l'adresse, demain il confierait ses précieuses missives au facteur. Le hibou fit une nouvelle tentative d'intimidation, mais en vain. Déjà, le pensionnaire dormait profondément.

/

Un mois, un long mois s'était étiré au sanatorium. Giaco avait souvent rencontré Paul au cours de cette période et son regard sur le personnage avait bien changé. Sachant son ami averti de ses activités secrètes, l'homme lui confiait volontiers ses problèmes.

Son angoisse était plus forte deux fois par semaine, car il craignait que les deux jeunes passeurs soient dénoncés et entraînent dans leur perte les enfants qui les suivaient.

Ce matin, les deux hommes se parlaient à voix basse dans la chambre de Giaco. Paul avait reçu la charge d'un nourrisson de six mois hospitalisé pour tuberculose et dont il savait le séjour justifié par le seul besoin de le cacher. L'enfant se portait comme un charme, mais voilà… Paul ne saurait pas à court terme quoi en faire. Il raconta à son ami ce que lui avait appris son agent de liaison.

Chapitre 29 – *La rafle*

Le jour de la grande rafle, les parents de ce nourrisson, certainement des Juifs étrangers, avaient délicatement posé l'enfant endormi sous leur lit caché dans un carton... il était temps, la police frappait à leur porte. Sans ménagement, ils avaient été extraits de leur petit logement de deux pièces et brutalement on les avait entassés dans un bus Renault bien propre stationné au bas de la maison.

Ils n'étaient pas trop inquiets, chaque jour leur apportait de nouvelles vexations, celle-ci en était une autre et puis ce bus leur était familier, c'était le même modèle que celui qu'ils prenaient la nuit pour faire le ménage dans une usine d'armement. Quelle nouvelle fantaisie les prenait, où voulaient-ils les emmener ? Destination inconnue, ils verraient bien !

Il leur sembla comprendre une rumeur qui courait confusément dans la rue. Les passants disaient.

— Ils les emmènent au Vel d'Hiv.

— Au Vel d'Hiv, pour quoi foutre ?

— T'es con, toi, comment veux-tu que je sache ?

Le démarrage du moteur emplit la rue une mauvaise odeur d'essence et puis un nuage bleuté s'infiltra dans l'immeuble. Après une quinte de toux sèche, la concierge cracha dans le mouchoir qu'elle replia soigneusement dans sa poche. Elle suivit alors, bouche bée, le bel autobus vert et jaune qui disparut au coin de la rue. Elle maugréa en réintégrant sa loge.

— Ça devait arriver un jour, ces gens-là je me demande ce qu'ils foutent toutes les nuits à sortir de chez eux, ils volent sûrement les honnêtes personnes. C'est pas tout ça, ce ne sont pas les flics qui viendront passer la serpillière dans l'escalier, ces salauds ont tout dégueulassé ce matin avec leurs godillots ferrés !

/

Le véhicule se rangea derrière une longue file de ses semblables, Isaac eut le temps de lire une plaque de rue au-dessus de l'épaule de son voisin. Il glissa à l'oreille de Gilda.

— On est rue Nélaton, c'est dans le XVe arrondissement, tu connais ce quartier ?

On leur demanda de descendre, une belle matinée d'été s'annonçait. Ils furent rassurés, car tout était propre et calme dans cette rue. La pendule du bijoutier dans la vitrine affichait cinq heures. Gilda, bousculée par un vieil homme, se raccrocha à son mari et pensa : « Cinq heures, c'est pas une heure pour convoquer les gens ! Tout le monde dort encore. »

Devant eux se dressait un énorme hangar impersonnel couvert de peintures bigarrées. On les poussa pour les faire avancer et ils se trouvèrent tassés comme dans le métro devant l'édifice. Brutalement, après qu'un ordre incompréhensible fut braillé dans un haut-parleur, la porte s'ouvrit et là, ils restèrent médusés.

Devant leurs yeux et leurs oreilles, une énorme clameur emplissait l'atmosphère. Des centaines voire des milliers de femmes, d'hommes et d'enfants criaient leur détresse. Beaucoup étaient debout et agitaient leurs bras en tous sens, d'autres, fatiguées, âgés ou blessés, tendaient leurs mains implorantes vers des policiers imbéciles dépassés par tant de barbarie.

— Ils nous rassemblent certainement pour nous expliquer quelque chose.

— Isaac, tu es fou ! Ils nous rassemblent parce qu'ils veulent nous tuer.

— Calme-toi Gilda, ici nous ne sommes pas en Allemagne, nous sommes en France, le pays des droits de l'homme. Tu l'as vu sur les murs des écoles et des mairies, « liberté, égalité, fraternité ». Dans ce pays, tu ne crains rien de grave.

— Isaac, arrête tes bêtises d'innocent et secoue-toi. Il faut sortir de là tout de suite !

— Bon d'accord, toi ne bouge pas, je vais voir si je trouve une sortie, dans tous les cas on se retrouve ici.

Il se faufila sans réfléchir entre les corps empuantis par l'urine et les vêtements abandonnés. Il rampait sans idée bien précise, comme un nageur dans un liquide boueux. Bientôt, devant ses yeux apparut une clarté, un trait de lumière. C'était un petit orifice qui donnait sous l'estrade du vélodrome. En se faufilant, il parvint à passer dans le minuscule passage. Ici, il faisait noir et les bruits assourdis des captifs lui semblaient venir d'un pays lointain. Il s'assit sur une caisse et réfléchit.

Lui, il n'éprouvait aucune colère, mais comprenait mal pourquoi la police les avait parqués, dans cette vaste salle de sport où les Français faisaient du vélo.

Il avança à quatre pattes à la recherche d'une issue, et tourna en rond autour de l'édifice, il s'était maintenant habitué à l'obscurité, et se disait en lui-même : « On s'habitue très bien à l'absence de lumière, au bout d'un moment on voit mieux les autres qu'ils ne nous voient eux-mêmes ! Tiens, ici, sous ces parpaings, on dirait… ? Oui, je ne me trompe pas, c'est un peu de jour. »

Il entreprit de démonter un tas de gravois et trouva dans une sacoche pourrie une ferraille taillée en pointe. Cette découverte lui permit d'attaquer le mur de parpaings et tout alla beaucoup plus vite.

Il put décoller un puis deux blocs et se glissa en rentrant le ventre ; rapidement il se trouva à l'air libre.

Étonné et joyeux, il se leva et courut. Il tourna alors au coin de la rue, il en était sûr, il avait gagné. C'est alors qu'il entendit vaguement un ordre dans son dos.

— Halte !

La voix lui sembla venir d'assez loin, l'autre aurait peu de chance de l'atteindre, cependant il avait peur, tellement peur qu'il en sentait la transpiration sur ses tempes. Autant qu'il le put, il accéléra sa course dans le petit matin ; un claquement sec, comme une tôle qui tombe sur le pavé… et puis plus rien.

Le policier français s'approcha sans courir et ajusta la tempe de sa proie. En regardant le visage de sa victime, il fit à nouveau claquer son arme. Un collègue, alerté par le bruit, stoppa son vélo un peu plus loin.

— C'était qui ?

— Un terroriste, mais ne t'inquiète pas, celui-là ne nous emmerdera plus.

L'autre ajusta son képi et appuya sur les pédales de son vélo. Il ne tenait pas à s'éterniser sur les lieux, car c'était une histoire à avoir des problèmes.

L'assassin, de la pointe de sa chaussure, tourna la tête du mort et constata sans s'en émouvoir qu'il avait probablement son âge.

Il engagea alors son pistolet dans le fourreau de cuir réglementaire et fouilla le cadavre. Il consulta le portefeuille de sa victime et subtilisa les trois plus gros billets qui s'y trouvaient, puis le jeta discrètement dans une bouche d'égout. Après un regard circulaire dans la rue à nouveau calme, il poursuivit benoîtement sa ronde, les mains croisées dans le dos.

À l'entrée du Vel d'Hiv, il héla un collègue qui se curait le nez, affalé sur le volant d'un fourgon, et lui expliqua qu'il avait vu dans la rue derrière le Vel d'Hiv un youpin crevé sur le trottoir.

— Peux-tu le ramasser ? Si on le laisse pourrir au soleil, ça va puer et puis ce n'est pas beau pour les gosses qui vont à l'école.

/

Dans l'enceinte du vélodrome, Gilda était fatiguée. Elle avait bien songé à se faufiler entre les corps geignant des malades, comme l'avait fait Isaac, mais il lui avait bien dit de ne pas bouger et de l'attendre. Elle avait donc pris le parti de s'asseoir sur son manteau roulé en boule sous ses fesses et essayait maintenant de parler avec ses voisins immédiats. À vingt mètres d'elle, un regroupement de Juifs polonais semblait accueillant. Ils parlaient sa langue et, discrètement, elle s'approcha d'eux.

— Tu es seule, tu n'as pas de mari ?

— Si bien sûr j'ai un mari, j'attends le retour d'Isaac, il est parti dans cette direction et m'a dit de l'attendre.

— Il y a longtemps ?

— Je ne sais pas, je n'ai pas de montre, peut-être une heure.

Ils se regardèrent et ne firent aucun commentaire pour ne pas l'affoler. Ici, les policiers français étaient plus cruels que les SS. Ils étaient investis d'une mission qu'ils remplissaient sans aucune mansuétude et le fait qu'Isaac ne soit pas revenu n'était pas très bon signe.

— Ils vont bientôt nous relâcher pour qu'on rentre chez nous ?

— Oui, certainement, mais je ne sais pas quand.

En réalité, il se disait sous le manteau qu'ils seraient tous conduits dans un camp à côté de Paris, le camp de Drancy. Pourquoi ce camp, personne ne savait.

— Mon fils de six mois est resté seul à la maison, moi je ne peux pas rester là à attendre, il faut que je rentre pour m'occuper de lui.

Les gens qui l'entouraient la mirent sérieusement en garde ; surtout, ne pas déclarer qu'un enfant était resté au domicile, ces salauds de flics risquaient de s'emparer du nourrisson et de l'emmener on ne sait où.

— Ton gamin, quand il aura faim, il se mettra à brailler et les gens de l'immeuble s'en occuperont, et toi quand tu reviendras chez toi, tu reprendras ton enfant. Moins tu leur en dis et mieux c'est pour toi et pour le petit.

Un officier allemand suivi de six hommes s'approcha. Il brandissait une badine en cuir dont il jouait comme d'une possible menace.

— Allez debout, vous n'êtes pas là pour faire la sieste, les hommes dans cette file et les femmes dans celle-là. On ne traîne pas !

Elle essaya de dire que son mari allait revenir, mais elle ne reçut pour toute réponse qu'un coup de crosse. Mécaniquement, elle avança sans savoir où elle allait. Les grandes portes s'ouvrirent à nouveau et on les poussa sans ménagement dans les autobus.

— Mais où va-t-on ?

Un deuxième coup de crosse et un geste indiquant le fond du bus lui firent comprendre qu'elle devrait désormais se taire. Elle se tint à la barre de métal et, les yeux dans le vague, elle pleura doucement, le visage enfoui dans son manteau. Si elle pleurait, c'était pour elle, juste pour elle, car elle ne souhaitait pas leur fournir ce plaisir, surtout ne pas leur montrer son chagrin.

Son Isaac, le reverrait-elle un jour ? Peut-être était-il monté dans le bus suivant, celui dont elle entrevoyait le toit au-dessus de la femme pliée de douleur à ses côtés.

Et son bébé, ce magnifique poupon accroché à la vie, quel serait maintenant son destin ? Qui l'avait pris en charge et qui le lui rendrait ? Elle s'attacha à cacher ses yeux et à conserver sa dignité, elle devait rester en vie pour aider les siens lorsqu'elle sortirait de ce cauchemar.

L'autobus roulait depuis une heure dans cette grande ville inconnue. Dehors, comme tous les jours, les boutiquiers levaient leur rideau métallique et des passants sans identité se hâtaient tristement vers leur bouche de métro. Autour d'elle dans le bus, sans bruit, les gens s'interrogeaient du regard. Non, décidément, personne ne connaissait les lieux et personne ne connaissait leur destination.

Chapitre 30 – *La pension Dannecker*

Soudain, la colonne pénétra dans une cour inconnue et le bus de Gilda s'immobilisa. On les poussa dehors sans un regard, puis la voiture suivante cracha d'autres inconnus, puis suivirent une autre voiture et encore une autre.

Une heure plus tard, le grand rectangle de mâchefer était noir de monde.

L'endroit paraissait bien ordinaire : trois immeubles modernes dressés en forme de U, dont les extrémités étaient clôturées par une haute grille de fer défendue par des gardes en arme.

On classa et sépara méticuleusement les nouveaux arrivants pour les laisser finalement sans information, assis à même le sol sous la surveillance des gendarmes français.

/

Ce soir-là, Dannecker, engoncé dans le siège en velours de sa Mercedes de fonction, n'était pas à son aise et, comme à chaque contrariété, il passait sa mauvaise humeur sur son chauffeur.

Ce qui le contrariait pouvait sembler incroyable, mais – en avait-il conscience ? – pour la première fois de sa vie… Dannecker éprouvait des remords ! Des remords, mais quels remords ? Lui qui rentrait un peu alourdi d'un copieux dîner chez Maxim's. Il avait été invité dans ce riche restaurant de la rue Royale par des industriels français dont il ne pouvait ignorer qu'ils étaient juifs ! Comment avait-il pu se compromettre en public avec ces gens ? Avait-il oublié qu'il était l'auteur du terrible rapport sur les questions juives que lui avait commandé Hitler ?

Pour l'instant, les ordres du Führer étaient clairs et il devait s'y soumettre.

— D'abord les Juifs étrangers.

Du côté d'Hitler, il ne risquait donc rien, mais pourtant il avait des remords… il suffisait d'attendre ! Il savourait à l'avance sa future revanche.

— Je les aurai, ceux-là aussi. Ils se croient à l'abri derrière les murs de pierre de leurs beaux hôtels particuliers, mais ils auraient tort de jouer sur notre prétendue faiblesse, bientôt Hitler nous donnera le feu vert et c'est nous qui habiterons le huitième arrondissement.

Devant l'ascenseur, il donna sèchement les ordres pour le lendemain à son chauffeur. Le souffre-douleur, pétrifié dans un garde-à-vous impeccable, ne bougea pas un cil à l'énoncé des tâches à accomplir. Le capitaine le regarda alors avec son mauvais sourire et commanda au pauvre type d'appuyer sur le bouton.

Il avait décidé qu'il habiterait dans la première tour face au camp, au quinzième étage. De ce point stratégique, il aurait une vue dégagée sur la cour et les bâtiments de l'établissement dont il avait la responsabilité…

Le Hauptsturmführer Theodor Dannecker dirigeait le camp de transit de Drancy.

/

Dans sa salle de bains, il se prépara pour la nuit puis s'attarda derrière la vaste baie vitrée. Tout était calme. En bas, les miradors aux quatre coins éclairaient la cour dont le mâchefer étendu sur le sol reflétait étrangement la lumière. Les chiens infatigables patrouillaient derrière les barbelés et les gardiens dans les miradors ne dormaient pas. Dannecker bâilla puis s'étira et entra dans sa chambre. Avant de s'endormir, il grommela.

— Ils mangent beaucoup trop, ces Juifs, il faut que je réduise leurs rations !

/

Beaucoup plus bas, au troisième étage dans le camp, Gilda ne dormait pas ; elle se retournait sans cesse sur sa paillasse posée sur une planche.

Gilda n'avait pas peur, elle était torturée par la haine qu'elle vouait à ses tortionnaires et torturée surtout par de violentes crampes d'estomac. Gilda avait faim, elle souffrait de cette faim douloureuse, profonde et paroxystique, cette même faim qui avait déjà tué douze de ses condisciples. Souvent, dans la journée, elle pensait aux loups de sa région de Pologne. Là-bas chez elle, les loups on les détestait, car ils éventraient les brebis et parfois même les chiens. Maintenant, Gilda comprenait les loups. Comme eux, cette nuit, Gilda avait faim !

Au bout d'un mois d'une oisiveté forcée empuantie par l'urine et la transpiration, on leur dit qu'ils partiraient travailler à l'est, car on ne pouvait plus les garder à ne rien faire dans ce camp. Gilda accueillit la nouvelle avec satisfaction ; rien ne serait pire à ses yeux que de pourrir ici, dans les griffes de ce fou de Dannecker.

— Le départ aura lieu dans deux jours, tenez-vous prêts à embarquer dans les camions.

Les bus de la RATP avaient cédé la place aux camions bleus de la préfecture de police. Un premier convoi sortit de la cour à six heures du matin ; le bruit circulait parmi les futurs voyageurs qu'ils en auraient pour une heure et demie de route.

Au lever du jour, le premier véhicule de la longue colonne s'engagea en se dandinant dans la gare de marchandises du Bourget. Brusquement, on leva la bâche et on demanda aux passagers de descendre, en accélérant le mouvement par des cris et des coups de crosse.

Chapitre 31 – *Gilda retrouve la Pologne*

Un bruit assourdissant emplissait maintenant la gare, les haut-parleurs ; les aboiements des chiens et les ordres en allemand avaient fini par réveiller le voisinage. Sur les façades noircies par le charbon des locomotives, les fenêtres s'éclairaient les unes après les autres et les locataires, furieux d'être réveillés par ce tintamarre, lançaient des invectives aux Allemands. Devant cet intolérable début de rébellion, un chefaillon exaspéré fit tirer une rafale de mitraillette sur les protestataires… les volets se refermèrent et, prudemment, on éteignit les lumières.

Gilda marchait en parlant à une jeune femme polonaise. Son accent lui avait permis de comprendre qu'il s'agissait d'une coreligionnaire et maintenant, les deux femmes ne faisaient plus l'effort de s'exprimer en français. Elle lui apprit qu'elle était née à Gdynia près de Gdansk, sur les bords de la Baltique, et avait dû fuir son pays, chassée par les bolcheviques, en laissant ses parents derrière elle.

Dans sa retraite, elle avait été violée par un garde polonais et aujourd'hui elle était enceinte.

— Les Allemands le savent ?

— Tu plaisantes ! Le jour où ils l'apprennent, j'ai droit à une rafale de mitraillette comme cadeau de naissance.

— Je te promets rien, mais une fois arrivés, on verra ce que l'on peut faire, moi j'en ai déjà fait « passer » deux.

— Plus vite, plus vite. Avancez au fond du wagon, restez debout, debout je vous dis, vous êtes sourds ?

Un grand-père épuisé s'était affaissé et un crétin de SS l'obligea à se relever à coups de fouet.

Le niveau de résignation était tel que personne ne s'indignait. On acceptait tout, se faire battre à tout propos, être transporté dans des wagons à bestiaux et aussi ressentir en permanence cette terrible faim qui vous transformait en animal. On poussa et on comprima tellement les malheureux qu'il n'était plus question pour eux de se coucher. Un SS imberbe, proche de l'enfance, referma violemment la porte à glissière et la cadenassa. Maintenant seulement, les prisonniers mesuraient la gravité de leur situation. Pas de cris, pas de récriminations ; l'immense détresse ne se manifestait que par des têtes baissées et d'incompréhensibles prières au Dieu qui les avait trahis.

L'accrochage de la locomotive sur le convoi bouscula les passagers et sembla les réveiller. Dès lors, on attendit le départ.

Une demi-heure plus tard, on n'avait pas fait un tour de roue et une nouvelle secousse annonça que de nouveaux wagons étaient ajoutés à leur train. Une heure encore et le serpent brunâtre honteusement chargé de malheur s'étira lentement.

Par la maigre ouverture armée de barreaux, Gilda, hissée sur la pointe des pieds, vit s'égrainer les SS, alignés le long du quai avec leurs chiens assis à leur côté. Ils étaient partis, au moins ceux-là, ils ne les reverraient plus !

— Tu sais où on va ?

— Où on va, non je ne sais pas, je ne sais qu'une chose, ma fille, c'est que nous ne sommes pas partis pour des vacances !

Depuis dix heures, le train roulait sur une voie qui semblait lui être entièrement dévolue. En se hissant à nouveau à la minuscule fenêtre, Gilda voyait parfois défiler comme dans un flash, une gare et puis quelques éclairages et enfin la nuit, une nuit immense et indifférente dont le silence était rompu par la plainte des malheureux.

Dans une indescriptible odeur d'excréments, des revendications s'étaient levées dans le wagon. On cherchait un responsable, un être humain à qui parler, à qui demander un bol de soupe ou un peu d'eau, mais il n'y avait apparemment personne pour les aider, rien que des fantômes aux traits tirés accrochés à une mort si longue à venir.

Deux hommes, deux prisonniers, eurent la stupide et dérisoire prétention de se battre pour on ne sait quel différend. Plusieurs coups de pied égarés atteignirent la nouvelle amie de Gilda. La jeune femme se tordit de douleur et s'affaissa sur le sol. Elle lui caressa le visage et lui parla en polonais ; son amie lui adressa alors un pâle sourire, puis son corps se détendit comme si elle était enfin en paix. Elle était morte, une énorme flaque de sang noir imprégnait progressivement sa robe et descendait lentement le long de ses cuisses.

Gilda se releva et se cala dans un coin de la paroi de bois pour pleurer, pleurer pitoyablement sans pouvoir répondre aux coups par les coups.

Son chagrin, c'était de la haine et du désespoir. Les SS avaient gagné leur pari, ils avaient réussi le seul projet dans lequel ils excellaient… transformer hommes et femmes en bêtes résignées ! Elle s'accroupit à nouveau et caressa les cheveux de la morte.

— Ton nom, tu ne me l'as pas dit ton nom ! Pour moi, tu seras toujours un regard clair de notre beau pays. Pendant quelques heures, reste avec moi, je te dirai. Je te dirai où nous sommes, car maintenant, je sais où nous allons. Nous rentrons chez nous en Pologne !

/

Le lendemain, le train roulait au ralenti au passage de l'arche d'Auschwitz-Birkenau.

Le convoi finit par stopper son mouvement dans un concert métallique de mâchoires de freins. Les passagers, les joues creusées par la faim et la souffrance, se regardaient sans comprendre. Les plus faibles étaient morts et leurs yeux révulsés parlaient encore pour quelques heures de leurs souffrances. Un gémissement sourd et incompréhensible montait des wagons.

— On est où ?

Gilda voulut rassurer ses compagnons et elle dit d'une voix forte, en s'adressant à sa compagne raidie dans ses bras :

— On est chez nous, on est en Pologne, j'ai lu les panneaux sur la voie.

Des aboiements de chiens, des hurlements en allemand et la porte qui claque, libérant une lumière du jour qu'ils avaient oubliée.

— Tout le monde descend et vite, on n'est pas là pour faire des discours ! Les femmes d'un côté et les hommes de l'autre.

En s'aidant du mieux qu'ils purent, les uns et les autres s'alignèrent le long des rails.

— Qui sait parler allemand, polonais et français ?

Gilda leva la main et on la détacha du groupe. Le gradé SS lui caressa le menton du bout de sa badine et lui indiqua l'endroit où attendre.

— Tu seras l'interprète pour les femmes, deux rations de soupe et cinquante grammes de pain supplémentaires par jour.

La colonne précédée par le SS se dirigea vers le bureau d'enregistrement. Il jeta un regard à Gilda et lui dit avec un sale sourire.

— Tu viendras me voir ce soir, je te montrerai ma chambre.

Elle retint un haut-le-cœur et acquiesça d'un mouvement de la tête.

— Bon, pour l'instant, tu traduis tout ce que je vais te dire pour ces tarées.

Après une heure d'interminables formalités où elles furent toisées et classées selon leur morphotype, on leur indiqua la baraque qui serait la leur. Une femme SS les dirigea vers le bâtiment et leur intima de se déshabiller.

— Tout le monde sous la douche, ici on est propre ! Vous aurez de nouveaux vêtements pour vous habiller.

On les fit entrer nues dans une pièce rectangulaire de grandes dimensions et le plafond laissa couler de l'eau froide qui fit grelotter les pauvres corps affaiblis. Gilda, les yeux fermés, se jura de tenir pour son fils et aussi pour son mari Isaac. Peu de temps après, la porte se rouvrit et la Kapo hurla qu'il était temps de sortir.

La traductrice improvisée, perdue dans le troupeau, renouvela l'ordre en polonais puis sortit avec les autres. Elle se demandait en fixant le plafond à quoi pouvaient servir ces tuyaux proches des bouches d'arrosage. Sans réponse satisfaisante, elle se glissa hors de la pièce de douche et attendit les ordres. Raide comme un piquet, la femme SS passa dans les rangs comme si c'était une revue.

— Vous avez faim ? Le Führer va vous offrir à manger parce que c'est le premier jour. Après, c'est votre travail qui vous permettra d'être nourris ! C'est compris ?

Elles baissèrent toutes la tête sans un mot ; elles étaient satisfaites, car elles allaient enfin manger. On leur indiqua qu'elles trouveraient leurs vêtements dans le baraquement où elles dormiraient. Pour l'instant, elles devraient sortir dans la plus humiliante nudité, affronter le froid et surtout la morsure du mâchefer sous les pieds.

Quand elles furent vêtues de leur uniforme rayé de prisonnières, on les aligna à nouveau. Leur chef SS leur fit savoir qu'elles avaient un quart d'heure pour manger leur soupe et qu'elles seraient ensuite conduites à leur baraque de travail.

— Vous avez de la chance, beaucoup de chance, ici les femmes font de la couture et confectionnent des tenues de prisonniers, et les hommes sont employés au travail de maçonnerie dans le camp. À Birkenau, on travaille et on ne cherche pas à s'évader. Celle qui ne respecte pas cette règle creuse sa tombe, c'est bien compris ?

Après le bol de soupe claire promis par la surveillante, les femmes furent conduites assez loin dans le camp, dans une baraque où elles découvrirent des tables alignées et de vétustes machines à coudre. On leur expliqua le travail à effectuer et on donna quelques détails à Gilda.

La femme Kapo s'installa à l'entrée, assise à son bureau, et dans un bruit mécanique assourdissant, l'atelier de confection commença ses travaux.

/

Huit jours plus tard, l'interprète Gilda regagnait son baraquement après avoir passé deux heures dans la chambre de l'officier. La nuit était noire et glaciale. Elle sortit de sa poche la clef que son tortionnaire lui avait confiée et s'apprêta à la tourner dans la serrure. Elle eut juste le temps d'apercevoir le visage d'une prisonnière polonaise et d'entendre un seul mot.

— Suka[1] !

Le lendemain matin, le froid était glacial dans la baraque. Les femmes se levaient pour aller coudre alors que le jour était loin de se lever. En ouvrant la porte, elles constatèrent qu'une épaisse couche de neige était tombée dans la nuit.

Elles voulurent dégager la porte et se heurtèrent à un obstacle. Très vite, elles reconnurent un corps et, après avoir écarté la poudre blanche, le visage de Gilda leur apparut, immaculé et raidi par la mort. Elles poussèrent le corps et marchèrent en silence en direction de l'atelier de couture.

---

[1] Salope

Chapitre 32 – *L'enfant de l'hôpital Tenon*

Dans la chambre de l'appartement abandonné le matin de la rafle, les cris de l'enfant attirèrent rapidement les voisins. La porte était restée ouverte et les explorateurs, aidés par une lampe à pétrole, durent enjamber le désordre laissé par les policiers lors de leur intervention.

Il leur fut cependant facile de découvrir le criard qui gesticulait comme un beau diable dans son carton. Le nourrisson manifestait une terrible colère dont ils ne comprirent pas la cause. Pour dénouer la situation, ils le considérèrent comme malade et le conduisirent à l'hôpital, où on saurait le soigner et où leur responsabilité serait dégagée.

Aux admissions de l'hôpital Tenon, les deux voisins déposèrent précautionneusement le nourrisson sur le lit d'examen.

— C'est à vous, ce môme ?

L'interne paraissait fatigué, il tourna la tête et signa machinalement le certificat de décès que lui tendait un garçon de la morgue. Lorsqu'il revint à son bureau, il jeta un regard interrogateur dans la pièce.

— Où sont-ils passés, ceux-là ? Merde, les salauds, ils se sont barrés en me laissant le gamin sur les bras ! Pas d'identité, pas de parents, je me suis fait avoir. Ils sont gonflés, un gosse ce n'est pas comme un colis de poste restante !

L'interne fit son métier et se concentra sur l'enfant qu'il examina sérieusement. Il ne fut pas longtemps à comprendre que son petit malade était en aussi bonne santé que lui.

— Léa, il crève de soif, ce petit, prépare un biberon.

Il se gratta la tête et, dans un éclair de génie, conclut que le nouvel arrivant souffrait de tuberculose, jugeant que ce diagnostic, par son sérieux, pourrait aider son jeune patient à survivre en ces temps troublés. Il consigna méticuleusement le diagnostic sur la fiche d'observation et le jeune malade clandestin se trouva trois semaines plus tard dans le lit d'un sanatorium du Vercors, où il avait été convoyé avec deux de ses congénères plus âgés.

À l'arrivée, on vit bien que le dossier était mince : pas d'adresse, pas de papiers, pas de radios, un poids satisfaisant et un appétit d'ogre. Bref, il était criant qu'il faudrait le prendre dans un berceau et être discret. En attendant, le nouveau venu faisait des sourires à tout le monde et les infirmières, ravies de materner ce nouveau poupon, le choyèrent de leur mieux.

Au bout d'un mois, Paul, le directeur adjoint du sanatorium, assis dans la salle commune des médecins, réfléchissait et lui aussi se grattait la tête. Cette manie lui était familière lorsqu'il était préoccupé et aujourd'hui cette préoccupation était sûrement importante, car elle parsemait de pellicules le col de sa veste… mais tout cela n'apportait pas de solution à son problème. L'enfant mystérieux et sans identité, qu'allait-il en faire ? Il ne pourrait pas le garder éternellement, d'autant qu'un simple examen du nourrisson dévêtu montrait une évidence… ce bébé était juif !

Comment passer cette mystérieuse erreur de diagnostic en Suisse ? Pourrait-il confier à deux adolescents le transport d'un nourrisson de cet âge au travers de montagnes enneigées ? Impossible, évidemment, c'était condamner le petit à mort.

Ce qu'il lui faudrait, c'était un couple, un homme et une femme qui donneraient l'illusion d'une famille en voyage avec leur enfant.

« Pas facile ! Enfin, se dit-il, j'ai encore quinze jours pour me retourner ».

Chapitre 33 – *Marcelin*

Propre comme un sou neuf et vêtu de ses habits de ville, Giaco avait rendez-vous avec le médecin. C'était le grand jour, le jour de sa visite médicale de sortie.

— Au revoir, Monsieur Leonardi, je vous souhaite un bon retour à Nice. Voici une lettre que vous remettrez à votre médecin de famille et j'en adresse moi-même une autre au pneumologue. Vous allez très bien et nous sommes satisfaits de vous rendre à la vie civile. Si vous aviez un problème, n'hésitez pas à m'écrire.

Le praticien lui serra la main et lui ouvrit en souriant la porte de la liberté.

/

Le lendemain matin, Giaco faisait les cent pas depuis une demi-heure dans le hall de l'établissement. Ses bagages attendaient sagement au pied d'un fauteuil et il les surveillait à la façon d'un touriste stationné dans un quartier mal famé. Un joyeux klaxon fit sursauter les perruches de Claudine dans leur grande cage dorée. C'était Anne-Marie, qui stoppa sa voiture et courut vers son mari, rayonnante de joie. Il était aussi beau que lorsqu'ils s'étaient connus ; elle l'embrassa en le serrant par le cou.

— As-tu bien salué et remercié tout le monde au sanatorium ? Ils ont été parfaits avec toi !

Elle fut alors interpellée par un bruit semblant émaner de la valise posée près des fauteuils, mais n'en comprit pas d'abord la cause.

— Peux-tu me dire… ce bruit ?

Elle s'approcha des bagages et vit un adorable bambin couché dans son couffin, qui gesticulait et gazouillait en la regardant.

Elle le montra du doigt le regard interrogateur et demanda :.

— Mais c'est qui, lui ?

— Ah, attends un instant, je te le présente, c'est Marcelin.

— Marcelin, mais c'est qui, Marcelin ?

Il lui expliqua l'histoire tragique du bébé sans adresse, sans identité et sans parents. Un enfant que Paul était dans l'incapacité de transférer en Suisse et qui risquait assurément de tomber entre les griffes des SS.

Un jour, alors qu'il était attendri et faisait des « Areu areu » à Marcelin, Paul lui avait dit simplement :

— Tu le veux ? Si tu le veux, prends-le. Aujourd'hui, c'est la guerre, après, tu pourras l'adopter si tu le souhaites, mais pour l'instant il faut le cacher afin d'éviter qu'il soit martyrisé par ces monstres.

Anne-Marie fut prise d'un fou rire inextinguible qui l'obligea à s'asseoir dans un fauteuil. Lorsqu'elle fut calmée, elle se tourna vers l'enfant qui lui décocha à nouveau un sourire. Elle le prit alors dans ses bras et lui parla, puis se rassit. Elle posa à nouveau le bambin et se tourna vers son mari.

— C'est une fille ou un garçon ?

— Marcelin, je t'ai dit, il s'appelle Marcelin, tu vois bien que c'est un garçon !

— Tu crois que tout ceci est bien légal ? On vole un enfant, ni plus ni moins !

Giaco s'assit auprès d'elle et, soudain très sérieux, lui expliqua que tout ceci était en effet totalement interdit. C'était interdit aussi de prendre des familles entières et de les envoyer en camp de concentration. C'était interdit, enfin, de transporter dans le froid un nourrisson avec la quasi-certitude de le faire mourir. Paul se conduisait en déserteur et c'était interdit ! Il n'écoutait plus la loi de son pays, son pays qui pactisait avec le Guépard et dont la police était plus cruelle que la Gestapo. Paul et Marie-France s'étaient fiés à leur cœur, et ce cœur leur avait fait transgresser la loi. C'est aussi ce cœur qui en faisait des héros.

— Comment t'écrire une aussi invraisemblable histoire, comment te dire que nous allions offrir un frère à May sans que tu me juges totalement fou ? Cette mise en scène pitoyable et le fait de te mettre devant le fait accompli, c'est intolérable. J'en conviens volontiers, mais comment pouvais-je faire autrement ?

Elle se tourna à nouveau vers le petit panier d'osier et reprit Marcelin dans ses bras.

— Mon accord avec Paul est le suivant, si tu refuses la charge supplémentaire qui t'est imposée, je le préviens au téléphone et il reprend le petit.

Les larmes aux yeux, elle serra son mari dans ses bras et l'embrassa. C'est alors que Paul, caché par le grand dossier d'un fauteuil au fond de la salle, se leva et embrassa le couple. Il pleurait à chaudes larmes et leur dit :

— J'en ai déjà une à la maison, une fille sans identité comme lui, elle a été facilement adoptée par nos trois enfants. Mais comment ferai-je lorsqu'un autre se présentera ? Car il y en aura d'autres, je n'en doute pas.

Anne-Marie assura Paul qu'elle ferait tout son possible pour choyer Marcellin et qu'il serait assez facile d'expliquer à leur entourage qu'ils avaient recueilli l'enfant d'un couple inconnu fauché par une rafale de Stuka lors de la débâcle.

/

Le lendemain, après avoir embrassé Marie-France devant la poste de La Chapelle-en-Vercors, Giaco fit démarrer la Citroën. Anne-

Marie était calée sur le siège arrière entre les bagages, les biberons et le couffin d'osier. Marcelin dormait en suçant son pouce.

— Mes amis, soyez prudents, aujourd'hui vous pourrez prendre la nationale 7, il y a maintenant moins de fuyards qui descendent vers le sud.

Le nourrisson ouvrit les yeux à la sortie du village et regarda sa voisine. Habitué aux changements, il n'était pas étonné de se trouver en voiture et, comme il était l'heure, elle lui tendit le biberon dont il s'empara comme un goinfre. Elle lui dit en lui chatouillant le nez :

— Toi, tu as déjà tout compris de la vie. Tu sais immédiatement où trouver ta survie !

Le voyage du retour se déroula sans histoires, avec un bébé dont la préoccupation principale semblait se limiter à ne pas déranger… et à enfourner les biberons !

Giaco et Anne-Marie se partagèrent la conduite et leur passager ne fit qu'une seule colère, celle qui lui était désormais coutumière avant le biberon du soir.

Ils étaient l'un et l'autre heureux de ce retour à la vraie vie, mais plus ils approchaient de Nice et plus ils étaient inquiets. Qu'allaient penser Giovanna et Georgio du nouveau locataire qui s'invitait chez eux sans en avoir sollicité la permission ? Allaient-ils l'accepter et surtout… allaient-ils l'aimer ?

Giaco était confiant. Il connaissait son père et le savait incapable de résister au sourire d'un nourrisson et puis, cet enfant, ce garçon arrivait à point nommé pour combler une place jusqu'ici vacante… celle du petit mâle qui poursuivrait la dynastie Leonardi.

Il se dit, soudain sérieux : « Mais tu es fou ! Ce petit Marcelin t'a été confié pour la durée de la guerre afin de le protéger, mais après il faudra le rendre à ses parents ou aux autorités. »

Anne-Marie conduisait. Elle demanda à son mari, sans tourner la tête, ce que penserait Giovanna de ce nouveau personnage et elle ne reçut pour toute réponse qu'un sourire du jeune homme.

— Ma chérie, Giovanna, c'est vrai que tu ne la connais pas encore très bien. Cette personne qui n'est pas ma mère, mais ma belle-maman, je l'aime au-delà de ce que tu peux imaginer. Elle est la générosité faite femme. Marcelin, elle l'aimera bien entendu, comme elle aime May et comme elle nous aime tous. Je t'en fais le pari dès maintenant.

/

Giaco, avec l'assurance de l'homme qui porte un grand bonheur, vrilla la sonnette du porche. Il entendit sur le dallage de l'entrée trottiner un pas qu'il eut reconnu entre mille. C'était May, qui s'efforçait avec sa jeune énergie d'ouvrir les deux battants de chêne. Le papa crut défaillir, il attendait ce moment depuis si longtemps.

Lorsque la porte fut ouverte, il la vit enfin. Elle était si différente de l'enfant qu'il avait quittée, car c'était maintenant une fillette aux allures résolues dont il fut fier au premier regard.

Le couple se présenta au salon dans l'émotion que l'on devine ; les parents retrouvaient le fils solide que la maladie leur avait retiré et ils rayonnaient de bonheur.

Giaco prit Giovanna dans ses bras pour la soulever, mais dut renoncer. Georgio éclata de rire et rappela à sa femme qu'elle avait déserté depuis un an le pèse-personne. Vexée, elle lui répondit sur le ton de l'ironie qu'il ne savait pas lui-même dans quelle pièce se trouvait l'instrument.

Giaco et Anne-Marie se tenaient maintenant par le cou et, un peu tremblante, la jeune femme annonça à ses hôtes qu'une surprise les attendait dans la voiture.

Dès l'ouverture du hall, ce n'était déjà plus une surprise ; Marcelin, dont l'estomac était à sec, hurlait comme un damné. Giovanna se précipita, ouvrit la porte de la Citroën et prit dans ses bras le coléreux.

— Mais il a un gros chagrin, ce chéri, il est très malheureux.

Comme à son habitude, le glouton se calma lorsqu'il fut bercé et on se regarda. Giaco, inquiet, déclara :

— Attendez, attendez donc un peu, je vais tout vous expliquer.

Tout le monde était bouche bée et il raconta alors l'histoire de l'enfant de la guerre, celui que les horreurs de l'Occupation avaient amené au sanatorium.

— On ignore totalement qui sont ses parents et même s'ils sont encore vivants. Il a été déposé à l'hôpital par des anonymes, le lendemain de la grande rafle du Vélodrome d'Hiver, sans documents d'identité. Ces gens n'étaient certainement pas son père ou sa mère, et il semble qu'ils aient profité d'un moment d'inattention du médecin pour s'enfuir de l'hôpital en abandonnant le paquet à l'interne.

Giovanna continuait à bercer le nourrisson. Elle mit un doigt dans sa bouche et déclara, triomphante :

— Avez-vous constaté qu'il a fait une dent ?

L'assemblée vérifia les gencives de Marcellin, ce qui lui sembla apparemment fort agréable. Giaco poursuivit alors ses explications.

— Je n'ai pas pu résister lorsque Paul m'a proposé de le garder pour le cacher et probablement l'adopter après la guerre. J'ai pris la responsabilité de l'emmener ici chez vous, car Paul ne pouvait pas le garder indéfiniment dans un lit. Il m'a expliqué que, s'il était déclaré sortant de l'établissement, il serait pris en charge par les Allemands et risquerait d'atterrir on ne sait où. Peut-être en camp de concentration, on dit qu'ils y placent même les enfants !

— Mon Dieu, pauvre enfant, ne parlons plus de tout cela.

Manifestement, Marcelin n'avait cure de ce discours. Il tétait à vive allure le biberon de lait que lui avait tendu Anne-Marie. Il termina l'opération en deux minutes, en sueur, et lorsqu'elle le déposa dans son panier d'osier, il s'endormit les bras écartés.

On déposa le dormeur au calme dans le bureau de Georgio et

toute la famille se réunit dans la salle à manger. Giovanna était bouleversée par le récit de son beau-fils. Elle ne pouvait pas imaginer que des êtres humains puissent se livrer à tant de cruauté et elle se sentit dans l'instant investie d'un rôle de protectrice.

— Ce petit Marcelin, je tiens à vous le dire à tous, c'est notre Marcelin et guerre ou pas guerre, on ne nous le retirera pas ! J'y suis déjà attachée et son arrivée providentielle est un miracle de la vie. Un seul événement pourrait me faire lâcher prise, ce serait si on retrouvait ses parents. Dans ce cas, je demanderais à conserver de bonnes relations avec eux et je solliciterais le titre de marraine et parrain pour chacun de nous.

Anne-Marie avait déjà envisagé cette éventualité de retrouvailles des parents biologiques et elle s'engagea à faire les recherches nécessaires à la fin des hostilités. Elle termina à mi-voix, comme si elle ne souhaitait pas être entendue.

— Malheureusement, à ce sujet je crains le pire. Un enfant déposé à l'hôpital par des anonymes le lendemain de la grande rafle ! Les Français ne veulent pas se l'avouer, mais il est maintenant notoirement connu que ces monstres expédients les Juifs dans des camps pour les assassiner.

Soudain, elle se dit qu'il faudrait qu'elle réfléchisse en responsable… elle avait maintenant deux enfants.

— Au fait May, où est-elle passée ?

— Elle est là, elle arrive dans les bras de son père.

C'était à Georgio de s'inquiéter, car cet enfant n'avait pas d'identité et il se demandait comment il pourrait présenter la chose aux autorités. Il se proposa de rencontrer le commissaire Zaganelli, avec lequel il avait tissé de très bons rapports.

Giaco se méfia. Il connaissait mal le commissaire et il fallait éviter de mettre Marcelin dans la gueule du loup.

— Nous pourrons en effet lui en parler, mais il faut nous assurer avant cela qu'il n'est pas hostile au sauvetage des populations juives. N'oublions pas que le pouvoir SS a trouvé dans notre bonne police française ses meilleurs alliés !

— Tu as tout à fait raison, je le cuisinerai pour connaître ses idées politiques et son niveau d'antisémitisme. Toi, Giaco, tu as une idée de la provenance de Marcelin ?

— Pas du tout, père !

En vérité, il y avait une forte présomption pour que l'enfant soit juif. Paul lui avait dit qu'il avait été déposé à Tenon le lendemain de la rafle du Vel d'Hiv et surtout Anne-Marie et lui savaient qu'il était circoncis. Circoncis, ce n'était pas à la mode hors des milieux israélites, en ces temps de pureté aryenne !

— Mais alors, on ne sait pas qui il est ?

— On ne sait pas et on ne le saura probablement jamais, il est peut-être juif ou breton ? Il faut seulement savoir si ça compte pour l'un de nous.

Giovanna vint à la rescousse pour aider Giaco. Pour elle, ce qui comptait, c'était de protéger ce petit de la folie des hommes.

— Nous sommes totalement dans l'illégalité, mais c'est la guerre ! Le mieux pour cet enfant, c'est de le garder avec nous discrètement et de l'adopter après les hostilités si on ne retrouve pas ses parents.

Giaco prit place à la table de la salle à manger et regarda tout le monde avec une mine de comploteur.

— Voici la triste histoire de Marcelin, celle que je vous propose et que nous servirons à tous ceux qui nous poseront des questions.

Georgio haussa le ton, car il n'entendait pas que l'on porte un préjudice à son nouveau petit-fils.

— Qui nous posera des questions ? Après la guerre, nous serons libres, il me semble.

— Oui, père, nous serons libres, mais les jaloux et les malfaisants n'auront pas disparu. Je poursuis mon histoire.

— D'accord.

— Ses parents ont déboulé à motocyclette sur une route de France pour fuir l'ennemi au moment de la débâcle. Comme des centaines d'autres pauvres gens, ils se sont fait tirer dessus par les Stuka de la Luftwaffe. Le petit n'a pas été touché et a été retrouvé au milieu du carnage. Une vingtaine de couples ont été retrouvés criblés de balles sur la route. Parmi ce chaos, comment savoir qui est le père et qui est la mère de cet enfant ? Personne n'a été capable de le dire. Anne-Marie, qui s'enfuyait en voiture vers le sud avec May, est passée après l'attaque des Stuka, elle a recueilli, soigné et nourri ce petit, sans connaître son identité. Voici ce qu'il faudra dire invariablement, si on nous pose des questions sur Marcelin.

L'assemblée était manifestement convaincue par le scénario imaginé par Giaco. Cette histoire était vraisemblable et éloignait Marcelin de la rafle du Vel d'Hiv et de l'hypothèse qu'il pût être juif. Giovanna sourit et se leva.

— C'est lui, il est réveillé, une seconde je vais voir.

Giaco ne fit aucun commentaire, mais sourit en direction de sa femme ; à l'évidence Marcelin faisait maintenant partie de la famille.

Georgio essuyait consciencieusement une salissure qui tachait son veston. Sans lever les yeux, il dit malicieusement.

— L'autre grand-père, Emmanuel, vous lui en avez parlé ?

Comment auraient-ils pu l'avertir ? Ils n'avaient pas posé le pied dans la ville depuis plus de deux heures !

Le grand-père leur sourit. Il avait lui-même téléphoné au père d'Anne-Marie pour lui annoncer l'arrivée des enfants, mais n'en avait pas dit plus. Heureux de revoir son gendre, Emmanuel s'empressait d'arriver.

— Le voilà !

On sonnait à la porte et Giaco se précipita pour accueillir son beau-père.

— Mon Dieu, comme tu as changé ! Tu as une mine superbe, à n'en pas douter tu es complètement guéri.

Giovanna entrait dans le salon, chargée du nouveau locataire, branché sur un biberon de lait. Emmanuel, rigolard, caressa le menton du bébé.

— Tu arrondis tes fins de mois en exerçant le métier de nourrice à domicile ?

— Une seconde, Emmanuel, je vais t'expliquer.

Chapitre 34 – *Le pâtissier bavarois*

Otto regardait défiler le paysage campagnard à travers la vitre du train. Ce voyage l'amenait en Bavière et il était seul, car il avait pensé plus prudent de se déplacer sans Sergueï qui était russe encore pour quelques semaines, n'ayant pas reçu ses faux papiers d'identité. Sergueï ne pourrait jamais passer les multiples contrôles sans qu'il soit repéré. Il murmura avec un sourire satisfait :

— On va établir rapidement une identité allemande à ce coquin de Poméranie !

Il était parti le matin de la gare de l'Est, vêtu d'un costume clair à la mode et coiffé d'un chapeau de feutre brun, cet habit soigné faisant de lui un homme respectable. Si ces messieurs lui posaient des questions pour connaître le but de son déplacement, la réponse serait prête : il voyageait pour le compte de son employeur. Une valise de cuir beige attestait d'ailleurs de sa fonction… il était voyageur de commerce et vendait à travers toute l'Europe des articles de pluie.

L'objectif réel de cet élégant passager était tout autre ; Otto voulait se faire honorablement connaître à Berchtesgaden, la ville de sa destination, car il souhaitait se faire embaucher dans la plus célèbre pâtisserie de cette cité bavaroise.

Tout ce long voyage pour un emploi somme toute banal qu'il eût pu occuper à Paris ou à Munich ! Pourquoi tous ces kilomètres et pourquoi vouloir travailler dans cette pâtisserie ? La réponse était simple et elle se déclinait en deux volets.

Le premier de ces volets, c'était que la maison fort réputée à laquelle il prétendait prêter son concours confectionnait un gâteau dont le Führer était très friand… le Rehrücken.

Otto en connaissait la recette par cœur, il l'avait répétée inlassablement avec Soukoff pendant des semaines. Toutes les nuits, le sous-sol de la boulangerie de Bruxelles se transformait en pâtisserie bavaroise où les deux compères élaboraient avec passion ce monument gastronomique allemand.

Le deuxième volet, c'était que cette pâtisserie traditionnelle était le fournisseur officiel de la Teehaus, la maison de thé que fréquentait Hitler trois fois par semaine à la belle saison.

Otto et Serguëi avaient un plan simple et complètement fou : ils allaient empoisonner Hitler. Depuis des mois, ils affinaient leur stratégie avec une idée simple : toutes les dictatures ont un point faible, une faille souvent dérisoire qu'il suffit de connaître pour faire chuter tout l'édifice. Cette faille, les deux amis prétendaient l'avoir découverte ; le chancelier était gourmand et cette gourmandise se portait sur une pâtisserie bavaroise qu'il dégustait avec ses proches, à la maison de thé établie à dix minutes de marche de la maison qu'il fréquentait l'été, le Berghoff.

C'était Serguëi qui lui avait livré ce secret ; il tenait lui-même l'information d'une prostituée juive qui avait été un temps plongeuse à la cuisine du Berghoff. Un peu ivre, elle lui avait déclaré un soir, avec un regard de haine :

— Comme Achille et son tendon, ce fumier d'Hitler a sa faiblesse… il est gourmand de ce putain de gâteau et fait des scènes d'hystérie s'il n'est pas à sa convenance !

Intéressé par cette histoire, Serguëi avait fait parler la fille en alimentant le discours par des chopes de bière. Se sentant considérée, la drôlesse était devenue intarissable.

— Trois fois par semaine à la belle saison, le Führer aime se promener dans la nature autour de sa résidence d'été, près de Berchtesgaden. L'homme ne sort jamais seul. Pour sa sécurité et pour la conversation, il est accompagné de proches et d'une garde de proximité composée de six hommes en armes.

Le Russe, étonné par cette histoire, lui avait demandé :

— Je n'aurais jamais pensé que ce type puisse faire de la marche à pied !

— De la marche à pied, il ne faudrait pas non plus exagérer ! Son parcours, à quelques mètres près, est toujours le même ; il marche pendant une demi-heure de sa résidence à la maison de thé, où tout le monde s'assoit dans une salle qui leur est réservée. Les gardes sécurisent l'entrée de l'établissement et ces clients particuliers commandent un thé vert très chaud et une pâtisserie. Ce gâteau, c'est toujours le même, le Rehrücken, une préparation compliquée que peu de professionnels peuvent prétendre proposer à la carte. Jour après jour et à chacune de ses dégustations, Hitler fait un commentaire et donne une note. On pourrait penser que parmi la dizaine de personnes qui escortent le monarque, certaines sont attirées par une autre spécialité… mieux vaut ne pas y penser. Pour faire partie des courtisans et monter dans l'échelle de considération du dictateur, on se doit d'aimer ce lourd représentant du patrimoine bavarois et en faire chaque jour l'éloge.

/

Le candidat pâtissier avait écrit au patron une lettre de motivation où il lui précisait ses connaissances et son goût pour les spécialités de la région. La guerre avait envoyé au front toutes les compétences et, trop heureux de rencontrer un vrai professionnel, Helmut lui avait fixé un rendez-vous dans sa boutique.

Aujourd'hui, Otto poussait la porte de la pâtisserie ; la maison lui semblait bien fréquentée. Des messieurs portaient la tenue traditionnelle avec le pantalon de cuir, le chapeau orné d'une plume et les grosses bretelles. Il s'avança vers la caisse afin de demander à celle qu'il jugea être la patronne un entretien avec le responsable de l'établissement.

La patronne, c'était donc cette grosse personne aux cheveux blonds organisés en deux tresses descendant le long d'un cou adipeux ; elle ne semblait pas particulièrement avenante.

— Monsieur Helmut Schrantz, s'il vous plaît, j'ai rendez-vous.

— En effet, ouvrez cette porte, il travaille au laboratoire en vous attendant. Je vous fais remarquer que vous avez cinq minutes de retard ! Dans cette maison, sachez-le, nous aimons l'exactitude.

— J'aime aussi être à l'heure, mais aujourd'hui, je ne connaissais pas la ville et vous comprendrez que je me sois égaré.

Derrière la porte, l'ambiance était tout autre. Le pâtissier, emmailloté dans un costume de travail compliqué, transpirait comme un malheureux en pétrissant la pâte.

Otto proposa de donner à son futur patron un aperçu de son savoir-faire et, pour ce faire, il réclama à Helmut les ingrédients du fameux Rehrücken. L'autre ouvrit ses yeux comme des billes et croisa les bras. Ce petit monsieur avait donc la prétention de lui en remontrer sur sa compétence ? La composition et le montage de ce gâteau, c'était la stricte propriété de sa boutique, on allait voir !

Une heure plus tard, Otto, souriant, enfournait son travail, s'essuyait les mains sur son tablier et se retournait vers le patron de l'officine.

— Attendez, on ne peut pas encore juger, il faut qu'il soit cuit et puis ce n'est pas moi qui vous l'apprendrai, il est bien meilleur le lendemain. C'est un gâteau qui demande à rassir.

— Dites-moi, Otto, c'est indiscutable, vous connaissez parfaitement votre métier. Pouvez-vous me dire pourquoi vous voulez l'exercer ici, chez moi ?

Il avait prévu la réponse à fournir à une question qui lui semblait inévitable.

— Monsieur, j'aime le ski et le fait de travailler et de vivre dans une région qui me plaît est très important à mes yeux.

— Nous allons attendre la sortie du four de votre Rehrücken et nous verrons si je vous prends à l'essai pendant trois mois.

Otto sortit précautionneusement de sa valise plusieurs fausses références qui avaient été fabriquées par le BK 14 et se fit exigeant concernant son salaire. Le patron, jugeant qu'il avait devant lui un vrai professionnel, répondit aux exigences d'Otto et l'affaire fut conclue.

Le pâtissier proposa de loger son futur employé dans une chambre proche de la boutique et demanda à une serveuse de lui montrer l'endroit.

— Vous verrez, Otto, ce n'est pas un palace, mais c'est proche de la boutique, vous me direz ce que vous en pensez. Attention, mademoiselle va vous montrer les lieux, mais elle ne fait pas partie du contrat !

Trois mois avaient passé, comme fondait la neige de printemps sur les pentes caillouteuses, cette neige lourde et mouillée se métamorphosant en petits torrents glacés que l'on imaginait pressés de rejoindre la mer. À la boutique, Otto et son patron s'entendaient à merveille. Nous étions au mois d'avril 1943 et il se disait dans la ville que le chancelier allait bientôt occuper son chalet du Berghoff.

Les travaux commandés par Hitler l'année précédente étaient pharaoniques : des souterrains pour échapper à un bombardement, une grande terrasse pour contempler le paysage alpin, des chambres d'amis et un renforcement du bunker sous la maison. Les entreprises travaillaient nuit et jour, car tout devrait être en fonction à l'arrivée du maître. Un regard noir, un geste d'insatisfaction de l'ombrageux client et l'on pouvait se retrouver en camp de travail pour plusieurs mois.

En ville, à la pâtisserie, on brassait la pâte de bon cœur, et on sifflait et on chantait des airs bavarois comme dans un conte d'Andersen. Otto, grâce à son courage et à son inaltérable bonne humeur, avait conquis la confiance du patron et de sa plantureuse compagne. La clientèle des gourmands défilait journellement dans la boutique et la caisse, « couvée » par la volumineuse poitrine de la propriétaire, se remplissait de billets qu'elle s'attachait savamment à ranger trois fois par jour.

Un soir, alors qu'il était affairé sur une « forêt noire », Otto releva la tête et s'adressa à Helmut avec un large sourire.

— La boutique tourne bien, mais je me demande si nous ne pourrions pas encore l'améliorer. Je suis convaincu que nous perdons des clients, car nous n'avons pas de service de livraison et ceci est un handicap pour ceux qui sont un peu éloignés où maintenant trop âgés pour se servir en boutique.

Le pâtissier extrayait avec peine une fournée de brioches dorées qui parfumaient le laboratoire d'une exquise promesse. Il acquiesça aux propos d'Otto en hochant du bonnet, mais lui fit remarquer qu'il livrait lui-même avec son side-car le pain et les gâteaux destinés au Berghoff, et ceci tous les jours.

— Pour la résidence du chancelier, d'accord, mais j'ai peur qu'avec l'augmentation importante de notre clientèle nous ne puissions plus suffisamment produire à la boutique. Surtout si l'un ou l'autre d'entre nous perdait du temps à traîner sur les routes.

— Tu as raison, j'avais même envisagé de demander au Führer qu'il me fournisse un soldat pour assurer sa livraison.

— Que t'a-t-il répondu ?

Helmut haussa les épaules.

— Envisagé, je t'ai dit, tu penses bien que je n'ai pas osé ! On ne parle pas au chancelier aussi facilement. D'ailleurs, comment trouver actuellement un chauffeur ? Tous les hommes sont mobilisés pour la guerre.

— Non, Helmut, tu ne peux pas dire ça, tous les hommes ne sont pas au front, moi en particulier je suis trop âgé pour combattre et pourtant je peux encore travailler. Si ta femme et toi adhérez à cette idée de livraisons, je pourrais peut-être vous aider, car j'ai un ami dont je réponds qui aimerait lui aussi travailler ici, c'est un Allemand de Poméranie. Le seul défaut que je lui connaisse, c'est un dur accent qui sent très fort la proximité de la Russie.

Otto se laissa à nouveau absorber par son ouvrage en sifflotant un air à la mode.

Plus tard, il fit part à son patron de son intention de prendre la semaine de vacances qui lui était due avant que ne débute la pleine saison.

— Otto, pourras-tu profiter de ce retour chez toi pour demander à l'ami dont tu m'as parlé s'il serait disposé à travailler ici et à assurer les livraisons ?

— C'est d'accord, Helmut, je vais lui proposer. Si le projet l'intéresse, je lui demanderai de te téléphoner.

/

Ce matin-là, le nouveau maître pâtissier de Berchtesgaden, impeccablement sanglé dans son costume clair, contemplait son image dans la glace impeccable de la salle d'attente. Il était satisfait de sa personne, bien qu'il ait pris deux kilos en quelques mois. Il se dit en souriant : « Finalement, je m'inquiétais de ce poids, mais ça me va plutôt bien. Attention, Otto, il ne faudrait pas que ça continue ».

Deux soldats s'approchèrent de lui avec l'intention de contrôler ses papiers. Il les fixa avec un sourire ironique et leur demanda s'ils connaissaient la ville. Les autres firent un signe de dénégation et il sortit de sa poche une brochure publicitaire de la pâtisserie.

— Vous connaissez ce gâteau ?

Nouvelle dénégation des deux benêts.

— Je vous conseille d'apprendre rapidement à le connaître. Ce gâteau, c'est celui du Führer, et le pâtissier qui le confectionne, c'est moi. Autre chose ?

Les deux gardes tournèrent les talons et arpentèrent à nouveau le béton, ils se disaient qu'ils venaient probablement d'échapper à de sévères ennuis.

Sur le quai, le train venait de s'immobiliser, Otto se retourna vers les deux cerbères avant de gagner son compartiment… il eut droit à un salut militaire auquel il répondit le bras levé.

— Heil Hitler !

Les bras des deux crétins s'exécutèrent avec un synchronisme parfait.

Otto s'assit le regard dans la vague, il était seul. À haute voix, il déclara :

— Qu'ils sont cons, mais putain qu'ils sont cons !

Déjà, les roues du convoi gémissaient en franchissant les aiguillages, puis ce fut cette campagne magnifique bordée par des pentes à pic dont le sommet était coiffé d'un petit chapeau de neige. Otto dormait.

Il ouvrit les yeux un quart d'heure plus tard et ses traits se durcirent à l'évocation de ce qu'était devenu son pays.

Il se disait dans les milieux les moins embrigadés que les hôpitaux psychiatriques de Berlin étaient le lieu de bien sinistres pratiques. Les malades au long cours, les incurables considérés comme des improductifs ne servant pas la nation étaient l'objet de curieuses expérimentations qui les menaient à la mort.

Dans d'autres établissements, ces pauvres diables avaient été déplacés et leurs parents avaient été avertis par lettre de leur décès. L'administration informait simplement la famille qu'elle pourrait sur rendez-vous récupérer les cendres des malheureux !

Tant de morts touchant les plus faibles, tant de morts en un temps si court, plus personne n'avait de doutes… ils avaient tous été exécutés.

Comment sa fille, qu'il croyait pourtant hostile à ce régime, hostile à cette belle maison propre qu'était devenue l'Allemagne – une demeure où l'on cachait dans la cave les cadavres décharnés de la liberté –, comment cette fille pouvait-elle poursuivre son projet d'entrer dans les Jeunesses hitlériennes ? Il avait honte et considérait l'éducation d'Olga comme un échec. Si elle adhérait en plus au parti national-socialiste, Otto aurait alors touché l'ignominie la plus humiliante que pouvait supporter un père.

— Billets, s'il vous plaît !

Il tendit son titre de transport et ne jeta pas le moindre regard aux deux inspecteurs qui suivaient le contrôleur du train. Il sortit sa carte d'identité et leur tendit sans qu'ils le demandent, en continuant à lire son journal.

Il changea deux fois de train pour enfin, le lendemain matin, poser le pied sur le quai de la gare de Bruxelles.

Pendant le voyage, il avait adouci son comportement avec les contrôleurs ; non pas qu'il craigne quoi que ce soit de ces gens, car il était Allemand, blond et portait une belle mise, mais on sentait une certaine curiosité pour ne pas dire de la méfiance à l'encontre de ce compatriote qui se rendait à l'ouest. Otto comprit que s'il daignait être plus modeste avec les hommes à képi, tout irait beaucoup plus vite et avec une économie de paroles.

Chapitre 35 – *Complot en sous-sol*

Il avait rendez-vous la nuit suivante dans le sous-sol de la « Boulangerie du centre » avec Serguéï et Soukoff.

Les faux papiers du Russe avaient été établis par l'organisation depuis quelques jours : Serguéï conservait le même nom, mais n'était pas né en Russie. Selon les nouveaux documents, il aurait vu le jour en Poméranie allemande, dans la ville de Schwerin. Ainsi son accent russe était maintenant plausible, puisqu'il était ressortissant allemand frontalier de la Russie.

— Salut Soukoff, salut Serguéï, votre chatte sentinelle fait-elle grève ? Je ne l'ai ni vue ni entendue.

— Elle ne fait pas grève, mon ami, elle materne. La coquine ne m'en a pas parlé et ne m'a demandé aucune permission, mais il est certain que cette collaboratrice pourtant zélée de l'établissement a confié sa vertu à un matou de passage et que ce voyou l'a engrossée.

Otto éclata de rire.

— C'est souvent le triste destin de la gent féminine ! Alors, Serguéï, ça te fait quoi d'être allemand ?

— Ne m'en parle pas, j'en ai honte.

— Allemand ou Russe, Hitler ou Staline, nous savons tous qu'il n'y a pas grande différence !

— C'est certain, mais parlons plutôt de notre affaire.

Otto raconta son installation à la pâtisserie de Berchtesgaden et le plaisir particulier qu'il éprouvait maintenant à confectionner des gâteaux.

— Tu as peut-être trouvé ta vocation !

— Certainement, mon gars, et je peux te dire qu'après la guerre…

Il expliqua qu'il entretenait les meilleurs rapports avec Helmut, son patron, et celui-ci serait prêt à engager pour la saison un livreur connaissant le métier qui pourrait aussi l'aider à faire le pain. Sergueï réfléchit un instant avant de donner sa réponse et, après avoir tapoté sa casquette pour en dégager la farine, il regarda Otto avec un large sourire.

— C'est parfait, mon gars, la pâtisserie n'est pas vraiment mon fort, mais je pourrais toujours faire des baguettes de pain. Soukoff m'a passé ses secrets de fabrication et si j'ai de bonnes farines, je pourrai satisfaire le patron et la clientèle.

Ni les uns ni les autres n'avaient intérêt à traîner à Bruxelles, ils étaient peut-être répertoriés comme appartenant à cette fameuse organisation d'espionnage démasquée par la station d'écoute du Reich.

Depuis six mois, le BK14 n'émettait plus et ses agents avaient déserté les boutiques d'articles de pluie.

L'idée de se refaire une virginité à quelques kilomètres du Berghoff leur semblait originale ; là-bas, ils seraient tranquilles et pourraient se consacrer à leurs talents de pâtissier. Pendant le restant de la nuit, ils fumèrent des cigarettes, burent quelques bières et discutèrent de leur affaire.

Otto leur fit seulement constater qu'il restait à se procurer le poison.

Le poison, ce n'était plus un problème. Soukoff souleva une planche du parquet et montra à Otto une minuscule fiole au liquide incolore qui semblait à première vue bien inoffensive.

— Le voilà, il m'a été livré il y a trois jours par l'organisation. Terrible, m'ont-ils dit ! Dix gouttes diluées dans la pâte, aucune odeur, pas de goût particulier et la mort en un quart d'heure.

Otto s'empara du flacon et dégrafa son pantalon.

— Merci, je le planque dans mon slip, il me procurera de la considération dans le regard des femmes !

/

Deux jours plus tard, Sergueï et Otto prenaient le train pour Berchtesgaden… pour qui les avait connus, les deux voyageurs de ce matin étaient méconnaissables. Une riche moustache poivre et sel et des habits traditionnels de notables bavarois ; les deux compères le savaient, ils ne passeraient pas inaperçus. D'ailleurs, ils parlaient fort et riaient de plaisanteries douteuses, et les contrôles successifs les abordèrent toujours avec bonhomie, sans s'imaginer une seconde que dans le short en cuir se logeait peut-être le sort de l'Europe.

Chapitre 36 – *Günther*

À leur arrivée dans la petite ville des Alpes bavaroises, ils ne se rendirent pas immédiatement à la pâtisserie, mais rejoignirent le logement en limite de ville qu'avait retenu Otto sans s'en ouvrir à son patron.

Dans ce deux-pièces aux allures modestes, les deux compères changèrent de vêtements en toute hâte. Otto, seul et l'air sérieux, se rendit alors à la pâtisserie.

— Salut, Helmut, tu n'es pas trop fatigué ? As-tu bien supporté mon absence ?

— Je suis content, mon pâtissier préféré est de retour, moi je suis comblé et les clients vont être contents !

— J'ai parlé de ce que nous avions dit au sujet du poste de livreur de pain à mon ami, il m'a dit qu'il était fortement intéressé, mais l'homme est actuellement engagé et ne sera pas libre avant deux mois. Je lui téléphonerai ce soir ta décision.

Helmut considéra cette attente de deux mois providentielle et se dit en lui-même qu'il commencerait la saison comme tous les ans, avec son side-car, et qu'il aviserait.

Pendant quinze jours, Sergueï ne sortit pas de l'appartement. Patiemment, il remplit les pages d'un cahier où il nota tous les détails de sa future situation de livreur. En particulier, il se fit décrire par Otto la petite route qui menait à la maison de thé, le moment où elle était très fréquentée et surtout les heures où les SS y effectuaient des contrôles routiers.

Bien souvent, c'était Otto en personne qui enfourchait lui-même la moto de bon matin pour livrer le pain, les viennoiseries et le fameux gâteau réclamé par le chancelier.

Les deux terroristes purent ainsi établir un plan précis de leur future intervention.

La livraison, ce serait un mardi, car le lendemain, le célèbre client était invariablement présent à la boutique. Le Rehrücken empoisonné serait celui qui serait livré ce fameux mardi et consommé le mercredi, car tout le monde savait à Berchtesgaden que cette friandise était à l'apogée de son goût lorsqu'elle était rassie d'au moins vingt-quatre heures. Tout était prêt, il ne restait plus qu'à choisir la semaine.

Le mois suivant – c'était un mardi –, Otto faisait pétarader le side-car sur la petite route escarpée conduisant à la maison de thé. Il stoppa sa machine derrière l'établissement et sonna à la porte de l'arrière-salle. Ce matin, il portait six baguettes de pain, vingt-quatre croissants au beurre et le fameux gâteau. Il déposa le tout sur la vaste table de marbre et fit signer par le chef de rang son bordereau, comme à son habitude. Avant de sortir, il lança à l'homme une requête qui ne souffrait aucune contestation.

— Le Rehrücken, au frais à la cave pendant vingt-quatre heures ! Il a été confectionné ce matin et sera parfait demain.

Déjà, la moto suivie par un petit panache de fumée bleue grimpait le raidillon qui menait à la route du retour.

Comme chaque jour à la pâtisserie, Otto remplit sa tâche avec application et prépara les articles que les clients attendaient de son savoir. Le soir, il quitta sans précipitation son patron et regagna l'appartement qu'il avait loué. Après avoir salué son ami, il se jeta sur la valise en haut de l'armoire et la remplit fébrilement.

— C'est livré, on dégage !

Deux billets Berchtesgaden-Zürich en poche, ils se dirigèrent alors paisiblement vers la gare. Sur le quai, Otto reconnut les deux gardes qui l'avaient apostrophé à l'aller. Il sourit à Sergueï et lui dit :

— Tu vas voir que ces cons, finalement, peuvent servir à quelque chose !

Il se dirigea vers les deux hommes, les mit au garde-à-vous avec un martial Heil Hitler et leur demanda du feu.

Sa cigarette allumée, il n'en tira pas plus de trois bouffées avant que le train ne présente son museau rouge au bout du quai.

— Montons dans la voiture, on sera mieux assis que sur ce banc. Tu veux une cigarette ?

Les deux Bavarois en short de cuir à bretelle et chapeau de feutre bavardèrent cinq minutes assez bruyamment en allemand, puis le train s'ébranla lentement et se lança à l'assaut des Alpes en direction de la Suisse.

— Nous avons toute la nuit pour voyager sans être recherchés, car je n'embauche chez Helmut que le matin vers six heures. Lorsqu'il constatera ma disparition, je compte une heure supplémentaire avant qu'il se pose des questions sur ma présence ou mon absence en ville. Il ne connaît pas le logement que tu as occupé pendant ton séjour et s'il se rend à la chambre qu'il me fournissait près de la pâtisserie, il n'y trouvera rien, car je l'ai vidée de tous les objets m'appartenant.

Il expliqua enfin à Sergueï qu'il avait raconté à son patron une fumeuse histoire sentimentale avec une femme du pays, pour brouiller les pistes. Manifestement, c'est là que chercherait d'abord la police.

Les deux changements de train dans la nuit se déroulèrent sans difficultés et, malgré le vieil adage disant de l'habit qu'il ne fait pas le moine, ils constatèrent qu'il y contribuait fortement… les deux Bavarois ne furent contrôlés que lors de leur arrivée sur le territoire helvétique.

/

Le lendemain matin, Hitler et Himmler discutaient politique dans le bureau du chancelier. Les deux hommes étaient de fort méchante humeur. En Tunisie, Von Amin, le successeur de Rommel, venait de capituler et 250 000 soldats de l'Axe avaient été faits prisonnier.

Pour se calmer, Hitler se mit à faire les cent pas dans la pièce, les mains croisées dans le dos, puis s'immobilisa devant la vaste baie et regarda la vallée. Ce matin, il pleuvait abondamment et de violents éclairs zébraient le ciel.

— On va déjeuner ici, la vue est plus dégagée et nous serons plus tranquilles pour travailler.

— D'accord, mon Führer, je vais demander qu'on nous monte deux repas. Le temps est épouvantable, espérons que l'après-midi sera plus calme.

Après le déjeuner, les deux hommes se retirèrent vingt minutes pour une courte sieste avant de reprendre leurs discussions stratégiques. Hitler empoigna le téléphone et demanda que sa garde personnelle se tienne prête à quinze heures pour une sortie à pied vers la maison de thé.

— Vous nous accompagnerez, Himmler, il y aura aussi Eva et deux de ses amies, vous n'êtes pas contre ma compagnie et celle de ces jolies femmes ?

— Non, mon Führer, vous le savez bien, j'en suis au contraire très flatté.

Vers quinze heures, six gardes en armes se présentèrent à la porte du bureau. Hitler était toujours de mauvaise humeur. On pouvait se demander si les déconvenues militaires de son armée en Afrique ne passaient pas au second plan après cet orage qui le contrariait. Il fit néanmoins savoir aux trois amies de se tenir prêtes.

Eva entra la première. Elle était vêtue d'une tenue sport du meilleur goût et son amant se décrispa en l'apercevant. Les personnes présentes purent alors mesurer l'influence de la Braun sur le dictateur. Elle s'assit cavalièrement sur le bureau où travaillait le maître et lui déclara :

— Nous prendrons volontiers une collation à la maison de thé, mon ami, mais nous souhaitons nous y rendre en voiture. Avez-vous vu le temps dehors et vous souviendrez-vous un jour de ma peur irrépressible de l'orage ?

La jupe de tweed ouverte sur le côté laissait deviner le début de sa cuisse. Ignorant Himmler, il posa la main sur la jambe de sa maîtresse.

— Nous irons demain si le temps le permet, j'adore cette promenade à pied. Je…

Il n'eut pas le temps de terminer sa phrase : un éclair aveuglant emplit la pièce, suivi d'un assourdissant coup de tonnerre.

Dans le parc et sous leurs yeux, un grand conifère gisait ouvert en deux par la foudre. Hitler, mi-souriant et mi-sérieux, eut alors cette phrase.

— Il faudra que j'apprenne très vite à ces orages terroristes qu'il peut être très imprudent de provoquer le Führer.

Eva Braun sortit de la pièce après un salut affectueux et retrouva ses deux amies dans un autre salon. On les entendit rire. Manifestement, elles étaient rassurées, car cette collation sous la pluie aurait assurément ruiné leur coiffure.

/

La nuit suivante, le jeune Günther se tortillait sur son lit à la recherche d'un sommeil impossible. Il était employé pour sa première saison à la maison de thé comme serveur et donnait toute satisfaction aux sœurs Herpoels qui tenaient l'établissement depuis dix ans, armées de leur sourire commercial et d'une main de fer.

Plus qu'une insomnie, ce qui tenaillait Günther, c'était une faim terrible qu'il ne pouvait satisfaire qu'en mangeant sans arrêt tout ce qui lui tombait sous la main. Il en avait parlé à l'autre garçon de l'établissement, qui était de dix ans plus âgé que lui.

— Tu as le ver solitaire, petit, tu verras un jour tu le sortiras tout d'un coup dans les w.-c., la bestiole mesure quelquefois plus d'un mètre de long. C'est le ténia, fais-moi confiance, tu n'as qu'à attendre qu'il veuille bien se montrer.

Günther se leva en silence dans la nuit et, guidé par la lumière de la lune, se dirigea vers le réfrigérateur. Après avoir ouvert la lame de son couteau de poche, il préleva soigneusement une belle part du Rehrücken, puis referma le réfrigérateur. En regagnant son lit, il s'entendit murmurer :

— C'est autant que tu n'auras pas, mon vieux salaud !

Le festin fut consommé en deux minutes, il se coucha satisfait, mais très vite le garçon se sentit mal.

/

Le lendemain matin, Rosa, une des deux tenancières, frappa à la porte de Günther qui ne répondit pas.

— Vas-tu te lever, paresseux ? Ce n'est tout de même pas moi qui vais faire ton ouvrage ! Maudit fainéant, attends que je te fasse quitter ce lit que tu aimes trop à mon goût.

Elle ouvrit la porte et découvrit le garçon allongé sur son lit, la bouche et les yeux grands ouverts. Elle sortit en courant chercher de l'aide.

— Venez vite, vous autres, Günther est malade.

Sa sœur s'approcha du lit et dit, dans un rictus dégoûté :

— Rosa, voyons, réfléchis. Ton Günther n'est pas malade, il est mort. Il m'avait dit souffrir du ventre ces derniers temps, ce sera une appendicite que le docteur n'a pas su voir.

— C'est égal, il était bien jeune, ce garçon, pour mourir.

— Comme tu peux être sotte, ma pauvre Rosa ! Tout le monde est trop jeune pour entrer dans le plumier.

Comme tous les jours, on mit à la poubelle les pâtisseries

invendues et on attendit la livraison du pâtissier.

Une heure après l'heure convenue, ce fut Helmut qui stoppa le side-car devant le salon de thé. Il était rouge de colère.

— Ce maudit Otto a dû se faire enlever par une garce… il a disparu et j'ai dû faire moi-même cette nuit le Rehrücken pour notre bien aimé Führer. Ne lui dites surtout pas qu'il est frais, vous savez qu'il l'aime rassis !

Günther n'avait pas de famille et ses employeuses, pour limiter une publicité détestable, assumèrent le coût de ses obsèques qui eurent lieu dans le petit cimetière de Berchtesgaden. Face aux Alpes dont les couleurs changeaient selon les saisons, Günther pouvait dormir en paix. Ici, il ne s'ennuierait jamais.

Chapitre 37 – *La « Chapelle-Nice »,
le sauvetage*

Dans le Vieux-Nice, les habitants ressentaient moins les souffrances de la guerre que dans le reste de la France. Beaucoup cultivaient un petit carré de terre sur les hauteurs et on parvenait ainsi tant bien que mal à calmer les caprices de son estomac.

Pourtant le climat avait bien changé, depuis le débarquement des troupes alliées en Afrique du Nord. Les Allemands avaient décidé d'occuper l'ensemble de la France, y compris le Midi autrefois préservé… il n'y avait donc plus de zone libre.

L'armée italienne, alliée du IIIe Reich, était chargée de l'occupation de la région frontalière avec son pays et les relations de la population avec cette armée étaient bien meilleures que celles qui régnaient dans le nord avec la sinistre Gestapo. Comment eût-il pu en être autrement ? Ici, tout le monde parlait le Nissart, une sorte de patois proche de l'italien.

/

Giaco était hospitalisé depuis une semaine pour une pleurésie, mais à la maison on était rassuré, car après deux ponctions il allait mieux et que le demi-litre de liquide séreux cultivé en laboratoire n'avait pas permis de rapporter de bacilles tuberculeux.

Georgio et Giovanna prenaient insensiblement de l'âge et menaient une retraite paisible, rue Sainte-Réparate. Cette sérénité, ils la devaient à Tonio, l'ancien gérant de leurs fermes, qui en avait racheté deux et s'occupait avec compétence et fermeté du patrimoine restant. Le patriarche éprouvait pour son gestionnaire une véritable affection, un peu comme s'il était son fils. À ce propos, les vieux de Tende souriaient et hochaient du menton lorsqu'ils étaient entre eux, comme si l'on savait ; mais on se taisait.

Dans le parc, protégé de la curiosité de la ville par la façade de l'hôtel particulier, ce n'étaient que cris d'enfants, rires et chamailleries, May était inépuisable et Marcelin, qui commençait à marcher, brûlait d'impatience à l'idée de pouvoir la suivre et de participer à ses jeux.

Anne-Marie aurait souhaité avoir un autre enfant, mais en vain. Elle se demandait sans en faire état si l'inflammation des testicules dont avait souffert son mari pendant son hospitalisation au sanatorium ne serait pas cause de stérilité. Jamais ils n'en parlaient, mais en aparté elle se disait : « Que pourrions-nous faire de plus et ne sommes-nous pas heureux ainsi ? »

N'ayant pas de réponse à cette question mille fois ressassée, elle se replongeait dans sa lecture ou s'efforçait de penser à autre chose.

/

Un matin, la sonnette du porche les fit tous sursauter. Le facteur leur apportait courrier et journaux, et une lettre qui était destinée à Anne-Marie. Giovanna déposa le paquet sur la table de la salle à manger et tendit la missive à sa belle-fille ; celle-ci déchira l'enveloppe et déclara :

— C'est Marie-France, mon amie de La Chapelle-en-Vercors.

Elle termina de changer la couche de Marcelin, puis se plongea dans le courrier qu'elle lut avec gravité.

Marie-France lui apportait de bien mauvaises nouvelles.

Le village était cerné par la milice allemande, constituée d'anciens « droit commun » au service de la Gestapo. Ces voyous affamaient la population et tiraient à la mitraillette sur les murs des maisons pour terroriser les gens. La jeune postière, d'un naturel plutôt calme, paraissait affolée au milieu de ce chaos.

— Tous ceux qui le peuvent encore s'enfuient avec leur maigre bagage et la peur au ventre. Ces monstres ont déjà bombardé et détruit un quart du village… ils vont tous nous tuer !

Anne-Marie posa la lettre sur un guéridon et s'affaissa dans un fauteuil. Comment faire pour les sauver, comment les sortir de cette souricière ?

Elle entra dans le bureau de Georgio qui commentait avec sa femme les nouvelles du jour. Elle pleurait devant son impuissance et sa belle-mère, comprenant la gravité de la situation, la prit dans ses bras pour lui demander des explications et la consoler.

Anne-Marie relut alors la lettre à haute voix et Georgio se leva avec vigueur, sans l'aide de sa canne.

— On ne peut pas les laisser dans ce piège sans intervenir, il faut que nous arrivions à les faire sortir du village et à faire venir ici ceux que nous pourrons accueillir.

— Mais comment faire, ils sont très nombreux !

— Je ne pense pas que nous puissions accueillir tout un village, mais ce n'est pas une raison pour ne rien faire ! Nous avons la chance d'habiter une grande maison qui peut temporairement héberger quelques-uns de ces pauvres gens, nous pourrions les nourrir grâce au jardin d'Alberto et à la viande des fermes.

La jeune femme fit de la main un signe de dénégation.

— Nous nous sommes installés chez vous depuis le début de la guerre, je ne vais pas en plus vous imposer cette nouvelle contrainte. Si je continue à vouloir sauver toute la France, c'est vous qui allez bientôt coucher sous les ponts !

— Anne-Marie, je vais te dire deux choses, la première c'est que chez moi comme tu le dis si bien, c'est aussi chez toi. La deuxième c'est que nous pouvons recevoir à Nice deux familles et, en plus, la maison de Tende que tu connais est pratiquement vide et elle peut en accueillir autant. Je te laisse le soin d'écrire à ton amie et de lui proposer mon offre. Je te le répète, pour que tu t'en souviennes bien… quatre familles peuvent descendre à Nice, qu'ils se dépêchent, je les attends !

— Vous êtes tous les deux extraordinaires, vraiment je vous aime et je vous admire.

Elle embrassa ses beaux-parents et s'assit au bureau pour commencer la rédaction de sa lettre. Elle était troublée, car elle ne s'attendait pas à un tel élan de solidarité de la part de personnes de cet âge. Elle se releva d'un bond pour les embrasser à nouveau.

/

Au village de La Chapelle-en-Vercors, la population vivait calfeutrée dans les maisons où la nourriture était maigre. Sortir acheter son pain devait se faire le soir, quand la visibilité était moindre et l'efficacité de la milice plus aléatoire. La nuit, malgré le zèle de ces bandits, les maquisards se faufilaient de maison en maison en transportant de l'alimentation. Ils se réunissaient aussi dans les caves, dont beaucoup communiquaient entre elles.

On organisait la lutte contre l'occupant, mais tous le sentaient bien, ils n'étaient pas de force.

/

Ce matin-là, Marie-France lisait la lettre d'Anne-Marie que les Allemands n'avaient heureusement pas interceptée. Son amie l'implorait de quitter ce qui allait devenir une souricière mortelle et lui proposait une solution de repli en la mettant au courant de la proposition de ses beaux-parents.

Je t'en conjure, quitte cet endroit avec les enfants pendant qu'il en est encore temps, dans quelques jours ou dans quelques semaines peut-être, ce ne sera plus possible.

Dans sa maison aux volets clos, la postière de La Chapelle-en-

Vercors réfléchissait. Elle-même avait quatre enfants, deux à elle et deux autres récupérés au sanatorium. Les trois autres familles dont elle était amie étaient à la tête de six petits.

Si elle ne bougeait pas de sa maison, elle participerait un jour ou l'autre au grand massacre. Le bourg avait déjà subi à titre d'avertissement un premier bombardement et cette action n'avait pas calmé la folie meurtrière des SS. Ils considéraient La Chapelle comme un nid de terroristes et ils n'avaient pas tort. Du plus jeune au plus vieux, tous les haïssaient !

Dans la nuit, Paul se glissa comme une ombre dans les ruelles du village et entra chez lui par la porte de la cave, après s'être assuré que la maison n'était pas occupée par les Allemands.

Vers trois heures du matin, ils étaient au complet. Les quatre hommes cachés dans la souillarde, dont l'accès fut caché par le déplacement d'un coffre, échafaudèrent leur plan pour exfiltrer les enfants. Les parents les récupéreraient la nuit dans une clairière et tout ce petit monde rejoindrait les voitures prêtes pour le départ vers le sud.

Il n'était pas question que les femmes fassent le trajet seules et conduisent de nuit sans pouvoir s'occuper des petits. Les hommes les accompagneraient jusqu'à Nice puis regagneraient quelques jours plus tard le Vercors et leur unité de maquis.

Pour cette manœuvre de repli, on utiliserait la route Napoléon, dont le parcours était plus accidenté, mais qui avait l'avantage d'être presque totalement contrôlée par le maquis.

Marie-France adressa à son amie un mot énigmatique que la future hôtesse comprendrait… si la lettre lui parvenait.

A-M

Merci 12 juin 1944 Merci

M-F

Dans la nuit du 11 juin, on sortit les enfants endormis des lits et des berceaux et on les rassembla dans les abris de fortune où se cachait la résistance. On s'assura ensuite de l'embarquement de la nourriture, des couvertures et du lait dans les quatre voitures et, après un court repos, la petite colonne se dirigea vers la nationale 85 en empruntant des voies tortueuses et étroites pour éviter les mauvaises rencontres.

Dans les voitures, les pères écarquillaient les yeux pour déchiffrer la route plongée dans le brouillard. On avançait sans repos, car on le savait, plus on s'approcherait des Alpes maritimes et moins le risque serait grand.

Le jour était maintenant bien installé et le brouillard avait cédé la place à la pluie. C'était un crachin chaud et tenace qui s'infiltrait partout, on remonta les glaces des voitures. Les Lyonnais étaient fatigués par cette nuit sans sommeil et avaient bien du mal à se croire en approche de la mer.

À Grasse, pourtant, ils se pensèrent sauvés. La route se tortillait sur les flancs de collines pelées, mais on ne craignait plus les Allemands et la pluie perdait du terrain.

Tout à coup, au détour d'un virage en descente, elle apparut comme un immense tapis bleu ignorant la guerre et ses atrocités… la Méditerranée, accompagnée d'un soleil clair et insouciant. Les fuyards enfin détendus pouvaient esquisser le sourire des vainqueurs.

Paul menait le cortège au volant de sa grosse Peugeot 402. Derrière, les enfants dormaient. Il entra dans Nice et, selon les indications d'Anne-Marie, se dirigea vers le port. Il stationna sur le bord d'un trottoir et demanda à un passant porteur d'une canne à pêche où se trouvait la rue Sainte-Réparate.

— C'est bien simple, vous allez tourner là-bas, à main gauche, et puis vous prendrez la deuxième à gauche jusqu'au fond et sur la place de la cathédrale, prenez la petite rue à droite. Vous parlez avec un drôle d'accent pointu, vous ne seriez pas Lyonnais ?

Il répondit avec un sourire et salua le quidam. Un quart d'heure plus tard, la file des réfugiés stationnait à la queue leu leu. Un peu inquiet, Paul sonna au porche de la maison Leonardi.

Ce fut Anne-Marie qui ouvrit l'imposte du porche, un peu impressionnée par le nombre. Elle les accueillit et put enfin exprimer sa joie.

— Georgio, Giovanna, les voilà ! On se faisait du souci pour vous, car l'ennemi sait qu'il a perdu la guerre et il a peur. Comme tous les gens qui ont peur, ils sont plus dangereux encore.

Elle fit entrer les villageois dans le grand salon et leur présenta ses beaux-parents, Georgio tout d'abord, qui avec cette aventure avait rajeuni de quinze ans. Comme un chef d'armée, il expliqua aux nouveaux venus la répartition de la petite communauté.

— Si j'ai bien compté, nous aurons à héberger huit adultes et dix enfants. Dans cette maison, nous pouvons loger deux familles et leurs enfants et à Tende, dans une autre résidence, nous pourrons accueillir les deux autres familles. Tende, comme vous le verrez, est un village très vivant situé dans la montagne à quatre-vingts kilomètres d'ici.

Marie-France, avec le sourire, lui coupa la parole.

— Nous sommes huit adultes seulement pour quelques jours, bientôt nos hommes regagneront le maquis et chez vous ne resteront que les femmes et les enfants.

— Très bien. Vous savez, je vous envie de résister… si je n'étais pas si vieux !

— Peut-être êtes-vous vieux, comme vous l'affirmez, mais si tous les vieux faisaient part de la même générosité vis-à-vis de la résistance, croyez-moi tout irait beaucoup plus vite.

Le reste de la journée fut employé à organiser le séjour et à se reposer. Dans la soirée, Paul demanda à Georgio combien allait coûter leur séjour, la réponse se résuma en un énorme éclat de rire.

— C'est la guerre ! Il n'y a pas de prix de pension. Vous pensez bien que je n'allais pas laisser tous ces enfants prisonniers des griffes des Allemands. J'ai la possibilité d'assumer ce geste, nous dirons que ce sera ma contribution à l'effort de guerre, modeste contribution, car j'aurais aimé pouvoir faire plus !

Paul rassura ses hôtes en expliquant que beaucoup de ses amis avaient gagné la montagne et avaient mis leur famille en sécurité.

Georgio reprit ses explications.

— Pour ceux qui vont habiter Tende, sachez que je vous rendrai visite deux fois par semaine afin de m'assurer que tout va bien.

Après une nuit passée sur des couchages de fortune, les villageois un peu hébétés par tous ces changements s'installèrent dans les voitures et on se dirigea vers Tende.

Le patriarche était assez fier de montrer sa nouvelle acquisition, une 15 CV Citroën noire comme un corbeau dont les chromes rehaussaient l'élégance. Il précédait les voitures des réfugiés sur la route en lacets qui rappelait aux autres la trop célèbre nationale 85.

Anne-Marie accompagnait son beau-père. Elle voulut profiter de ce moment d'intimité avec Georgio pour lui renouveler son admiration.

— Je ne connais pas grand monde capable d'un tel geste de générosité et je voudrais vous dire maladroitement ma fierté d'être votre belle-fille.

— Anne-Marie, dois-je considérer cela comme une déclaration d'amour ?

— Absolument, mon cher beau-père, une déclaration d'amour filial. Lorsque j'ai raconté à mon mari toute cette histoire, il en avait les larmes aux yeux ! À propos, vous ai-je dit qu'il sort de la clinique à la fin de la semaine prochaine ?

— Comment l'as-tu trouvé ?

— Il va très bien et commence à se morfondre dans sa chambre d'hôpital ! Le médecin lui a fait part de travaux très récents concernant un médicament qui paraîtrait très efficace contre la tuberculose, je ne me souviens plus trop du nom, je crois que c'est la Streptomycine.

— Méfie-toi des fausses bonnes nouvelles !

— Non, ce n'est pas une rumeur, car les travaux sur cette molécule sont très avancés et d'après le médecin, si Giaco fait une nouvelle rechute, il lui proposera ce traitement.

— Pour le moment, il va bien et sort bientôt de la clinique. Le temps passe vite avec toi, nous arrivons.

À peine garé sur la place, au-dessous de la maison Leonardi, Georgio eut la surprise de voir apparaître Jacques Simonot, qui l'aborda avec une humilité qui l'étonna.

— Je tiens à vous présenter mes excuses, Monsieur Leonardi, oui je l'avoue, je me suis trompé à votre sujet. Pardonnez-moi pour tout ce que j'ai pu faire et penser de vous.

Georgio était interloqué, il fixa son interlocuteur avec un air bête et soudain crut comprendre. Jacques, qui était homosexuel, avait eu une longue liaison avec son fils Ettore et une altercation en voiture entre les deux hommes avait entraîné le terrible accident dans lequel son fils était décédé.

— Tu penses encore à cette histoire qui nous a fait tant souffrir ? Rassure-toi, je n'ai jamais imaginé que tu en sois responsable, tu le sais bien, Ettore était très perturbé !

— Non, Monsieur Leonardi, je ne voulais pas parler de ce terrible épisode. Vous savez comme tout le village que j'exerce des responsabilités au parti communiste français et je devrais à ce titre ne pas porter une grande considération à l'homme de droite que vous êtes… et que vous avez toujours été.

— Oui, tu as raison, je ne changerai pas. Je suis et serai toujours de droite.

— Mes supérieurs m'ont ouvert les yeux sur votre personnalité et m'ont fait part de votre acte généreux. Accueillir chez vous des militants de la résistance tous inscrits au parti parce qu'ils sont assaillis par les miliciens et la Waffen-SS. Chapeau bas !

— Garde ton chapeau, mon garçon, il peut te servir et il n'est pas encore l'heure de le manger ! En attendant la fin de la guerre, une partie de ces personnes va habiter chez moi à Nice et l'autre moitié à Tende, dans la maison que tu connais. Je te les présente.

Les nouveaux arrivants et Simonot firent connaissance et on apprit à cette occasion que Jacques se cachait à Tende depuis le démantèlement par les Allemands de l'organisation d'espionnage BK 14.

— Tu me ferais plaisir en les aidant à s'installer au village. Financièrement, ils n'ont rien, pas d'argent et aucun bien. Sur ce plan c'est moi qui assumerai tout !

Les deux résistants ainsi que les femmes s'approchèrent pour saluer Jacques, on se donna du « camarade » et ils remercièrent à l'avance Simonot pour l'aide qu'il apporterait à leur famille.

Chapitre 38 – *L'exfiltration*

À la fin du mois de juin 1944, les deux adversaires étaient inquiets, mais la peur la plus forte avait changé de camp... Chez les Allemands, on ne parlait plus de victoire, on voulait fuir et sauver sa peau !

Des colonnes de camions et de blindés à croix gammée se rassemblaient et tout le monde était aux aguets, car on craignait des attaques de résistants. Les ordres étaient clairs, rejoindre au plus vite le nord-ouest de la France, là-haut on se rassemblerait et on attaquerait les troupes du débarquement américain.

Chez les résistants, cinq années de guerre et d'atrocités avaient révulsé les hommes. Leur colère animale était indicible, ils voulaient combattre et tant pis s'ils jouaient leur vie dans ce dernier acte de la terrible arène de la guerre.

Ils obéissaient aux messages de Londres qui leur donnaient jour après jour une ligne à suivre. Il fallait ralentir l'ennemi et l'affaiblir au maximum avant que n'ait lieu la bataille finale. Dans cet ultime combat, pas de quartier et pas de prisonniers, ce ne serait que sang et liberté !

/

Et puis ce fut un matin une lettre d'apparence banale. Le vieux facteur à moustache la tendit à Giovanna en lui souhaitant une bonne journée derrière son mégot éteint.

— C'est une lettre qui vous vient d'Allemagne, de nos jours, je peux vous le dire, elles sont rares !

Elle monta le courrier à Anne-Marie, qu'elle entendait chanter dans la chambre des enfants. Dans l'escalier, elle aussi avait été étonnée, mais n'avait rien dit, la lettre avait été postée de Munich…

— Anne-Marie, une lettre pour toi, elle n'est pas de Giaco, elle vient d'Allemagne.

La jeune femme pensa tout d'abord à Sophie. Au verso, pas de nom d'expéditeur. Elle ouvrit l'enveloppe, le contenu était en allemand, elle le lut à haute voix.

Ma chère A-M

Mon père est en France, il essayera de te contacter, merci de le recevoir.

Je ne peux t'en dire plus et tu te doutes de la raison.

Pardon d'avoir pris la liberté de t'écrire, car cela te vaudra certainement la visite des carabiniers italiens.

Amitiés de Munich.

Olga

Elle manipula le papier dans tous les sens et, en comparant l'écriture avec celle de l'enveloppe, elle se rendit compte qu'elles étaient différentes.

— Elle a été lue par les services de renseignement allemands. Olga savait qu'ils fouilleraient son courrier, c'est pour cela qu'elle a écrit si peu de choses.

Le père de la jeune Allemande, elle ne l'avait jamais vu et ne le connaissait pas. Elle savait qu'il accompagnait toujours sa fille à Paris, mais cet homme n'avait pas dîné chez elle à Neuilly et Olga ne le lui avait pas présenté.

La jeune fille lui avait d'ailleurs fait comprendre le caractère renfermé de ce père dont elle ne connaissait elle-même pas grand-chose. Ce qui ne souffrait aucune incertitude, c'était sa profession : il était représentant international en vêtements de pluie. Cet Otto Hünenberg passait donc de train en train et de pays en pays pour satisfaire un travail qui l'occupait beaucoup.

Le surlendemain, il était quinze heures quand on sonna à la porte. Au travers du petit volet ouvrant dans le bois du porche, Giovanna vit deux hommes à la mise soignée et coiffés de chapeaux sombres ; elle ne connaissait ni l'un ni l'autre.

— Bonjour, Madame, je souhaiterais m'entretenir avec madame Anne-Marie Rossi-Leonardi, pouvez-vous, je vous prie, annoncer monsieur Otto Hünenberg.

L'homme semblait étranger, peut-être bien autrichien ou allemand, mais il s'exprimait dans un français impeccable.

— Je vais la chercher, Messieurs, si vous voulez bien vous donner la peine d'entrer.

En ouvrant le porche, Giovanna souriait en pensant que le visiteur l'avait manifestement confondue avec la soubrette. Elle fit entrer les deux hommes et téléphona à sa belle-fille.

— C'est pour vous, Madame. Monsieur Otto Hünenberg souhaiterait te parler, ma chérie.

Otto comprit alors sa méprise.

— Pardon, Madame, j'ai cru…

— Oui, j'ai vu, mais ce n'est pas très grave et c'est même très amusant. Une seconde, elle descend.

Quelques instants plus tard, ils étaient tous assis dans les fauteuils du salon et Otto leur expliquait la raison de sa visite. Serguéï et lui avaient quitté Bruxelles précipitamment, car ils étaient recherchés par la Gestapo pour « intelligence avec l'ennemi ».

— Vous comprendrez qu'il m'est encore difficile de vous raconter nos agissements, sachez seulement que s'ils nous découvrent, nous sommes bons pour le peloton d'exécution après avoir été torturés afin que nous livrions nos contacts. Après la guerre, je serai plus bavard et je vous expliquerai.

Les deux hommes n'avaient pas l'intention de se cacher et

d'attendre la fin du conflit. Ils souhaitaient, disaient-ils, joindre la résistance et ajouter leurs compétences au processus de reconquête démocratique de l'Europe.

— On ne le sait guère en France, mais les Allemands, dont je suis, souffrent aussi de cette terrible dictature et, j'en suis sûr, ils en souffriront bien longtemps après la fin des hostilités.

Il expliqua qu'ils étaient provisoirement logés à Nice à la « Pension russe » dont son compagnon avait été le gardien de nuit avant la guerre. Si Olga les avait dirigés vers Anne-Marie, c'est qu'elle jugeait la jeune femme capable de les aider pour leur faire rencontrer les combattants de l'ombre. La jeune femme fut dans un premier temps étonnée de cette initiative.

— Messieurs, je suis désolée, mais je ne vois pas comment vous aider dans la situation qui est la vôtre. Olga s'est beaucoup avancée, car je n'ai aucune accointance avec la résistance et puis, pour être plus claire, je ne sais pas qui vous êtes. Avez-vous remarqué combien il fait beau aujourd'hui, dans notre belle région ? Je vous propose de venir vous asseoir et de prendre un verre au jardin.

Lorsqu'elle eut installé tout le monde dans les fauteuils d'osier, elle s'éclipsa et frappa à la porte de Paul. Il reprenait des forces en somnolant sur le lit. Il comptait, avec ses hommes, regagner dans la nuit les montagnes du Vercors. Elle s'excusa de l'importuner, mais ce qu'elle avait à lui dire ne pouvait pas attendre.

En recoupant des faits, elle s'était à peu près convaincue que l'homme du jardin était bien le père d'Olga, mais elle devait en être certaine et puis, même si c'était lui, elle ne savait rien sur cet homme. Paul jeta un regard furtif sur le jardin au travers du rideau.

— Je descends, Anne-Marie, soyez-en sûre, je vais assez vite me faire une idée de la partition que jouent ces deux personnages.

Après avoir quitté son locataire, la jeune femme descendit et reprit tranquillement son siège au milieu de ses hôtes.

Otto était maintenant en confiance, trop peut-être ! Les deux petits verres de Cognac aidant, il racontait avec force détails son extraordinaire histoire. Il se disait appartenir au BK 14 démantelé par les services secrets allemands et que ceux-ci appelaient l'Orchestre rouge. Il était évidemment recherché pour intelligence avec l'ennemi, mais aussi peut-être pour la dernière tentative d'assassinat du Führer. Il expliqua son plan d'empoisonnement du chancelier et sa mise en œuvre le matin de sa fuite avec son complice Sergueï.

— Je ne sais pas ce qui s'est passé à Berchtesgaden, mais ce dont je suis certain c'est que nous avons échoué. Si le Guépard était occis, l'Allemagne ne le crierait pas sur les toits, mais je le saurais par les anciens agents de mon organisation !

Discrètement, Paul avait ouvert la fenêtre et écoutait les discussions du jardin. Il était étonné que l'homme se livre en public à un tel bavardage. Ayant constaté que Giovanna se rendait à la cuisine, il descendit au rez-de-chaussée où il croisa la maîtresse de maison. Il lui demanda la permission d'utiliser le téléphone et appela Georgio à Tende.

— Bonjour, Monsieur Leonardi, c'est Paul, je vous téléphone de chez vous. Pourrais-je m'entretenir quelques instants avec Jacques Simonot, que vous nous avez présenté à notre arrivée ? Je sais qu'il était membre de l'organisation d'espionnage BK 14.

— Le BK 14, je n'en ai jamais entendu parler, la seule compagnie musicale que je connaisse, c'est celle du kiosque à Nice.

— Allô, Monsieur Leonardi, vous m'entendez ? Il ne s'agit pas de musique, je vous parle de Jacques Simonot qui habite Tende.

— Votre Jacques, je ne sais pas s'il sera chez lui à cette heure. Attendez, voilà la cuisinière, elle rentre de faire des courses. Emilia, tu n'aurais pas vu monsieur Jacques, tu sais celui qu'on appelle le « Parisien » !

— Si fait, Monsieur, je suis sûre de l'avoir croisé sur la place, il

- 283 -

entrait avec un autre au café des Merveilles.

— Paul, si ça ne répond pas chez lui, appelez au café, voici le numéro, le 42. Insistez, ils font tellement de bruit dans ce bistrot qu'ils ne répondent jamais aux premières sonneries.

C'est en effet au café établi sur la place que Paul put s'entretenir avec Jacques. Il lui parla de l'énigmatique et volubile personnage qui se disait ancien agent du BK 14 et qui affirmait même être l'auteur d'un attentat manqué contre Hitler.

— Demandez à ce qu'il vous montre ses papiers. Si c'est bien celui auquel je pense, son nom est Otto Hünenberg. Il est grand, chevelure grisonnante claire et surtout il est toujours accompagné d'un Russe qui parle allemand avec un fort accent de Poméranie.

— La description correspond bien, mais je vais vérifier leurs papiers.

— Si les cartes d'identité confirment que c'est bien eux, il faut que vous les embarquiez avec vous et que vous les cachiez, ces hommes sont des nôtres et ils sont en grand danger de mort !

De retour dans le jardin, Paul son arme au côté, se dirigea directement vers Otto et lui demanda sans aucun préalable.

— Vos papiers, s'il vous plaît.

L'autre répondit favorablement à cette requête et sortit son portefeuille en souriant.

Il s'agissait bien d'Otto Hünenberg et de Sergeï, la description de Jacques collait parfaitement. Paul frappa affectueusement l'épaule des deux hommes et leur dit :

— Ce soir dix heures, dans la rue devant la maison, tenez-vous prêts avec vos bagages. On part.

/

La remontée vers le nord-est ne posa aucun problème particulier. La vieille Peugeot dut cependant déployer des efforts considérables pour hisser tout ce beau monde à leur repaire montagnard, mais, probablement consciente de ses responsabilités, l'ancêtre tint bon.

Paul avait jugé prudent d'éviter Grenoble et c'est par de minuscules routes défoncées que toute la troupe regagna le Vercors.

Depuis une demi-heure, les voitures avaient quitté le goudron et roulaient sur un chemin herbeux bordé d'une épaisse forêt de pins ; on aurait pu s'imaginer à l'origine du monde.

Sans crier gare, Paul obliqua à droite et emprunta un chemin invisible que seul un initié aurait pu prétendre repérer. Les autos avançaient au pas en se faufilant entre des ronciers menaçants que l'on entendait griffer les carrosseries. Soudain, ils furent bloqués. Trois hommes armés de mitraillettes et protégés par des troncs d'arbre apparurent dans la lumière des phares… ils les visaient.

Paul coupa le moteur et sortit de la voiture. Il sourit aux guetteurs et, sans un mot, enfila une cigarette dans le canon de chaque fusil.

— Pas de problèmes, les gars ?

— Si, beaucoup plus de soucis que tu peux imaginer. Depuis ton départ, les SS font régner la terreur au village, ils mitraillent, incendient et fusillent au hasard. On ne peut pas les laisser continuer, il faut faire quelque chose.

— Tu peux être certain qu'ils ne seront pas longtemps les maîtres des lieux, on va très vite réagir et faire payer ces salauds.

Les occupants des voitures sortirent les sacs des coffres et tout le monde poursuivit sa route à pied dans la nuit. Très vite, Paul, qui menait la troupe, écarta des fourrés touffus et les autres l'imitèrent. Sans trop savoir où ils mettaient les pieds, Otto et Serguéï descendirent alors les marches d'une galerie souterraine plongée dans l'obscurité jusqu'à une sorte de cave où ils jetèrent leurs bagages sur le sol… ils étaient arrivés.

Autour d'une table bancale à la propreté douteuse, on se partagea quelques rondelles de saucisson et le mari de la postière s'adressa aux nouvelles recrues.

— Les amis, votre arrivée dans notre groupe est providentielle, car nous avons besoin de gens qui parlent allemand et qui connaissent certains cryptages utilisés par les opérateurs radio du IIIe Reich.

Otto était un peu fatigué par le voyage et se tenait la tête des deux mains.

— Pour l'allemand, je n'ai pas de difficultés, car je suis allemand né à Munich, pourtant comme vous le constatez, je suis de votre côté. Je rêve du jour prochain où mon cher pays retrouvera son honneur et sa dignité, ce jour-là je me vois bien défiler avec le sourire devant ces monstres pendus à une potence ! Et pourtant ne vous trompez pas, je suis allemand et j'aime mon pays.

Il raconta à ses nouveaux compagnons son expérience d'agent du BK 14 longtemps pratiqué en binôme avec Sergueï. À cette occasion, il prit grand soin de mettre en valeur son ami, dont le rôle dans l'organisation consistait à traduire les documents allemands en russe et à les transmettre.

— Les services de contre-espionnage du Reich ont intercepté un des messages de notre organisation, dont le codage était imparfait. Je trouve ça bien dommage, car nous avions à notre actif de nombreux succès comme la transmission aux Soviétiques d'éléments stratégiques majeurs. Maintenant, nous sommes brûlés.

— Vous avez certainement été trahis.

— Trahis, je ne crois pas. C'est à partir de cette époque que les Allemands ont été plus attentifs et plus performants. Ils ont employé de nombreux personnels qui ont fouillé inlassablement les ondes. Cette obstination a été payante et leur a permis de savoir que le général soviétique Berzine était informé du projet d'invasion de la Russie par l'armée allemande.

— La fameuse opération Barbarossa ?

— Oui, c'est cela même, l'opération Barberousse. Si notre réseau a été démantelé, c'est sûrement aussi parce que les boches, sûrs d'eux-mêmes derrière leurs systèmes d'écoute sophistiqués, se sont fait taper sur les doigts par leur hiérarchie.

— Comment peux-tu le savoir ?

— Tu as raison, nous n'en savons rien, nous avons fait cette hypothèse, mais nous avons peut-être été trahis par un des nôtres. Heureusement pour nous, Serguei et moi avons été prévenus très rapidement du risque qui planait sur nos têtes et nous nous sommes enfuis sans demander notre reste.

— Oui, les gars si j'ai bien compris, vous n'aviez pas intérêt à traîner longtemps dans le coin !

— De train en autocar et puis après de longues marches forcées dans la campagne, nous sommes petit à petit descendus vers le sud et en nous fondant du mieux que nous avons pu dans la population. Enfin, nous sommes arrivés à Nice.

— Mais, si les Leonardi ne vous avaient pas ouvert leur porte ?

— Si les Leonardi nous avaient jetés, et sans votre intervention, nous nous serions réfugiés dans les montagnes à la frontière avec l'Italie, mais cela n'aurait pas été facile.

— Deux Allemands isolés se cachant dans les bois ! Vous risquiez un coup de fusil tous les jours.

Paul écarquilla les yeux et scruta le chemin plongé dans le noir ; rassuré, il rajouta un peu machinalement :

— Vous nous avez dit que pour vous cacher, vous faisiez les pâtissiers à dix kilomètres du Berghoff, la résidence d'été du Führer ! Vous êtes complètement fous !

— Exactement, à Berchtesgaden, tout près du Guépard, grand amateur de pâtisserie. Trop près de lui pour être soupçonnés d'être des espions et suffisamment proches pour réaliser notre plan. Vous qui m'écoutez et me prenez pour un dingue, peut-être auriez-vous eu une autre idée ?

— Une autre idée, non je ne crois pas, mais rien qu'à y penser, on en a la chair de poule !

— Rassurez-vous, nous aussi on avait peur.

Ils racontèrent à nouveau le montage qu'ils avaient imaginé pour empoisonner Hitler et leur fuite immédiate après avoir livré le gâteau à la maison de thé.

Les visages étaient tendus et admiratifs, car les hommes des bois auraient certainement aimé faire partie de l'aventure. Tard dans la nuit, il fallut se résoudre à se coucher. La considération portée par les hommes de la résistance à Otto et Serguei était montée ce soir de dix points... les deux hommes faisaient maintenant partie du groupe.

Chapitre 39 – *Sergueï, le stratège*

Tout en haut du plateau et loin des routes, les résistants avaient dégagé une longue friche bien plate permettant l'atterrissage de petits avions et des parachutages nocturnes. Parfaitement surveillée, la zone était balisée par des barils de pétrole que l'on enflammait au dernier moment.

Londres avait prévenu : « Le pigeon pondra au petit matin. Le pigeon pondra au petit matin. Le pigeon pondra au petit matin ». C'était clair, le lendemain à 03 heures GMT aurait lieu un largage de matériels de radio et d'une dizaine de caisses d'armes et de munitions. Il était donc nécessaire d'organiser sérieusement l'opération.

Paul souffla la lampe. Malgré les grognements, il fallait maintenant gagner les couchettes.

— Reposons-nous quelques heures, demain il faudra être frais, nous aurons du boulot.

Longtemps après s'être allongé, il se tournait et se retournait dans son sac de couchage sans trouver le sommeil. Se sentant incapable de maîtriser son énervement, il se leva et sortit griller une Gauloise sur le chemin. Il ressentit alors un sentiment bizarre, où se mêlaient inquiétude et incrédulité, puis très vite, ce furent des bruits de pas assourdis par la mousse du sous-bois.

Il éteignit sa cigarette et se cacha derrière un buisson.

À cinquante mètres à peine, une colonne allemande avançait en silence, irréelle et blafarde comme s'il se fut agi d'un numéro d'automates. Ils marchaient tout près, sur la petite route empruntée par la Peugeot dont ils avaient eu soin d'effacer les traces, mais ne connaissaient pas le chemin secret qui donnait accès à leur repaire.

Il se tassa sur le sol et sourit, car il adorait jouer au chat et à la souris… ce soir dans le bois, le chat c'était lui !

À distance, il suivit les soldats pour les compter et tenter de connaître leurs intentions. La troupe était constituée de dix hommes de troupe menés par deux sous-officiers SS. Les militaires, sourds et aveugles, empruntèrent la sente conduisant à La Chapelle-en-Vercors, mais curieusement n'entrèrent pas dans le village. Ils en firent le tour et Paul entendit les deux hommes de tête parler de façon animée en montrant de la main les maisons et les fermes.

Il enrageait de ne pas avoir Otto à ses côtés.

Le lendemain, Paul raconta aux autres sa découverte nocturne. Sergueï et Otto l'écoutèrent et firent la grimace.

— C'est pas bon du tout pour nous ! Ces salauds sont des méthodiques et, s'ils inspectent scrupuleusement les maisons du village, c'est qu'ils les répertorient avant de les détruire.

— Détruire tout le village ?

Otto se cachait le visage avec les mains, on sentait qu'il souffrait en anticipant une situation lui paraissant inévitable. Il acquiesça en hochant du chef.

— Oui, les amis, tout bombarder et tout brûler, c'est leur habituelle et délicate technique pour faire régner la terreur à défaut de se faire aimer.

— On ne pourra pas rester planqués dans les bois, à observer et ne rien faire ! Moi, j'en crèverai de honte.

— Pour limiter la casse, je ne vois qu'une solution, prévenons les villageois, qu'ils se réfugient au plus tôt dans les bois… rester chez eux me paraîtrait mortel.

Tout le monde se rangea à cette triste hypothèse et on organisa petit à petit la migration des femmes, des enfants et des vieillards plus haut sur le plateau. Ils s'abritèrent dans des refuges abandonnés, des bergeries, des repaires de contrebandiers et des cabanes de forestiers. Les animaux eux-mêmes ne regagnaient pas, le soir venu, leurs étables habituelles, mais s'enfonçaient mystérieusement dans la profondeur des forêts.

Malheureusement, tout le monde dans le village ne fut pas convaincu et, malgré des heures de palabres et de négociations orageuses, une quantité non négligeable d'habitants refusa ce qu'ils appelaient une reddition sans combattre.

— On va les faire fuir. Nous aussi on sait tirer au fusil, ils ne nous auront pas vivants.

Deux semaines furent nécessaires à Paul et à ses hommes pour aider à l'exfiltration des habitants. Chaque soir, on se réunissait pour faire le point dans l'ancienne carrière d'extraction de kaolin oubliée au fond des bois. C'était un endroit sûr dont la double sortie permettait de s'échapper en cas d'attaque imprévue.

Si par malheur elle était un jour investie par les Allemands, aucun de ces salauds n'en sortirait vivant, car la galerie était minée.

Après trois parachutages successifs, ils avaient reçu de Londres des armes en suffisance et du matériel moderne d'écoute permettant à Otto d'espionner les Allemands.

Ainsi équipés, ils se sentaient plus forts ; toutes ces grenades, ces mines et ces mitraillettes les mettaient en capacité de harceler l'ennemi. D'ailleurs, dans la caverne les esprits s'échauffaient et Paul, malgré son calme, avait le plus grand mal à apaiser la colère de ses compagnons.

— On ne va pas attendre dans notre trou la fin de la guerre en les regardant passer, j'aurais trop honte ! Il faut qu'on leur rentre dedans. Ils remontent vers le nord par petites colonnes et ont la trouille au cul. Il faut que nous leur montrions qu'ils n'ont pas tort d'avoir peur. Montons un plan bien ficelé pour les neutraliser.

Sergueï se leva. Comme à son habitude lorsqu'il avait mijoté un coup, son visage était éclairé d'un imperceptible sourire que seul Otto savait discerner. Le Russe balaya l'assemblée d'un regard circulaire et annonça de sa voix assourdie par l'abus du tabac.

— J'ai pensé à quelque chose.

Les résistants connaissaient mal le personnage et on se méfia. On savait seulement de lui qu'avant la guerre, l'homme écrivait un roman pendant ses heures de garde nocturne à l'hôtel dont il était le gardien.

Dans cette histoire d'exil vers l'ouest, on sentait la douloureuse nostalgie de l'âme slave. Son livre était son premier roman et, comme chez tous les jeunes auteurs, il était autobiographique.

La souffrance de son pays abandonné ponctuait les pages de son manuscrit et, le soir à la bougie, il en faisait lecture à ses compagnons. L'histoire en était triste et l'assistance terminait la soirée l'œil humide… malgré cela, on semblait apprécier et on remerciait le lecteur.

En matière d'écriture, l'homme était certes un débutant et peut-être serait-il un jour un écrivain… cela en faisait-il pour autant un stratège ?

Se souvenant de son intervention, ils se tournèrent vers le Russe, par simple curiosité.

— Tu as pensé à quelque chose, tu as pensé à quoi, Sergueï ?

Le romancier rêvassait et, en entendant son nom, il sembla se réveiller. Imperturbable, il reprit.

— Voilà ce que j'ai imaginé et je peux vous dire que j'y travaille depuis quinze jours. Les amis, je ne vous demande pas d'emblée d'approuver mon plan, faites-moi simplement le plaisir et l'honneur de l'écouter.

Il sortit de son pantalon de velours une feuille de papier froissé et un crayon. Les yeux enfiévrés de passion, il leur montra sa stratégie d'attaque qu'il avait montée contre une colonne ennemie qui se dirigerait vers le nord.

— Tout d'abord, il faudra être certain du passage des Allemands. Ce sera un jour et une heure bien précis et il ne sera pas question de se jeter sur une colonne au hasard. Il sera aussi indispensable de choisir une cible à la hauteur de nos possibilités.

Tout le monde hocha du bonnet, jusqu'ici tout leur semblait clair.

— Deux chars au maximum et cinq à six camions de troupes, pas plus ! L'attaque devra avoir lieu dans une zone de forêt épaisse et cette forêt sera choisie loin d'un village, afin d'éviter les prises d'otages en représailles.

Ici encore, les auditeurs étaient d'accord.

— On préparera la veille des foyers de bûches sèches qui seront allumés seulement deux heures avant l'arrivée des Allemands.

Il racontait son histoire comme s'il lisait des pages de son livre. Captivés, les résistants étaient penchés au-dessus de la vieille table et ne pensaient pas à l'interrompre.

— Nous sommes en été et tout est sec, le feu de forêt va rapidement se développer. Croyez-moi, si ça marche comme je le pense, la visibilité sera très réduite sur la route et c'est derrière ce rideau de fumée que nous créerons la surprise.

Le groupe avait stocké les armes et les munitions parachutées par Londres, il ne combattrait plus dorénavant avec de simples fusils de chasse. Mitraillettes, grenades offensives et petites bombes à enterrer sous le cailloutis de la route constituaient leur arsenal. Ils étaient possesseurs de ce trésor et cela avait changé leur psychologie, ils avaient moins peur !

Serguei poursuivit ses explications.

— Il sera intéressant de bloquer la tête du convoi avec un très gros foyer constitué de souches et de branches d'arbres. Nous serons postés de part et d'autre sur le bord du chemin et notre mission au début sera de tirer sur les pneus des camions pour les crever.

Il continua à égrainer son plan, ce qui montra aux résistants l'ordonnance d'un écheveau bien rangé dans la tête du stratège. Il expliqua qu'on devrait ensuite tenter de détruire les tanks en abattant l'homme de tourelle et en jetant des grenades dégoupillées dans l'habitacle, ce qui serait peut-être le moins facile. Enfin, il insista sur un principe.

— Nous serons cachés et eux seront bien visibles, nous aurons donc l'avantage. Chacun son homme, on tire pour tuer... pas de prisonnier. Contrairement à eux, nous n'avons pas de camp de concentration pour les parquer ! La mission terminée, on dégage avant l'arrivée des renforts. Sauf absolue nécessité, on n'attaque pas ces renforts, on se replie.

Ils se regardaient tous, les yeux grands ouverts. On ne connaissait pas bien Serguei, mais chacun découvrait son sens de l'organisation. Un des résistants, peut-être plus sceptique que les autres, posa une question simple.

— Ta fameuse colonne, comment connaîtras-tu le jour et l'heure de son passage ?

Serguei serra la main de son compagnon pour le remercier de lui avoir posé la seule question qu'il jugeait pertinente.

— Tu as mille fois raison, on ne va pas rester postés pendant des jours pour attendre un objectif qui, lorsqu'il passera devant nos yeux, ne sera peut-être pas à notre portée. C'est la radio qui nous apprendra quand et pour quel objectif nous devrons intervenir.

En attendant ce jour, le travail ne manquait pas aux insurgés. Toutes les nuits on exfiltrait en cachette petits et grands du village et on préparait soigneusement l'assaut. Les bûchers, les postes de guet et les mines enterrées, tout était maintenant en place.

On avait choisi une forêt profonde à trente kilomètres de La Chapelle-en-Vercors, le piège était tendu on n'avait plus qu'à attendre le feu vert du radio.

Les deux postes émetteurs-récepteurs venant de Londres

fonctionnaient nuit et jour et le Munichois en fouillait méticuleusement les ondes, mais n'émettait pas. Il ne manquerait plus qu'ils se fassent repérer !

L'opérateur radio était allemand, ce qui lui facilitait grandement la tâche. Avec son tempérament de chasseur, il parvenait à intercepter certains messages de ses collègues imprudemment émis sans codage.

Chapitre 40 – *L'attaque*

Une semaine plus tard, un matin, Otto sortit en sautillant du petit réduit où il écoutait les Allemands.

— C'est bon, je les ai entendus. En clair, ce sera dans trois jours, une petite colonne à notre taille : cinq camions, deux chars légers et deux side-cars ; ils circuleront sur la route qui nous intéresse !

Ce serait leur première action d'envergure. Ils préparèrent les armes et promirent de se coucher tôt la veille de l'assaut. Tous les hommes devaient être en forme pour le jour J.

Le jour de l'assaut, le groupe se mit en place en silence vers cinq heures du matin, une voiture à chaque poste et chaque véhicule tourné vers la montagne, prêt pour la fuite. Après quinze minutes de feu sur l'ennemi, pas d'acharnement, pas de vengeance… on dégage ! Le jour majeur, celui qui justifierait pour toujours leur engagement serait bientôt au bout de leurs fusils.

Vers huit heures, on entendit les moteurs ronfler péniblement dans la montée et les chenilles des chars racler la pierraille… les visages s'assombrirent et les cœurs se serrèrent.

Assurément, ce jour-là, ils étaient aidés par les dieux. Le vent rabattait les fumées sur le chemin et derrière ce rideau, personne n'aurait pu imaginer que la route était obstruée par des troncs d'arbre en feu.

Dans la voiture de commandement, les deux capitaines SS découvrant l'incendie à la sortie d'un virage manquèrent d'avaler leur cigare.

Rouges de colère, ils firent sursauter le chauffeur en lui criant :

— Scheisse[2] ! Un feu de forêt, essayez donc de forcer le passage, espèce de crétin !

Le museau de la grosse Mercedes se trouva vite immobilisé par les troncs d'arbres et, en moins d'une minute, le cabriolet s'enflamma comme une allumette. C'est alors que des coups de feu claquèrent derrière la fumée et que les camions ridiculisés se retrouvèrent affaissés à plat sur leurs jantes. Les soldats, comprenant la gravité de la situation, apparurent derrière les bâches des camions et furent immédiatement la cible des agresseurs. De partout, en allemand, fusait un seul cri.

— Terroristes, terroristes !

Méthodiquement, les résistants nettoyèrent le terrain et, au bout du temps imparti, le feu cessa. Ceux qui le purent coururent vers les voitures. On avait à déplorer un mort, un gosse de dix-huit ans, et trois blessés qu'on embarqua à la va-vite. Satisfaits du résultat, les résistants firent démarrer les voitures et se dirigèrent vers la montagne.

/

Une heure plus tard, botté et ganté, l'Hauptsturmführer SS Tarminecker appelé en renfort faisait le tour des véhicules calcinés en se tapotant la main de sa badine.

Au bout de cinq bonnes minutes, il frappa la carcasse d'un des side-cars encore fumants et cria.

— Les salauds, ils vont payer. Ils vont nous payer très cher ces crimes. Vérifiez si le français que nos soldats ont abattu a des papiers sur lui et apportez-les-moi.

---

[2] Merde

Chapitre 41 – *Vengeance*

Le treize juillet 1944, Paul et Otto patrouillaient autour du camp. C'était un matin d'été comme les autres, un de ces matins où égoïstement les hommes oublient de remercier le seigneur de la douceur du temps. Le calme de la nature dans ce pays abandonné faisait oublier la guerre et la promesse d'une chaleur étouffante annoncée pour l'après-midi.

À deux lieues, au village, quelques masures bombardées fumaient tristement. L'endroit était triste et vidé aux trois quarts de ses habitants ; le vieux bourg semblait attendre avec résignation une mort qui ne tarderait pas à le frapper.

/

Le quatorze juillet 1944, Paul et Otto se livrèrent à une nouvelle inspection… rien de nouveau. À nouveau rassurés, les deux hommes s'enfoncèrent dans la forêt en devisant sur la situation du jour, entendue à la radio de Londres.

— Ils ont la trouille, mon cher Otto, je pense qu'ils ont mal digéré la destruction de leur colonne, mais aujourd'hui ce qui compte pour eux c'est de sauver leur peau à tout prix.

— Restons prudents, mon camarade, car s'ils ont peur, ils sont encore bien plus dangereux. J'espère que tous nos hommes descendus à Grenoble pour renforcer les réseaux n'auront pas à déplorer trop de casse.

Installés sur la fourche élevée d'un vieux chêne, ils observaient à la lunette la route d'accès à la Chapelle.

— Je suis étonné, voilà deux jours que nous ne voyons plus de miliciens, pourquoi les auraient-ils retirés ?

— Je m'en fous ! Moins je les vois et mieux je me porte. Une seule chose m'intéresse dorénavant, c'est de balancer une bastos dans la gueule d'un de ces fumiers quand j'en vois un.

/

Le vingt-cinq juillet 1944, les deux hommes s'étaient levés de fort bonne heure comme chaque jour depuis le départ de leurs compagnons pour Grenoble et ils se préparaient à descendre à La Chapelle-en-Vercors. Otto avait reçu de nouveaux renseignements. Il raconta à Paul ce qu'il avait pu capter.

— Tu sais qu'ils ont bombardé Vassieux ? Tout est détruit dans cette ville, va savoir combien d'enfants, de femmes et de vieux on va trouver sous les décombres !

Soudain, il retint le bras de son compagnon et lui montra une épaisse colonne de fumée noire.

— Oh putain, tu as vu là-bas derrière le bois, cette fumée !

— Là-bas, c'est la Chapelle. Ils ont mis le feu partout !

En évitant soigneusement de se montrer, ils firent alors le tour du village. Tout était détruit. On entendait, sortant des ruines fumantes, des cris et des pleurs de pauvres hères hurlant face à la mort d'un enfant ou d'un vieux parent. Certains se traînaient comme des bêtes meurtries le long des rues, sans repères et sans réconfort.

Les deux hommes, confinés dans leur colère et se sentant impuissants devant tant de cruauté, avançaient maintenant sans se cacher. Ils arrivèrent sur ce qui avait été la place du village et là, ils furent pétrifiés par l'image surréaliste d'une femme, debout devant la porte de sa maison dont le toit était effondré. La pauvre misérable jouait un morceau d'accordéon d'une gaieté inimaginable dans ce chaos ; elle avait sûrement perdu la raison.

Après une courte pause, elle sembla remercier son instrument puis elle sourit en s'inclinant… elle saluait son public. Elle chanta alors d'une voix douce *Le temps des cerises*, en s'accompagnant à nouveau de son accordéon.

Parfaitement alignés et sortant d'une rue adjacente, six Waffen-SS se présentèrent sur la place.

Un des soldats avait le dos lourdement chargé d'une sorte de pulvérisateur, c'était un fusil lance-flammes. Sans un mot, il fit face à la chanteuse et lui vida son ignoble jet sur la poitrine.

Le chant ne cessa que lorsqu'elle fut transformée en une poupée de carton noirci ; le geste persistait sur le cadavre, mais l'accordéon avait fondu.

À vingt mètres à peine, Otto et Paul sans se concerter s'étaient couchés sur le ventre. Paul fit le geste qui déclencha les tirs. Les mitraillettes crépitèrent et les six SS tombèrent en se tordant de douleur comme des vers de terre au fond d'un seau de pêcheur.

Les deux résistants se remirent debout, comme mus par des ressorts, et quittèrent la place en courant.

On eut alors le temps d'entendre deux claquements secs. Otto, sur la place, parut trébucher et tomba face contre terre.

Paul disparut au coin d'une ruelle où il se cacha. Il jeta un regard alentour et vit le corps de son ami qui sautait au rythme des balles qui crépitaient sur son dos. Des SS arrosaient tout ce qui bougeait en faisant cracher leur mitrailleuse au premier étage d'une maison.

« Les fumiers, je ne peux rien faire pour lui, mon pauvre Otto est mort ! »

Chapitre 42 – *La promenade*

Un matin de printemps, il sortit de chez lui. Le soleil s'infiltrait avec peine entre les murs rapprochés de la vieille ville, pas de vent et un temps particulièrement doux… il aurait tout simplement fallu ne pas aimer la vie pour ne pas décider à partir en promenade. Georgio, ce matin-là, avait décidé de marcher une heure dans la ville, aidé de sa canne.

Avant de refermer le porche, il entendit distinctement Giovanna qui lui dispensait les recommandations d'usage.

— Prends garde ! N'attrape pas froid, as-tu pris ta veste coupe-vent comme je te l'ai rabâché mille fois ?

— Oui, ma chérie ! Dorénavant, je serai un homme parfait, la veste je l'ai sur le dos. À tout à l'heure.

La lourde porte de chêne se referma et la rue Sainte-Réparate, dans la solitude endormie du petit matin, s'offrit à son regard.

— Je prends à droite ou je prends à gauche ?

Depuis plusieurs mois, le vieil homme marchait dans la ville pour le plaisir et sans itinéraire précis ; son but se résumait à ouvrir les yeux et à contempler les personnages de la vie ordinaire… le livreur de journaux bavard et agité de la place de l'église, l'ecclésiastique compassé marchant le museau baissé sur son livre de prières ou le petit « trottin » rejoignant un magasin de colifichets, perché sur ses hauts talons.

Lui qui ne se connaissait pas de propension particulière pour la marche, avait pris goût depuis un mois à la promenade. Il lui suffisait de sortir de chez lui et de marcher dans la ville jusqu'à l'inconnu, là où il ne connaîtrait plus personne. Il lui semblait alors découvrir une petite tranche d'aventure particulièrement adaptée à son âge.

Ce jour-là, Georgio avait beaucoup marché… une heure au moins, peut-être plus, et l'homme se sentait fatigué. Même sa canne, fidèle compagne de ses déplacements, semblait se mettre entre ses jambes comme si elle souhaitait le faire tomber.

Il faut dire que, depuis dix jours, il était tourmenté par des maux de tête qui ne le quittaient pas. Énervé et grognon, il décida de s'asseoir et, ne trouvant pas de banc, il se posa lourdement sur la marche d'entrée d'un immeuble.

— Pardon, Monsieur.

Il leva les yeux sur des jambes, fines et fuselées. C'étaient celles d'une jeune femme qui tentait de s'insinuer entre la porte et la masse conséquente de son anatomie de vieillard. Manifestement, les jambes souhaitaient sortir de la maison.

Georgio s'écarta et se dit qu'il commençait à se faire tard, d'ailleurs le soleil était haut et commençait à lui chauffer le crâne. Prudemment, il se leva et décida de rentrer chez lui. Ce fut alors qu'il tourna son regard à droite et à gauche, et murmura avec un curieux sourire :

— Mais bon Dieu mon vieux copain, mon coquin de Georgio, où es-tu ici ?

À nouveau, il s'assit sur le pas de la porte et prit le temps de regarder autour de lui.

Il se permit alors d'apostropher la jeune femme située au-dessus des jambes entrevues plus tôt. Elle rentrait chez elle, chargée de quelques courses et d'une baguette de pain.

— S'il vous plaît, Mademoiselle, on est où, ici ?

Elle répondit avec un délicieux accent provençal un peu masqué derrière la bouchée de pain volée à la baguette.

— On est à Nice, Monsieur, au quartier Vauban. Mais vous semblez chercher votre chemin, où désirez-vous aller ?

Georgio se retourna. Son regard égaré semblait contempler la fontaine inconnue qui égrainait son maigre filet d'eau sur le trottoir d'en face. Il demeura muet quelques instants avant d'avouer avec une pauvre voix :

— Je ne sais pas, je ne sais plus. Je ne connais plus mon adresse !

Épilogue

Olga, après la guerre, apprit la mort de son père sous les balles des Waffen-SS. Elle ne répondit plus jamais aux lettres d'Anne-Marie, mais cette dernière connut par Soukoff le terrible destin de la jeune femme… cela se passait en 1949 et toute la presse à Munich en avait parlé.

Un matin de printemps, Olga s'était introduite dans l'université des lettres de cette ville et s'était mélangée au flot des étudiants.

Ceux qui s'en souvenaient dirent qu'elle souriait en se penchant au-dessus de la rambarde métallique située au deuxième étage. Cette galerie domine la grande cour de l'université et elle est connue de tous, car c'est de cet endroit que Sophie Scholl avait fait pleuvoir ses tracts antinazis sur les étudiants, en 1943.

Brusquement, Olga se serait jetée dans le vide en hurlant :
— Pardon, Sophie, c'est moi qui t'ai tuée, pardonne-moi !

/

Soukoff s'établit en Allemagne et ouvrit une pâtisserie à Francfort. Sur la devanture laquée de couleur crème, on pouvait lire « Au vrai Rehrücken ». Il reprit à son compte la fameuse recette longtemps perfectionnée avec Otto dans le sous-sol de la « Boulangerie du centre », à Bruxelles.

Le pâtissier épousa en 1948 l'une de ses vendeuses. Greta était une généreuse et courageuse Bavaroise qui lui donna un garçon et une fille.

Plus tard, le mariage de leur fille Angela avec un jeune étudiant pâtissier de l'école « Sucre et sel » permit à la famille de conserver le commerce.

La pâtisserie « Au vrai Rehrücken » était aujourd'hui fermée « pour cause de décès ». Soukoff avait beaucoup fumé, beaucoup trop ! Il était mort d'insuffisance respiratoire.

Deux clients, amateurs du fameux gâteau, rouspétaient devant le rideau tiré. Un troisième larron, se joignant à eux, leur fit le pari que sa fille Angela ouvrirait la boutique le lundi suivant.

— Elle aime les Deutsche Marks !

— Tout le monde aime l'argent, même toi ! Dommage, on ne verra plus le pâtissier traîner sa bouteille d'oxygène jusqu'au kiosque à journaux. Il était sympathique, le vieux !

/

Serguéï revint vivre à Nice où il fut à nouveau engagé par son employeur d'avant-guerre. Ce fut avec délice qu'il retrouva son poste de veilleur de nuit à l'ancienne « Pension russe ». Après la guerre, l'hôtel changea de nom et devint le « Grand Hôtel de Russie ».

Le Russe y poursuivit sa carrière de romancier en écrivant comme à son habitude dans l'ombre protectrice de la nuit.

Après deux romans sans qualités, Serguéï publia un best-seller traitant du parcours d'un émigré russe chauffeur de taxi à Paris.

Son héros construisit grâce à son intelligence une puissante compagnie de voitures de louage et l'homme, à ce moment, fit preuve d'une singularité. Au lieu de remercier la vierge de Kazan de sa belle réussite et d'entasser les billets, il reprit le volant d'une de ses voitures une fois par semaine et sillonna la ville comme le plus ordinaire de ses employés. Un jour, il fit une rencontre…

Les droits d'auteur de ce livre à succès permirent à Serguéï d'acheter le « Grand hôtel de Russie » où il tint à poursuivre son travail de veilleur de nuit. Personne ne comprit qu'il ne s'intéresse pas à des tâches plus nobles que la veille. Il eût pu se consacrer à la gestion de son hôtel et ne pas la confier au comptable, par exemple.

Seul un romancier aurait pu comprendre Sergueï, mais Sergueï était le seul écrivain du « Grand Hôtel de Russie ».

/

May et Marcelin grandirent ensemble, entourés d'une famille aimante, et développèrent une incroyable complicité, comme on peut parfois le constater entre frère et sœur. Entre eux, le lien sembla se renforcer au fil des ans et les deux enfants devinrent inséparables.

/

Anne-Marie dirigea pendant de nombreuses années une galerie d'art, rue de Seine à Paris. Les peintres du début du XXe siècle fournissaient la base de chacune de ses expositions et autres vernissages.

Kandinsky, dont elle était restée très proche, était devenu un habitué de la galerie. Il mourut à la fin de l'année en 1944 et elle poursuivit la promotion de son œuvre. Ce fut bien longtemps après sa mort que le peintre accéda à la notoriété qu'on lui connaît aujourd'hui.

Anne-Marie et Giaco vécurent de nombreuses années dans un appartement situé, lui aussi, rue de Seine, derrière l'Académie française. Ce vaste logis sous le toit d'un immeuble possédait une terrasse proposant une vue plongeante sur le fleuve et le pont des Arts.

Giaco bénéficia du premier traitement antibiotique contre la tuberculose, la streptomycine. Il guérit définitivement de sa maladie, mais le prix à payer fut une surdité partielle qui ne l'empêcha pas de continuer sa carrière d'ingénieur à la SNCF.

/

Augustine et son mari décidèrent tardivement dans leur vie de s'offrir un tour du monde en avion. Le programme consistait essentiellement à manger et à manger beaucoup trop pour leur âge. Leur luxueux avion, un super-constellation argenté et bleu doté de quatre moteurs à hélice, se déplaçait d'aéroport en aéroport. Il montait en altitude puis il redescendait pour atterrir dans un autre pays et il remontait encore pour descendre quelques heures plus tard et ainsi de suite. Personne ne fut étonné qu'elle fasse un accident vasculaire cérébral dans un lointain pays où elle fut hospitalisée plusieurs mois. On la croyait perdue…

Un matin à Nice, on la vit pourtant descendre d'une ambulance stationnée au coin de la rue Droite. L'employé voulut l'aider, mais elle le repoussa en brandissant sa canne.

L'ancienne cuisinière du palais Leonardi, paralysée du côté gauche, pénétra fièrement dans l'immeuble au bras de son Alberto.

FIN

Références

Le musée du Luxembourg

Installé dans le jardin du Luxembourg et accolé à son orangerie, cet établissement exerce une vocation muséale depuis le milieu du XVIIIe siècle, bien avant que le Louvre n'embrasse cette spécialité !

Depuis 2000, il est géré par le Sénat français. De nos jours, cet établissement est réputé pour la qualité de ses expositions temporaires d'art moderne.

Marie Cassatt

Peintre américaine du XIXe siècle ayant longtemps vécu en France et qui est enterrée dans ce pays. Elle est célèbre pour ses toiles impressionnistes et postimpressionnistes.

Plus tard, elle se rapprochera des nabis.

Amie de Degas et de Pissarro, à la maturité elle prit ses distances avec les impressionnistes et s'intéressa à un style plus « japonisant ».

Rue Sainte-Réparate, à Nice

Petite rue étroite du Vieux-Nice proche de la cathédrale Sainte-Réparate.

Le palais génois de Georgio Leonardi, une pure fiction, a été imaginé en pensant au palais Lascaris situé un peu plus haut dans la rue Droite. Le palais Lascaris est de nos jours la propriété de la ville de Nice.

La Ligue du Nord

Parti régionaliste partisan de l'indépendance des provinces du nord de l'Italie et en particulier de la Padanie et de la Vénétie. L'organisation, souvent considérée comme populiste et xénophobe, est née de l'association de la Ligue lombarde et de la Ligue vénitienne.

François Coty

Homme politique et industriel de la parfumerie, ce Corse créa et diffusa nombre de parfums célèbres au début du XXe siècle (« l'Ambre antique », « Chypre » ou « la rose Jacqueminot »).

Trois idées novatrices ont fait sa fortune.

La première a été l'industrialisation de la parfumerie, la deuxième idée fut le soin donné au « packaging » (les parfums étaient vendus dans des flacons dessinés par Lalique) et la troisième innovation fut l'achat possible par les clientes de ses parfums dans les grands magasins.

Proche de l'extrême droite et de Maurras, le personnage racheta *Le Figaro* ainsi que de multiples demeures de prestige dont le château d'Artigny, près de Vendôme. Ce château est aujourd'hui exploité par une chaîne d'hôtels de prestige.

François Coty est mort à l'âge de soixante ans.

Son amitié avec une organisation politique comme la Ligue du Nord est une pure création romanesque.

Tende

Village perché situé à la frontière franco-italienne. Il a été annexé à la France en 1947. Dans ce roman, Tende et la Brigue sont donc encore italiens.

Tende est un village montagnard proche de l'entrée de la vallée des Merveilles, il possède un beau patrimoine religieux baroque et un musée rassemblant les reproductions des graffiti protohistoriques des vallées du parc du Mercantour.

Kandinsky

Peintre russe émigré en Allemagne à la fin du XIXᵉ siècle, il retourne en Russie après la révolution bolchevique.

En 1921, se considérant en désaccord avec les thèses communistes, il s'installe à nouveau à Munich où il fonde avec des amis un mouvement pictural référencé sous l'appellation « l'expressionnisme allemand ».

Jugé indésirable et peintre dégénéré, il émigre en France où il vit à Neuilly-sur-Seine, jusqu'à sa mort en décembre 1944.

Vassily Kandinsky est considéré par beaucoup de spécialistes comme le père de l'art abstrait.

Le Cavalier bleu

Groupe d'artistes munichois formé en 1910 et se revendiquant de l'expressionnisme allemand. Kandinsky en était le chef de file. Le Cavalier bleu est postérieur à un autre groupe expressionniste appelé « le Pont » et basé à Dresde.

Le pouvoir nazi, partisan d'un art officiel construit d'après les diktats du pouvoir, considérait les expressionnistes comme les représentants de la dégénérescence de l'art allemand.

La peinture expressionniste allemande

Né au début du XXᵉ siècle en Europe du Nord, ce mouvement entraîna dans son sillage la peinture, l'architecture, la musique, le théâtre, le cinéma et la danse. L'expressionnisme fut particulièrement actif en Allemagne, où pourtant le pouvoir nazi le rejetait.

En opposition avec l'impressionnisme, l'expressionnisme poussa en avant de manière caricaturale des sentiments angoissants suscités par la toile, pour faire naître chez le spectateur une forte charge émotionnelle au détriment de la réalité objective. La psychanalyse récente et le symbolisme étaient partie prenante de l'expressionnisme et permettent de mieux comprendre aujourd'hui certains de ses excès.

Le fauvisme avec ses couleurs vives et tranchées semble bien avoir été le père de l'expressionnisme.

Corps-mort

Système consistant en une plaque de béton immergée au fond de l'eau et reliée à une bouée flottante appelée coffre. Souvent disposé dans une zone protégée de la houle, le corps-mort est une alternative au mouillage des bateaux dans les ports encombrés.

Le train des Merveilles

Ligne de chemin de fer rejoignant la gare de Nice à celle de Cuneo en Italie, avec possibilité de changer à Breil pour descendre à Vintimille. Le train touristique dit « train des Merveilles » joint Nice à Tende, sa ligne est spectaculaire, elle s'accroche et pénètre la montagne par de nombreux tunnels, dont celui du col de Tende, long de huit kilomètres. Au cours du trajet, on peut admirer d'extraordinaires villages perchés et de nombreuses petites gares. Le train des Merveilles est sonorisé et bénéficie d'une conférencière pendant tout le trajet.

Le quartier des Musiciens, à Nice

Ce quartier du centre de Nice a été urbanisé après l'annexion du comté de Nice par la France. Il est emblématique de l'architecture Belle Époque dont il possède de nombreux bâtiments représentatifs.

Rue Gounod, au fond d'une petite impasse, se cache « l'hôtel Oasis », anciennement appelé « la Pension russe » où Tchekhov séjourna au début du siècle, ainsi que Lénine. Le politicien adorait le climat de la région. Tchekhov aurait écrit à « la Pension russe » sa pièce de théâtre, *Les trois sœurs*.

Max Van Dyck

Peintre et dessinateur belge du début du XXe siècle. Il fut formé à l'Académie royale des beaux-arts de Bruxelles où il connut et épousa une jeune peintre étudiante de l'établissement, Éliane de Meuse. Max Van Dyck était le fils de Victor Van Dyck et le petit-fils d'Henri Van Dick. Tous trois ont été prix de Rome belge de peinture.

Éliane de Meuse

Femme peintre et dessinatrice belge formée à l'Académie des beaux-arts de Bruxelles où elle rencontra et épousa Max Van Dick. Elle décrocha en 1921 le prix Godecharle, très prisé en Belgique à cette période.

Charles Bernard, un critique très influent de l'époque, écrivait au sujet d'Éliane de Meuse « Une révélation… une artiste qui renouvelle l'impressionnisme et qui l'enrichit par ses apports nouveaux. »

Isaac Pereire

Isaac et son frère Émile Pereire, banquiers sous le Second Empire, étaient des Juifs séfarades particulièrement entreprenants. Ils participèrent à la modernisation de Paris sous le baron Haussmann en finançant de nombreux programmes immobiliers.

Par ailleurs, les deux frères avaient des participations dans plusieurs compagnies de chemin de fer, des assurances et la compagnie des eaux de Vichy.

Pour développer la clientèle d'une de leur compagnie de chemin de fer, les deux frères firent construire sur les hauteurs d'Arcachon la ville d'hiver d'Arcachon.

Cette ville nouvelle était constituée de nombreux pavillons ayant tous une architecture différente et elle évolua ultérieurement vers un quartier de loisirs. Les pavillons furent loués ou achetés par de riches vacanciers et devinrent très rapidement des résidences à la mode.

Madame Isaac Pereire, l'épouse d'Isaac, devint la marraine d'une rose au teint rouge carminé réputée pour son parfum. Ce rosier remontant était résistant aux maladies.

Villa Kérylos

Construite par l'architecte Emmanuel Pontremoli entre 1902 et 1908 à Beaulieu-sur-Mer, la villa Kérylos appartenait à Théodore Reinach, un archéologue spécialiste de la Grèce antique.

La particularité de la maison réside dans son plan, qui se veut à l'image d'un palais hellénistique ; l'autre originalité du lieu, c'est sa situation exceptionnelle, car la villa semble délicatement posée sur un promontoire dominant la Méditerranée.

Emmanuel Pontremoli

Célèbre architecte ayant vécu entre 1865 et 1956, qui naquit à Nice et fut grand prix de Rome d'architecture.

Sa réalisation la plus connue est la villa Kérylos, de conception hellénistique, bâtie sur un promontoire à Beaulieu-sur-Mer.

L'intervention d'Emmanuel Pontremoli dans ce roman est une pure fiction, bien que l'homme aimât retourner à Nice, sa ville natale.

Agnolottis

Pâtes traditionnelles, farcies et de forme rectangulaire, de la cuisine piémontaise.

L'Orchestre rouge

Organisation secrète mise sur pied par l'Union Soviétique pendant la Deuxième Guerre mondiale, sur une idée de Léopold Trepper et à la demande du général Berzine. Le réseau d'espionnage était constitué d'un maillage de commerces répartis dans la plupart des grandes villes européennes.

Dans chacune de ces boutiques, un espion à la solde de l'organisation avait pour mission de recevoir un client censé être entré pour acheter un vêtement. Un code mettait en relation les deux espions et des documents codés volés à l'armée allemande passaient ainsi à l'Est. Le plus souvent, le dossier était transmis par l'espion au parti communiste du pays, pour être ensuite adressé à l'Armée rouge.

Une station d'écoute allemande intercepta une communication imprudente du réseau et se rendit en force au siège bruxellois où furent arrêtés de nombreux agents. Trepper, qui était absent ce jour-là, passa au travers des mailles du filet, mais de nombreuses arrestations suivirent et l'organisation fut dissoute.

Le nom « d'Orchestre rouge » (« die Rote Kapelle ») a été donné par les Allemands pour désigner ce puissant réseau… Dans le roman *L'ombre du Guépard*, l'organisation, purement fictive, ne porte pas le nom d'Orchestre rouge, mais celui de BK 14.

Quai Malaquais

Quai de Seine situé dans le 6e arrondissement, entre le quai Conti et le quai Voltaire. Une entrée de l'Académie des beaux-arts s'ouvre sur ce quai.

Les Aryens

Les peuples de race aryenne étaient, selon les nazis, les populations d'Europe du Nord (essentiellement les Germains). Ce type humain était considéré comme une race supérieure. L'Allemagne devait s'élever par une sélection de sa race pour atteindre un aryanisme parfait.

Les humains, selon les nazis, étaient classés selon une pyramide dont la base, africaine, était constituée de sous-hommes. Le haut de cet édifice, c'étaient les Aryens (donc les Allemands).

Le Bauhaus

Né en Allemagne avant la guerre de 1914, le Bauhaus dut se déplacer trois fois avant d'être interdit définitivement par le pouvoir nazi.

Au début, ce fut Weimar (pendant la république du même nom) et puis ce fut Desseau-Robleau, pour enfin s'installer peu de temps à Berlin où le Bauhaus fut définitivement interdit.

Institut des arts et métiers privilégiant la création individuelle, l'esprit du Bauhaus était d'associer l'artisan et l'artiste, sans prévalence de l'un sur l'autre. Architecture, art décoratif, peinture, sculpture et toutes autres formes d'art étaient traités sans se soucier des standards préconisés par les autorités.

Le Bauhaus, selon certains, aurait jeté les bases du design et de l'art décoratif moderne.

Sophie Scholl

Résistante allemande au IIIe Reich, Sophie Scholl fut exécutée en 1943 par les nazis à l'âge de 22 ans. Elle était un des piliers emblématiques de l'organisation de « La Rose blanche ».

Elle fut arrêtée sur dénonciation du concierge de l'université où elle avait jeté d'une balustrade surplombant la cour des tracts hostiles au régime du IIIe Reich. Les étudiants rassemblés dans la cour s'étaient emparés des tracts, mais aucun ne fut inquiété.

Sophie Scholl et son frère Hans furent considérés comme des héros emblématiques de la RFA ; un buste à l'effigie de Sophie Scholl est aujourd'hui exposé à Ratisbonne au Walhalla, le mémorial allemand.

Son intervention dans ce roman est purement fictive.

La Rose blanche

Organisation d'étudiants allemands de Munich qui luttèrent contre le IIIe Reich en 1942 et 1943. Certains de ces jeunes (Sophie Scholl) étaient passés par les Jeunesses hitlériennes, où ils avaient pu juger des privations des libertés individuelles imposées aux citoyens.

Trois d'entre eux furent incorporés dans le service de santé de la Wehrmacht, en tant qu'étudiants en médecine.

Leur activité fut surtout intense pendant l'été 1942. Elle consistait à envoyer des lettres, coller sur les murs et distribuer des tracts hostiles au régime. Leur cible privilégiée était la population étudiante, que l'on voulait réveiller pour la faire entrer dans une résistance active.

La plupart des membres de la Rose blanche furent arrêtés en 1943. Certains furent guillotinés et d'autres, emprisonnés après des procès plus que sommaires.

La nuit des Longs Couteaux

On désigne communément « nuit des Longs Couteaux » la nuit du 29 juin 1934.

Hitler, alors à la tête des SS, décida de se débarrasser d'une branche du national-socialisme, les SA. Cette organisation, dirigée par Ernst Röhm, était reconnaissable au costume de ses adhérents, tous étant vêtus de chemises brunes. Recrutés parmi les chômeurs et les « droit commun », ses membres terrorisaient régulièrement les Allemands. Les citoyens, dans leur grande majorité, en étaient arrivés à haïr ces sections d'assaut qui semaient la terreur dans le pays.

En secret, Himmler, Göring et Heydrich – en accord avec Hitler – organisèrent un simulacre de coup d'État contre le Führer et désignèrent Röhm, le chef des SA, comme auteur de cette conspiration.

Hitler était bien entendu au courant de la machination, qu'il avait favorisée. Avec l'assentiment de la population, il organisa une purge sanglante pour détruire les SA. L'acmé de cette opération répressive, qui se poursuivit pendant près d'une semaine, fut la nuit du 29 juin 1934, couramment appelée la nuit des Longs Couteaux.

L'organisation BK 14

Organisation fictive inventée pour le déroulement du roman *L'ombre du Guépard*, elle ressemble fortement à l'Orchestre rouge, une organisation secrète d'espionnage bien réelle de la Deuxième Guerre mondiale, montée par les Soviétiques pour fragiliser le IIIᵉ Reich.

La prison de Stadelheim, à Munich

Une des plus grandes prisons d'Allemagne, elle fut construite au XIXᵉ siècle et est toujours en activité. Elle fut le siège de très nombreuses exécutions pendant le IIIᵉ Reich : dans ses murs furent notamment exterminés les membres de la SA et leur chef, Ernst Röhm. C'est aussi dans cette prison que furent guillotinés les opposants à Hitler faisant partie de l'organisation de la Rose blanche.

Le camp de concentration de Dachau

Construit près de la petite ville de Dachau, proche de Munich, le camp recevait des Juifs, des catholiques opposants, des homosexuels et des prêtres, qui furent cantonnés dans un baraquement dédié où l'on pouvait célébrer la messe.

L'opposant allemand Georg Helser, auteur d'une tentative d'attentat contre Hitler, fut interné à Dachau comme des milliers de pauvres gens. Beaucoup moururent du typhus, de brutalités insensées et de faim.

Les conditions de détention étaient telles que des bagarres éclataient parmi les prisonniers. On se battait par exemple pour dormir à l'étage le plus haut des lits superposés, afin de ne pas recevoir les déjections des malades installés au-dessus de soi.

Lors de la libération du camp par les Américains, le spectacle des pauvres hères que ces soldats découvrirent était tellement abominable que les libérateurs, écœurés, exécutèrent la majorité des responsables du camp (le massacre de Dachau).

Le mont Boron
Colline située au sud-est de Nice et offrant une vue plongeante sur la baie des Anges, la ville de Nice et Villefranche-sur-Mer. Le site est agrémenté d'un beau parc de 57 hectares arboré.

Le mont Boron est le véritable poumon vert de la ville, offrant la possibilité de longues promenades dans un cadre somptueux.

La ligne Maginot
Ligne de défense imaginée par l'ingénieur Maginot le long des frontières de la Belgique, de l'Allemagne, du Luxembourg, de la Suisse et de l'Italie. La ligne Maginot, qui se visite de nos jours, est formée d'ouvrages de défense et d'infrastructures de communication réputés infranchissables. Dès l'attaque allemande de 1939 et le contournement par le nord de la ligne, par les Panzers, on dut en « rabattre » sur son invulnérabilité et considérer désormais qu'elle était parfaitement inutile.

La mère Brazier
Eugénie Brazier fut la première femme à obtenir la distinction des 3 étoiles pour ses restaurants de Lyon et du col de la Duchère à Pollionnay, en 1933. Édouard Herriot, alors maire de Lyon, aurait dit d'elle qu'elle faisait plus que lui pour promouvoir la notoriété de Lyon.

La cassata sicilienne
Gâteau traditionnel sicilien habituellement dédié à la fête de

Pâques, monté avec une génoise, de la ricotta et des fruits confits.

La socca niçoise

Sorte de grosse crêpe réalisée avec de la farine de pois chiche, la socca était un plat populaire au XIXe siècle.

La nuit de Cristal

Violent pogrom les 9 et 10 novembre 1938 en Allemagne, dans les Sudètes et en Autriche, pays récemment annexés.

Plus de 7 500 magasins appartenant à des Juifs furent détruits et des personnes d'origine juive furent battues et exécutées par les sections d'assaut, les SA.

Le prétexte avancé par les autorités fut l'assassinat d'Ernst Von Rath, le troisième secrétaire de l'ambassade d'Allemagne en France par H. Grinszpan, un Juif polonais le 7 novembre 1938. La nuit de Cristal fut présentée comme une explosion de colère populaire spontanée après cet attentat.

La Chapelle-en-Vercors

Commune de la Drôme incendiée et bombardée par les Allemands en 1944. Le Vercors forme un plateau citadelle facile à défendre et cette configuration géographique explique qu'il fut rapidement investi par les résistants au début de la guerre.

Bien qu'ils s'appuient sur des faits historiques, le bombardement et l'incendie de la commune par les Waffen-SS sont décrits dans *L'Ombre du Guépard* avec des détails qui sont à mettre sur le compte de la fiction romanesque.

Néanmoins, la commune de La Chapelle-en-Vercors est bien réelle et fut un village martyr incendié par les Allemands.

À propos de l'auteur

 Le docteur Taurel, médecin-rhumatologue, écrit depuis plusieurs années, perché dans les hauteurs de son immeuble parisien.

Après *Soleil noir à la Palmyre*, un premier roman à forte connotation autobiographique, il a publié *Nous irons à Compostelle*, une fiction historique sous l'Inquisition espagnole.

Puis il s'est consacré à l'écriture d'une trilogie parcourant le XXe siècle, *Les Trois Âges*, publiée aux Éditions Hélène Jacob.

C'est d'abord *La marque du Lynx*, l'itinéraire souterrain d'un maître chanteur pendant les années folles sur la Riviera française.

C'est ensuite *L'ombre du Guépard*, ou comment une simple pâtisserie pendant la guerre de 1939-1945 aurait pu changer la face du monde. Ce roman, c'est aussi l'histoire d'un nourrisson au passé cruel et au devenir peu ordinaire.

Du même auteur

Pour les deux gamins de Tende, petite ville de l'extrême sud-est de la France encore italienne en cette période d'après-guerre, rien n'est plus agréable que de chasser et de poser des pièges dans la vallée des Merveilles.

Ils connaissent parfaitement les graffiti de ce vaste territoire et savent comme toute la population que les rochers ont été gravés par leurs ancêtres de l'âge du Bronze. Devenus adolescents, ils sont frappés par leur ressemblance, et au village on sourit dans leur dos, car on sait…

Les Années folles battent leur plein sur la Riviera française, le champagne coule à flots sur la jetée-promenade de la magnifique baie des Anges, et rien ne laisse présager que la riche famille Leonardi, estimée de tous, devra bientôt affronter ses démons du passé, malgré elle.

Car ils vont être accablés par le Lynx, un maître chanteur pervers qui, derrière son anonymat, les pourchasse inlassablement. Sauront-ils le démasquer et l'empêcher de laisser encore une fois sa marque, cette fois de façon fatale ?

La Marque du Lynx, à la frontière du roman historique et de l'enquête, est le premier tome d'une saga familiale en trois volumes (*Les Trois Âges*) se déroulant tout au long du XXe siècle.

Dans cette première partie de la trilogie, c'est toute l'époque de l'entre-deux-guerres qui nous est fidèlement révélée, servant d'écrin aux aventures d'une famille dont l'histoire se mêle intimement à l'Histoire.

Retrouvez tous les titres et l'actualité des Éditions HJ :

Sur notre site Internet :

http://www.editionshelenejacob.com

Sur Facebook :

https://www.facebook.com/EditionsHJ

Sur Twitter :

https://twitter.com/EditionsHJ

Table des matières

www.ingramcontent.com/pod-product-compliance
Lightning Source LLC
Chambersburg PA
CBHW072056020726
47501CB00003B/612